KB265148

韓國漢詩大觀
10

李穡 2

李鍾燦 譯註

以會文化社

번역의 말

　예로부터 우리는 문화민족이라 불려왔다. 우리 스스로가 이르는 말이 아니라, 이웃나라들에서 불러준 이름이다. 이렇게 된 까닭에는 여러 요인들이 있겠지만, 그 중에서도 두드러진 것이 文語文字인 漢字와 口語文字인 正音(한글)을 가지고 있다는 장점 때문일 것이다. 한자로 쓰여진 漢文은 당시로서는 동양 공유의 문자이었으니, 여기에서 너와 나의 구별이 없는 세계문학(당시로서는)을 공유해 온 것이고, 한편으로는 우리의 언어기록인 정음문학이 서민대중의 공통문학을 유지하여 왔던 것이다. 세계의 어느 민족도 생각할 수 없는 二元的 문학을 갖게 된 것이다.

　그러나 이 이원성이 현대에 이르러서는 구어와 문어의 통일로 문학도 구어화되면서 漢文은 한낱 말 그대로 古文의 자리로 물러나게 되어, 활용되지 못하는 유산으로만 남게 될 처지가 되었다. 여기에 이 문어도 구어화해야 할 당위성이 있다. 현대적 언어문학으로 바꿔야 할 때가 된 것이다. 하루 빨리 漢文의 國語譯이 이루어져야 한다.

그래서 시작된 작업이 이 '韓國漢詩大觀'의 역주이다. 한시로 한정한
것은 옛분들이 문학이라 하면 시를 주종으로 이해했을 뿐만 아니라, 오
늘의 문학에서도 이 고전과의 접맥이 다른 부분보다 더 절실하기 때문
이며, 글을 쓴 先人들은 누구나 시를 남긴다는 의식이 다른 글보다 앞
서 있었기 때문이기도 하다.

　이 많은 시를 다 번역한다는 것은 어려운 작업이어서 선별초역하기
로 하였다. 가능한 한 역대의 모든 시를 다 섭렵하겠다는 욕심에서 상
대시가에서 녹취하기 시작하여 통시적으로 선별하기로 하였다. 이 총서
가 어느 시기에 마무리될지도 모르는 일이어서 우선 한 권 한 권씩 선
뵈기로 하였다. 시간이 허락될 때까지 이어질 작업이다.

　여기에 원전으로 삼은 것은 민족문화추진회에서 간행한 『韓國文集叢
刊』이다. 현대의 우리에게 옛시를 읽힌다는 의도에서 번역시를 앞에 싣
고 원시의 한시를 이어 싣기로 하였다.

역주자　이종찬

═══════ 目次 ═══════

李穡 2(牧隱詩藁)

牧隱詩藁 卷之十二

牧隱詩藁　卷之十三

牧隱詩藁 卷之十四

牧隱詩藁 卷之十五

牧隱詩藁　卷之十六

牧隱詩藁 卷之十七

牧隱詩藁 卷之十八

牧隱詩藁 卷之十九

牧隱詩藁 卷之二十

牧隱詩藁 卷之二十一

牧隱詩藁 卷之二十二

李穡 2

牧隱詩藁

牧隱詩藁 卷之十二

둔촌 이호연이 천녕현에 있어서 절구 1수와 지어놓은
10수를 겸하여 보내왔다. 또 그 운을 차운한 것인데 모
두가 주필시였으니 모두 22수였다
遁村李浩然[1]在川寧縣　見寄絶句一首　兼示所作十首　諷詠
之餘　次其韻　又用其韻自詠　皆走筆也　凡二十二首

병든 중에 머리 돌려 남쪽 고을 상상하나
무의의 시를 지으려 오히려 머뭇거리고 있다
누가 중의 방을 향해 산을 마주하고 앉았나
추운 매미 지는 잎이 창에 가득한 가을일세.
(위는 보내온 시에 차운함)

病中回首想南州　　　欲賦無衣[2]尙滯留
誰向僧房對山坐　　　寒蟬落葉滿窓秋
(右次見寄)

---

1) 遁村: 李集(1314-1387)의 字는 浩然, 號가 遁(遁)村임.
2) 無衣: 〈詩經〉의 '秦風'과 '唐風'의 篇名. 春秋末에 吳나라가 楚나라를 격파하니,
　楚의 大夫 申包胥가 秦나라에 구원병을 청하러 가서 애소하기 7일 동안 물 한
　모금도 안마시니, 秦哀公이 이에 〈無衣〉시를 지어 출병하여 초를 구원하였다.

세상을 피해 누가 새와 짐승을 따라 거처하나
자고 먹음에 방해 아니라면 정한 집에 기탁한다
마음 안에 다시는 속세 용납할 여지 없으니
손 안에 낚시대 있다면 오히려 고기 잡을 만하지.

避世誰從鳥獸居　　　不妨眠食寄精廬
心中無地更容俗　　　手裡有竿還可漁

생각 게을리함이 기틀도 잊는 일이고
마음을 평안히 함이 곧 고향인 것을
군대 무기 아직도 멈추지 않으니
밭이나 들은 다 황폐함 많구나
산이 좋아 항상 지팡이 의지하고
바람 차가워 바지 걷히려 하네
누구인가 둔촌의 늙은 이와 함께
분수 따라 여름 겨울 보낼 사람은.

怠念忘機事　　　安心卽故鄕
兵戈猶未戢　　　田野儘多荒
山好常扶杖　　　風寒欲綻裳
誰歟偕遯老　　　隨分送炎凉

비색으로 기울다도 이에 태평 만나고
흥이 다하면 문득 슬픔이 오는 것
나라의 걸음이 막 어려운 즈음에
하늘 마음이 아직 안정되지 않은 때

이미 바다 일찍 터짐에 놀라고
또 국화 피기 더딤을 보겠다
둔촌 늙은 이 지금은 어떠한가
유유 아득히 내 생각 수고로워.
　　　　(위는 도미사에 쓰다)

否傾仍遇泰	興盡却來悲
國步方艱際	天心未定時
已驚海綻早	又見菊開遲
遯老今何似	悠悠勞我思

　　　　　　(右題道美寺)

푸른 산 파란 물 흰 모래 물가
들 배는 흐름 따르다 또 거슬러 흘러
늦은 걸음의 누군가가 그림자 끌고 가니
반 바퀴 강 달이 누대에 잠기려 하는구나.
　　　　　(위는 보덕만의 늦은 걸음)

靑山綠水白沙洲	野艇順流仍逆流
晩步有人携影去	半輪江月欲沈樓

　　　　　(右寶德灣晩步)

四友의 당 안에 군자가 거처하시니
하늘 가득한 맑음 흥이 다시 더 없어
출렁대는 강의 곳곳에 기기 절묘 많아
쇠잔한 삶 빌려서 마주 집을 짓고자 하다.
　　　　(위는 도미사 누대에서 경지에게)

四友堂中君子居　　　滿天淸興更無餘
滂江處處多奇絶　　　欲乞殘生對結屋
　　　　　　　(右道美寺樓上　寄敬之) 3)

천자에게 조회할 때 말을 빌렸더니
세상을 피해서는 문득 절에 투숙하다
들 집엔 동년방의 친구가 있어
강 다락에 달을 밟고 오르다
높은 오동에 잎 하나가 지면
흰 머리털 두어 줄기 더한다
수려한 글귀를 자주 읊어 내니
애오라지 흥이나 원망 기탁할 만해.
　　　　(위는 입추 날에 경지에게 부침)

朝天曾借馬　　　避世却投僧
田舍同年在　　　江樓踏月登
高梧一葉落 4)　　　白髮數莖增
秀句頻吟出　　　聊堪託怨興
　　　　　　(右立秋日　寄敬之)

화학루 앞 앵무의 물 가에
안개 물결 아득히 시선 안으로 흐르다
문득 두 늙은 이 함께 노는 것 생각하니

---

3) 敬之: 金九容(1338-1384)의 字. 號는 惕若齋.
4) 高梧一葉落: 오동 잎 하나 떨어지다. 오동 잎은 넓으면서 가을 되면 제일 먼저
　　지기 때문에 "梧葉一落"을 가을의 상징으로 흔히 사용함.

두 언덕의 푸른 산에 한 조각의 배일세.
　　　(위는 경지와 배 안에서 밤 술이었는데 경지가 때로 그 운에
　　　차운하다)

黃鶴樓前鸚鵡洲[5]　　烟波渺渺望中流
却憐二叟同游處　　　兩岸靑山一葉舟
　　　　　(右與敬之舟中夜飮　敬之有時　次其韻)

진리 정서 생기는 곳엔 세상 정은 희미해져
살아 움직이는 글귀는 원래 과격하지 않다
짚신발로 풀 이슬을 밟아가며
달에 올라타 밤 깊이 돌아오는 것 어찌 애석하랴.

道情生處世情微　　活句由來不可磯
肯惜芒鞋霑草露　　偶乘明月夜深歸

산 아래 마을 거처에서 물을 베개 삼아
소반 가득한 야채에 강 마름풀 섞였구나
저녁 되어 다시 은빛 실 회에 배불리며
유쾌히 깊은 잔 기울이되 자주하기 싫지 않아.

山下村居枕水濱　　堆盤野荣雜江蘋
晚來更飽銀絲膾　　快倒深杯不厭頻

---

5)　黃鶴樓前鸚鵡洲: 唐의　崔灝의 〈黃鶴樓〉 시에 “昔人已乘黃鶴去　此地空餘黃鶴樓
　　黃鶴一去不復返　白雲千載空悠悠　晴川歷歷漢陽樹　芳草萋萋鸚鵡洲　日暮鄉關何處
　　是 煙波江上使人愁”라 함이 있다.

강과 산 즐거운 땅 이루어
풍물들이 다른 곳과 다르다
글귀 얻으면 천연 기미 익숙하고
삶의 경영에 들의 흥을 방해하기도
누대 사랑해 나그네 집 찾기도 하고
절에 놀아 스님 방에 앉아 있기도
늙은 경지에 참으로 속세를 잊는데
동년방의 친구 다행히 고향에 있어.
　　　　(위는 도미사에서 경지에게 보냄)

江山成樂土	風物異他方
得句天機熟	營生野興妨
愛樓尋客舍	游寺坐僧堂
老境眞忘世	同年幸在鄕
	（右在道美寺　寄敬之）

또 앞 운을 이용한 제 노래
又用前韻自詠

전난 뒤의 산에서 삶 물가의 삶보다 나아
강을 누른 봉화가 밭 집까지 비춘다
병든 뒤라 다만 마음 편할 곳만 찾으니
경전 사서 등불 앞에 사냥과 고기잡이.

亂後山居勝水居　　　鎭江烽火照田廬
病餘只覓安心處　　　經史燈前獵復漁

얽히듯 한 수심인들 두려워 할 것 있나
애오라지 취하는 것으로 고향을 삼는데
서로 함께 질탕한 구속을 잊으려고
곧바로 넓고 거친 저 원시로 소급하다
달에 내달아 신선 된 吳質을 생각하고
파도 없으니 越裳인 남국을 기억하다
다만 지금도 책상을 달아맨 곳엔
얼굴 가득한 새벽 바람이 서늘하다.

肯畏愁如結　　　聊從醉作鄕
相忘共駘蕩　　　直欲遡鴻荒
赴月思吳質[6]　　　無波記越裳[7]
祇今懸榻[8]處　　　滿面曉風凉

스스로 믿건대, 중심에 안정됨 없는데
어찌하여 내심 스스로 슬퍼하는가
바로 보는 눈길이 오히려 세속을 거스림이고

---

6) 吳質: 선술을 배워 달로 귀양가 계수나무를 잘랐다 하는 吳剛을 말함.
7) 越裳: 越南의 남쪽에 있다는 옛 나라 이름.
8) 懸榻: 賢士를 대접하는 비유. 〈後漢書, 徐穉傳〉에 "蕃(陳蕃) 在郡不接賓客 唯穉
　　來特設一榻 去則懸之(진번이 군수로 집무하면서 손님을 맞이하지 않는데, 오
　　직 서지가 오면 특별히 한 책상을 마련하여 대접하고는 서지가 가면 또 달아
　　매 두었다)" 그 후로 '현사를 대접하는 말'로 인용되었다.

얼굴 붉히는 것이 시대를 쫓고자 함이다
감히 기틀을 알려함이 빠르다 이르고
까닭없이 나라를 떠남이 더디다
옛사람은 지금 이미 과거이니
천년 뒤에 과연 누구를 생각하리.

自信中無定	胡爲內自悲
眼靑9) 猶悟俗	面赤欲趨時
敢道知機早	無端去國遲
古人今已矣	千載果誰思

진강에는 나의 백구의 물가가 있으니
이 세상의 제일의 풍류라고 자부하지만
문득 공명을 입고 늙어 누추한 이 되었으나
어느때 다시 일광루의 다락에 오를 것인가.

鎭江10) 吾有白鷗洲	自負人間第一流
却被功名成老醜	何時更上日光樓

흰 새와 푸른 파도 이것이 나의 옛 거처인데
머리 돌려도 아득하고 아득한 10여년일세
하늘 끝엔 이미 말가죽 돛을 보지 못하고
산 아래에는 이미 제갈량의 초가가 무너졌다.

---

9) 眼靑: 靑眼과 같음. 바른 눈동자로 서로 대하는 성실함.
10) 鎭江: 지금의 江華郡 良道面 지역에 있었다.

白鳥滄波是故居　　　　回頭渺渺十年餘
天涯不見鴟夷舸　　　　山下已頹諸葛廬

강 마을에는 은자가 없고
들 절에는 높은 중이 적다
시의 원고를 한가히 개작하고
산초 나무로 취한 뒤에 오른다
홀로 노는 것 지금 꿈과 같으니
많은 병은 늙을수록 더욱 더해가
멀리 기어하건대, 쑥대 창 밑에
조용히 읊어 대낮 게으름이 일다.

江村無隱者　　　　野寺少高僧
詩藁閑中改　　　　山椒醉後登
獨游今似夢　　　　多病老彌增
遙記蓬窓底　　　　微吟日懶興

바다 문 멀리 긴 섬을 둘리고
만리 푸른 하늘 파란 물결 비춘다
한 줄기 맑은 바람에 돛 그림자 곧으니
취한 중에 높은 노래로 경쾌한 배에 앉다.

海門迢遞帶長洲　　　　萬里靑天映碧流
一陣淸風帆影直　　　　醉中高詠坐輕舟

두 언덕 구름 산은 곧게 솟은 파란 봉우리
한 줄기 바람 속에 이끼 터에 앉아 있다
늦 저녁 가랑비와 비낀 석양 길에
갈대 삿갓 도롱이 옷에 홀로 돌아옴 기록하다.

兩岸雲山矗翠微　　　　一絲風裡坐苔磯
晚來小雨斜陽路　　　　蒻笠簑衣記獨歸

집 지을 곳을 찾으려 물가를 끼고 살아
종사 제사는 원래 깨끗한 나물을 바쳐
세상 길은 날로 경박 정은 거짓이 섞여
마음 간장 토해 냄 스스로 자주하다.

欲尋陶舍傍河濱　　　　宗祀由來可薦蘋[11]
世道日澆情僞雜　　　　心肝嘔出自頻頻

산 빛은 장차 문 안으로 들려 하고
구름 그림자는 스스로 제 방향을 가다
세상에 살기 몸은 더부살이 같지만
마음을 따른다면 일이 어찌 방해되랴
오의 땅에 일찍 동리가 있었고
낙양의 綠野에 별당 연지 오래다
목은은 역시 무슨 행복이기에
장차 고향으로 돌아갈 것을 맹세했다.

---

11) 薦蘋: 마름풀을 뜯어 제사에 바치다. 〈詩經, 采蘋〉에 "于以采蘋 南澗之濱……
　　于以奠之 宗室牖下(이에 마름풀을 캐어 남쪽 시내의 가로다……이에 드리오니
　　종가의 문 안이도다)"함이 있다.

山光將入戶　　　雲影自徂方
處世身如寄　　　隨心事豈妨
烏衣12) 曾有巷　　　綠野13) 久開堂
牧隱亦何幸　　　誓將歸故鄕

젊은 나이 망녕되이 중국 땅을 내달아
동국이 문장을 잘못 보인 적도 있다
임금 은혜 갚지 못하고 지금 백발이니
진강의 강 위에 또 가을이 깊었구나.

少年狂妄走中州　　　東國文章誤見留
未報主恩今白髮　　　鎭江江上又深秋

반궁을 지나다 임금을 뵈움
因過泮宮謁 聖

산사에서 돌아와 반궁에 들었으니
뜰 가 나무 그림자에 해가 처음 중천일세
머리 조아려 두 번 절하니 신이 계신 듯하고
처음 놀았던 것 손꼽아 헤니 꿈은 이미 허공

---

12) 烏衣: 烏衣巷. 지명. 南京의 秦淮河의 남쪽. 東晉시대 謝氏 王氏 등의 望族들
　　이 살아 著名해 짐.
13) 綠野: 唐의 裵度의 별장인 綠野堂. 裵度가 재상이 되어 변방을 평정하고 환관
　　의 전횡을 피해, 洛陽으로 退去한여 별장을 짓고 花木 만 주를 심어 "綠野堂"이
　　라 했다.

10 여년이 되어 장차 무성한 풀이 되었고
두 서너 학자들이 혹은 선비 풍도 간직하다
봉은사 서쪽 고개엔 큰 소나무도 다하니
머리 돌린 오산에는 낙조가 붉구나.

山寺歸來入泮宮14)　　　庭除樹影日初中
低頭再拜神如在　　　屈指初游夢已空
十數年將爲茂草　　　二三子或有儒風
奉恩西嶺長松盡　　　回首蜈山落照紅

우리 도리 하늘의 내리심이라 만고에 같고
아직도 신의 조화 받아 처음 끝 보존하다
당당한 나라 체통이 일정한 규모 안이고
세세한 집안 풍성은 그림 속을 가리킨다
사슴 잃고 용 이는 것은 시대의 변함이고
솔개 날고 고기 뛰는 것은 성인이 이룬 공
병들고 늙어서 꺾이고 무너짐 심하니
두 번 절에도 까닭없이 얼굴 홍점이 돋는다.

吾道天臨萬古同　　　尙資神化保初終
堂堂國體規模內　　　瑣瑣家聲指畵中
鹿失龍興時自變　　　鳶飛魚躍15)聖成功
病餘老矣摧頹甚　　　再拜無端面發紅

---

14) 泮宮: 國學堂.
15) 鳶飛魚躍: 자연의 이치는 천지 어디에나 있다 하여, "솔개 하늘을 날고 고기
　　연못에서 뛰니 위 아래를 모두 살펴야 한다(鳶飛戾天 魚躍于淵 言其上下察也)"
　　라 하였다.

금강산 노래
金剛山歌

금강산 안에는 느름나무도 크구나
종이 떠있는 듯한 서해에 하늘은 망망하다
황금 사람 부처 50에 또 3 구가
곧바로 나무 아래를 가리켜 천당을 열었네
계절을 살피고 서적을 상고해도 믿을까 말까
사실이 괴기 허탄하니 인하여 황당하구나
축건 땅의 신이 변하여 스스로 세상을 끊고
바다 길 더구나 배로 통할 수 있었을까
동쪽 사람들 젖 떨어지면 이미 법패의 노래
흰 머리 되도록 누구나 사방의 뜻 구하지 않나
세 번 이 산을 올랐으니 삼도의 악업을 면하리니
이 말은 견고 확실하여 금강석과 나란하다
금강은 무너지지 않아 나의 본성을 소유하니
세계는 괴멸되어도 이 산은 공중을 향해 갈무리하리.

金剛山中楡樹長　　　鍾浮西海天茫茫
金人五十又三軀　　　直指樹下開天堂
考時按籍信難信　　　事出詭怪仍荒唐
竺乾神變自絶世　　　海路況可通舟航
東人口乳已梵唄　　　白頭誰不求四方
三登此山免三塗16)　　此語堅確齊金剛
金剛不壞有我性　　　世界毁滅山向空中藏

---

16) 三塗: 三途. 지옥 아귀 축생의 3惡道를 말함.

일본의 예속이 춘추 전국시대와 같아
기록하여 진보하기 바람
東國[17]禮俗 近於春秋戰國 錄之所以進之也

아득히 옛날 阿每씨가
큰 왕업을 부상의 터에다 세웠다
이슬 서리가 이 하늘 땅 밖이고
춘추 전국시대의 초기이로다
생명 경시하여 다분히 칼에 항복하고
무를 숭상하여 책으로 통함이 적다
변방의 장수가 계절 따라 조공함은
주나라 희왕의 성교의 여력인가.

遙遙阿每氏[18]	大業樹桑墟
霜露堪輿[19]外	春秋戰國初
輕生多伏劒	尙武少通書
藩將時來貢	周僖[20]聲教餘

서쪽 나라는 하늘의 계통으로 열리고
동쪽의 나라는 해가 돋는 터이구나
파도에 내달아 방어로 지킨 뒤에
행장 차려 오고 가는 처음 되다

---

17) 東國: 동쪽의 나라, 일본을 말한 듯.
18) 阿每氏: 日本을 말함. 〈唐書, 日本傳〉에 "日本 古倭奴也 其王姓阿每也"라 했다.
19) 堪輿: 하늘과 땅. 乾坤.
20) 周僖: 周나라 16대 僖王인 듯.

예의 조공은 의식과 폐백 많고
정으로 통하는 한 장의 서신일세
가장 애련함은 스스로 부끄러울 수 있어
교화로 향하는 것이 이미 말할 것 없다.

西國天開統　　　東邦日出墟
奔波守禦後　　　行李往來初
禮貢多儀幣　　　情通一札書
最憐能自恥　　　嚮化已無餘

개인 하늘이 바다 섬에 갇혀 있어
새벽 안개가 마을 터에 들었다
귀신이나 괴물도 그 곳 모르고
왕개미들이 서로 돕는 처음이다
유관으로 칼 창을 차고
배움 집에는 시서가 폐했구나
흐른 재화 여기에 이르렀으니
애석하다 나머지야 무얼 물으랴.

晴天藏海嶼　　　曉霧入村墟
鬼蜮21)不知處　　蚍蜉相援初
儒冠臨劍戟　　　學舍廢詩書
流禍至於此　　　哀哉奚問餘

---

21) 鬼蜮: 몰래 사람을 해치는 괴물. 〈詩經, 小雅, 何人斯〉에 “爲鬼爲蜮 則不可得
(귀신이 되고 물여우가 되면 사람들이 볼 수가 없다)”함이 있다.

우뢰 비
雷雨

강과 산 저절로 절경이라
우뢰 비가 가을을 끝내려 하네
늙는 세월엔 푸른 눈이 적고
같은 나이엔 흰 머리가 많다
마디만한 회포 그저 가물거리고
하늘의 진리도 모두 아득하기만
일찍이 관상대에 참여했기에
깊이 조정의 근심을 안다.

江山自絶境	雷雨欲窮秋
老日少靑眼	同年多白頭
寸懷徒耿耿	天道儘悠悠
曾忝書雲觀22)	深知廊廟憂

검은 구름이 하늘에 걷히고
흰 날이 맑은 가을을 비추다
모래는 작은 발치에서 깨끗하고
잎은 높은 나무 머리에 밝구나
흐르는 해는 한가한 속에도 급하고
지난 일은 꿈 속에서 아득하구나
하늘의 뜻은 바로 어디에 있는가
마디 마음에 온갖 시름이 끓는다.

---

22) 書雲觀: 天象을 관찰하여 길흉을 점치는 일. 觀象臺.

黑雲收碧落　　白日照淸秋
沙淨小溪足　　葉明高樹頭
流年閑裡急　　往事夢中悠
天意定安在　　寸心煎百憂

국화를 대하여
對菊

파란 진흙이 분 밑에 윤택하고
누런 국화는 방 안에 그윽하구나
다만 얼굴 마주해 피었음 사랑하니
어찌 꼭 머리 수북히 피었어야 하나
외로운 소나무는 彭澤에 늦었고
쇠잔한 혜초는 楚江의 가을이다
속기 벗은 모습 군자에 짝하니
꽃다운 마음을 누가 다시 구하나.

靑泥盆底潤　　黃菊室中幽
只愛開當面　　何須揷滿頭
孤松彭澤晩　　衰蕙楚江秋
耿耿配君子　　芳心誰復求

붉은 대하를 읊다
詠紅大蝦

바탕이 비늘이나 벌레 아님 사랑하고
네가 바다 어구에서 나옴도 좋구나
朱砂빛으로 붉어 마치 피를 띤 듯하고
눈 처럼 희어 스스로 살갗으로 엉기다
갑이 얇아 다만 한 번에 열리고
수염 길어 몇 뼘인지 알겠나
몸을 굽혀 교제에 예가 있고
깊은 맛은 살길에 살찌운다.

愛質非鱗介	憐渠出海隅
銀朱如帶血	雪白自凝膚
匣薄祗一扎	鬚長知幾扶
曲躬交有禮	深味道爲腴

죽 먹는 노래
食粥吟

안자가 죽을 먹는데 감히 밥짓는다 말하며
목은이 쌀이 떨어졌으니 죽인들 감히 말하랴
밝은 창에서 한유의 送窮文을 본떠 짓고
붓을 멈추고 길이 읊어 부질없이 천장만 보다

어린 시절 산사에서 책을 읽을 때에
스님들의 분명하게 걸출한 분 들은
채소 뿌리 맛이 있어 이와 볼을 향기롭게 한다하여
스스로 이르기를 천 섬의 곡식을 이루어 낸다 하니
누가 알랴, 벼슬 자리가 이미 군호로 봉해져
백발 되어 죽 속에서 당시를 다시 볼 줄을
늙은 아내는 나의 병든 몸 여윈 것을 민망히 여겨
특별히 호떡을 빌어오니 희기가 백옥 같구나
엉긴 지방이 미끌어지듯 목구멍으로 들어가니
띠 처마에서 등에 해 쪼이고 내 배를 두드리다
종놈의 붉은 알다리도 색깔이 여위어 초최하니
내가 생활이 생소하여 기르지 못함 부끄럽구나
일생동안을 책이나 읽어 사리를 알지 못하여
가정을 유지하지도 못하거늘 국가를 감당하랴
진정 가솔 이끌고 산 속으로 돌아감이 합당하니
산 중의 기이한 풀 지금이 바로 파릇하겠지.

顔公食粥敢言炊	牧老絶糧敢言粥
明窓擬作送窮文	閣筆長吟空仰屋[23]
少年讀書山寺中	鉢民[24] 分明對眉目[25]
菜根有味齒頰香	自謂立致千鍾粟
誰知爵位已封君	白髮粥中時更覿
老妻悶我病軀瘦	特丐鋼胡[26] 白如玉

23) 仰屋: 누워 천정을 보며 골돌히 생각하는 모습.
24) 鉢民: 의미가 분명하지는 않으나, 스님의 지칭인 듯. 鉢은 鉢盂로 스님들의 식
　　기의 대칭이니, '발우 백성'이란 스님을 지칭함이 아닐까.
25) 眉目: 眉目이 秀麗하다 하여 傑出한 인물을 지칭하는 말.

凝脂流滑入喉去　　曝背茅簷叩吾腹
蒼頭赤脚色憔悴　　愧我生踈不能育
讀書一生不識事　　尙昧持家況當國
政合提携山中歸　　山中瑤草今正綠

제 노래
自詠

생명을 하늘에서 받았거늘 감히 스스로 상해하랴
다행히 밝은 세대 만나서 내 광기를 기탁했도다
예악을 두루 휘저어 붉은 궁궐에 베풀었고
보잘 것 없는 문장으로 옥당을 욕되게 했구나
가죽은 범이나 바탕이 양이라 삶이 원래 겁났고
소에게 옷입히고 말에게 옷이라 늙음은 그저 시체
그대에게 다시 한 발짝 입지를 나아가도록 권하노니
기수 가 대나무를 읊자니 세월이 바쁘다.

賦命由天敢自傷　　幸逢昭代寄吾狂
縱橫禮樂陳丹陛　　瑣碎文章忝玉堂
皮虎質羊生本怯　　襟牛裾馬27) 老將僵
勸君更進一步地　　淇竹28) 吟來歲月忙

---

26) 鋼胡: 未詳. ‘鋼’가 ‘고(錮)’의 誤植으로 보면, 고(錮)가 떡이라는 뜻이니 ‘고호’
　　가 혹 ‘호떡’이라 함인가.
27) 襟牛裾馬: 사람이 배우지 않으면 소나 말에게 옷을 입힌 것이다. 韓愈의 〈勸學
　　文〉에 “人不通古今 馬牛而襟裾(사람이 고금을 통달하지 않으면 소나 말에게 옷
　　을 입힌 것이다)” 함이 있다.

늙어가면 시대를 애상하지 자신을 애상하지 않아
취한 광기가 어떻게 깨어난 광기 같을 수 있나
어려서 요행하게도 황금의 방에 든 적도 있고
중년의 풍류는 배도의 녹야당과 같기도 했지
묵는 손님과 앉아 이야기에 가을의 늦은 흥이고
시중하는 어린 종은 서서 자니 밤 깊은 시체이네
작은 화로에 이미 붓 끝이 얼까 걱정을 하니
마침내 한가로운 중에도 역시 바쁨이 있음 믿겠다.

老大傷時不自傷　　　醉狂那得似醒狂
少年僥倖黃金榜　　　中歲風流綠野堂29)
宿客坐談秋晚興　　　侍童立寐夜深僵
竹爐30)已恐毫端凍　　　須信閑中亦甚忙

일본 중 홍혜가 시를 요구하기에
日本釋弘慧求詩

스님은 저 동해 밖의 나그네로
해 지는 곳에 와서 노닌다

---

28) 淇竹: 기수 물 가의 대나무. 〈詩經, 衛風〉에 "瞻彼淇奧 綠竹猗猗 有匪君子 如
　　切如磋 如琢如磨(저 기수 언덕을 보니 푸른 대나무 파릇 파릇하구나, 빛나는
　　저 군자여 자른 듯 닦은 듯 쪼아낸 듯 갈아낸 듯하구나)" 함이 있다.
29) 綠野堂: 唐의 裵度의 별장. 裵度가 재상이 되어 변방을 평정하고 환관의 전횡
　　을 피해, 洛陽으로 退去하여 별장을 짓고 화목 만 주를 심어 "綠野堂"이라 했
　　다. 앞의 주 13) 참조.
30) 竹爐: 대로 겉을 엮고 그 안에 작은 화로를 안치함.

석장 날려 일천 산이 저물고
배를 돌리면 한 잎의 가을일세
이름 들어도 얼굴 본 듯했으니
보내려 하니 문득 머리 긁혀
부질없이 시편이나 두고 있으니
다음 해라도 혹 다시 올 것인가.

上人東海客	日沒處來游
飛錫千山暮	回舟一葉秋
聞名如見面	送別却搔頭
漫與詩篇在	他年倘再求

일본 스님을 보내며 느낀 바 있어
送日本釋 因有所感

동쪽 바다 망망하여 하늘 저 한 끝
병든 몸이 다시 안위에 간섭될 일 없다
나이 쇠하니 어찌 사람 놀랠 글귀 있겠나만
가을 다해 가니 자주 손님 보내는 시를 쓰다
말로의 슬픔 기쁨이란 꿈자리 같은 것이라
중원 땅의 옛 친구도 따르고 쫓음 끊겼구나
부상에서 돋은 해는 서쪽으로 날려 빠르니
홍혜 스님이 돌아올 시기는 정녕 언제인가.

東海茫茫天一涯　　病軀無復管安危
年衰豈有驚人句[31]　秋盡頻題送客詩
末路悲歡如夢寐　　中原舊故絶追隨
扶桑出日西飛疾　　慧老歸來定幾時

신년에 십장생을 그리다
(해, 구름, 물, 돌, 솔, 대, 지초, 거북, 학, 사슴)
歲畫十長生(日雲水石松竹芝龜鶴鹿)

우리 집에 신년에 그린 십장생이 있는데, 지금 10월인데도 새 그림 같다. 병중의 소원이라는 것이 장생(오래 사는 것)보다 나을 것이 없다. 그러기에 차례로 서술하여 찬을 삼는다.

吾家有歲畫十長生　今玆十月尙如新　病中所願　無過長生　故歷敍以贊云

둥근 모습으로 아득히 밤 낮으로 회전하니
산하와 대지는 바다 안에 떠 있는 배일세
해 바퀴는 만고에 머무는 곳이 없거늘
姮娥의 저 달이 앞서거니 뒤서는 것 우습구나.

圓象蒼蒼晝夜旋　　山河大地海中船
日輪萬古無停處　　可笑姮娥或後先

---

31) 驚人句: 사람을 놀랠 정도의 뛰어난 글귀. 杜甫의 시에 "語不驚人死不休(어구가 사람을 놀래지 못한다면 죽을 때까지 쉬지 않겠다)" 함이 있다.

바위에 부딛거나 허공에 퍼져 형세 자못 특수해
모습을 바다 저자나 하늘 거리에 숨겨 두기도
비록 그러나 퍼지고 거둠에 사람 눈을 혼미케 해
비를 일으켜 주룩주룩 만물을 다시 살려 내다.

觸石漫空勢迥殊　　　藏形海市與天衢
雖然舒卷迷人眼　　　興雨祈祈萬物蘇

기수에 목욕하던 당일에는 번잡한 회포 씻었으니
문득 긴 흐름에는 옛날과 지금이 이었음 알겠다
공자의 내 위의 탄식을 한 번 이해한다면
바다의 관찰 용납할 수 없음 이제 깊이 알 것이다.

浴沂[32]當日洒煩襟　　　便識長流亘古今
一領仲尼川上嘆[33]　　　不容觀海[34]始知深

다섯 높은 산이 이어져 뭇 산을 압도하니
다만 모래 흙을 가지고 뭉쳐 한 덩이 이루다

---

32) 浴沂: 曾點이 孔子의 물음에 대하여 기수에서 목욕하고 기우제터에서 바람 쏘
　　이고 시를 읊으며 돌아오겠다 한 고사에서 유래된 말로 유유자적한 의지를 말
　　한다. 「論語」〈先進〉에 "春服旣成 冠者五六人 童者六七人 浴乎沂 風乎舞雩 詠
　　而歸"
33) 川上歎: 공자께서 냇물 위에 계시다가 "가는 것은 이와 같구나, 밤낮으로 쉬지
　　않는다(逝者如斯 不舍晝夜)"라 하신 일이 있다.
34) 不容觀海: 바다같이 큰 물을 본 사람에게는 왠만한 물로는 용납되기 어렵다.
　　〈孟子, 盡心〉에 "觀於海者難爲水 遊於聖人之門者 難爲言 觀水有術 必觀其瀾(바
　　다를 본 사람에겐 물노릇하기가 어렵고 성인의 문하에 논 사람에겐 말하기가
　　어려운 것이다. 물을 보는 데 방법이 있으니 반드시 그 여울을 보라)" 함이 있
　　다.

누가 돌 안에도 뼈가 있음 알겠는가
물이 씹거나 우뢰 흔들어도 오똑히 평안하다.

五嶽聯綿壓衆山   只將沙土肉成團
誰知有石中爲骨   水囓雷搖兀自安

북쪽 언덕에 한 그루의 소나무가 있는데
내게 옮아와 살아 두 번 겨울을 보내다
하물며 용산 뫼가 곡령의 마루에 조회하여
구름을 내치는 푸르름이 스스로 거듭됨이랴.

北崖有箇一株松   老我移居再見冬
況是龍彎朝鵠嶺   拂雲蒼翠自重重

그윽한 삶에 대 심어 감상하던 적 기억하니
달의 담장과 바람 층계에 잔잔한 추위 보내다
나이 90이 되어 가다 기수 언덕 대를 보니
앉아서 그 아름다움 읊으며 다시 갓을 바르다.

曾記幽居種竹看   月墻風砌送微寒
行年九十瞻淇澳35)   坐詠猗猗更整冠

단 샘물 주황색 풀 이것은 아름답고 상서로운 것
역사의 책들에 나란히 써서 광채 있음으로 대하다
어떤 노인이 일찍이 곡령으로 가서
시장기를 치료하고 한명당으로 부축해 갔나.

---

35) 淇澳: 앞의 주 28) 참조.

醴泉朱草36)是嘉祥　　　史冊聯書對有光
何似老人曾鵠去　　　療飢扶得漢明堂

용마의 도안이 하수에서 뛰어나왔던 것을 상상하니
낙수의 신구를 하늘이 주어 왕가를 상서롭게 하다
스스로 신선으로 표출했던 이후로는
문득 산 속으로 들어가 태양의 정기를 빨아 들인다.

緬想龍圖37)躍在河　　　洛龜38)天錫瑞王家
自從表出神仙後　　　却入山中嚥日華39)

삼산은 아득하여 어느 곳인가
신선학을 타고서 옥당을 두드리려 하지만
문득 한스러움은 평생에 도가 기골이 없어
부질없이 먼지 세상에서 출중한 모습만 사모해.

三山渺渺是何方　　　欲駕胎仙40)叩玉堂41)
却恨平生無道骨　　　謾敎塵世慕昂藏42)

---

36) 朱草: 주황색의 풀로 옛 사람들은 이 풀을 상서로운 것이라 했다. 〈鶡冠子, 度
　　萬〉에 "膏澤降 白丹發 醴泉出 朱草生 衆祥具"라 함이 있다.
37) 龍圖: 곧 河圖. 伏羲가 천하를 다스릴 때 河水에서 龍馬가 나와 그 등의 무늬
　　를 본떠 八卦를 만들었다 함.
38) 洛龜: 禹임금이 治水할 때에 洛水에서 神龜가 나와 등에 문자 같은 것이 있어
　　서 그를 취하여 본받아 洪範의 九疇를 만들었다 함.
39) 嚥日華: 태양의 정기를 마시는 道家의 양생법. 日華는 태양의 정기.
40) 胎仙: 鶴의 별칭. 고대에는 학은 仙禽이라는 칭호를 받았다. 또는 전하는 말에
　　학은 胎生이었기 때문이었다고도 함.
41) 玉堂: 옥으로 꾸민 궁전. 漢의 宮殿名. 관서의 이름. 妃嬪의 거처 등으로 쓰이
　　나, 여기서는 신선의 거처를 말함.

사슴을 말로 대신한 진의 궁전 일은 이미 그릇됐고
오소대 노닌 곳에 또 비끼는 석양 볕일세
담을 넘어 고의로 산 속의 절로 들어왔음은
천하가 어지러워 화의 기회만 족하기 때문이지.

代馬秦宮[43]事已非　　　　吳臺[44]游處又斜暉
踰墻故入山中寺　　　　天下紛紛足禍機

있었던 일
卽事

향을 사루니 거처 다시 고요하고
주역 완상하니 이치 어찌 미세한가
復卦와 姤卦가 순환하는 곳이요
건괘와 곤괘가 일용으로 든 때다
코 끝에서 흰 기운을 보고
마음 위에서 현묘한 기미 뚫다
적요의 감회 처음 둘이 없는데
유연히 스스로 스승을 얻다.

---

42) 昻藏: 기개가 出衆한 모습.
43) 代馬秦宮: 말을 사슴이라 한 秦나라 궁전의 趙高. 조고가 역난을 도모하려고 말을 끌고 궁전으로 가 2세에게 바치면서 '사슴입니다' 하니, 2세가 '경이 잘못 보지 않았나 이것은 말인데' 하였다. 좌우의 신하들이 누구는 말이라 하고 누구는 사슴이라 하여 조고의 비위를 맞추었다. 조고는 말이라 한 사람을 은밀히 제거하였다. 그 뒤로 "指鹿爲馬"란 말이 흑백을 전도시켜 시비를 혼란하게 하는 비유로 쓴다.
44) 吳臺: 春秋시대 吳王 闔閭가 지었다는 姑蘇臺.

焚香居更靜　　玩易理何微
復姤45)循環處　　乾坤入用時
鼻端觀白氣　　心上透玄機
寂感初無二　　悠然自得師

유항 한수를 심방하고
訪韓柳巷46)

아이 이끌고 지팡이 짚고 서쪽 이웃 지나
밝은 창에 앉아 한 점 먼지도 없음 사랑한다
새 술에 사랑할 만한 이 홍건히 취했으니
밤 늦도록 아직 몸이 훈훈함 약간 느끼다.

携兒扶策過西鄰　　坐愛明窓絶點塵
新酒可人陶一醉　　夜闌微覺尙熏身

선생이 이웃에 사심이 가장 기쁘니
버들 숲 깊은 곳 조용히 먼지도 없어
폭건으로 오고 감이 풍류가 넘치니
새들도 서로 병중에 있는 이 따라 주다.

最喜先生許卜鄰　　柳林深處靜無塵
幅巾來往風流甚　　禽鳥相隨病裡身

---

45) 復姤: 〈周易〉의 卦名. 復은 坤上震下이고, 姤는 乾上巽下이다. 복은 회복의 뜻
　　이고, 구는 만남의 뜻이다.
46) 韓柳巷: 韓修(1333-1384)의 호가 柳巷. 자는 孟雲.

구름 안개 안 갖고 네 이웃을 삼는다면
낡은 나이에 바람 먼지 피할 땅은 없다
동쪽 울에다 국화 심기야 도연명 뿐이나
누가 말할까 한산이 바로 그 후신이라고.

不把雲烟作四鄰　　　老年無地避風塵
東籬種菊淵明爾　　　誰道韓山是後身

나아가 비록을 읽었더니 임그님 명에 중국 사신이
내닫고 있으니, 서로 살펴주라 하시어 다음날 떠나다
進讀秘錄 有旨司天臣馳馹相視 明日發行

우리 임금께서 바야흐로 뜻을 이었고
태조는 보내오는 서신이 있었네
세 서울을 순행 머문 뒤에
개략을 남김이 억년도 넘다
하늘을 맡아 신성 계책 운전하고
순행에 있어 서로 수레 함께 하다
흰 머리로 전 조정의 늙은 이는
깊이 읊으며 초가 집에 누워 있다.

我王方繼志　　　太祖有遺書
巡駐三京後　　　貽謀億載餘
司天運神筭　　　馳馹相方輿
白首前朝老　　　沈吟臥草廬

부질없이 석달 겨울 학문을 저버려
육경 기록을 달통하기 어려우니
정신이 응당 울울 답답하고
형세는 스스로 우원 멀어지다
해와 달은 하늘 뚜껑에 떠 있고
산과 강은 땅의 수레에 에워싸이다
그 터가 현명한 군주를 만들었고
그 주변의 호위소에 숙직했으면 하다.

謾負三冬學　　　難通六錄書
精神應鬱積　　　形勢自迂餘
日月浮天盖　　　山河繞地輿
其基作明辟47)　　有意直周廬48)

어린 나이에 우리의 길에 뜻을 두었으니
어느 겨를에 다른 책을 읽으리요
밑 뿌리까지 궁구하기 어려움이 한스럽고
사람들도 그 여분을 먹지 못하다
이름난 산에 나막신을 생각하고
가랑비에는 남여수레를 상상하다
세 번 한탄하고 낸 출사표이나
먼지 티끌인 제갈량일세.

---

47) 明辟: 賢明한 君主.
48) 周廬: 皇宮 주위에 설치된 경호 호위의 官舍.

少年志吾道　　　何暇讀他書
自恨難窮底　　　人將不食餘
名山思蠟屐　　　細雨想藍輿
三嘆出師表　　　塵埃諸葛廬

회포 서술 두 수
述懷 二首

흉년의 해엔 먹기 어려움 알고
남은 생애 물러나 살고자 하다
봉우리들은 강 언덕을 끼고 있고
밭 두둑은 밭 농가를 에워싸다
여울 돌에는 싸늘한 소리 멀고
솔 언덕엔 파란 그림자 성글다
이 생을 모름지기 단절 끊고서
어느 날에 바로 돌아갈 것인가.

饑歲知艱食　　　殘生欲退居
峯巒夾江岸　　　畦壟擁田廬
灘石寒聲遠　　　松坡翠影踈
此生須自斷　　　曷日定歸歟

공명은 나의 얼굴을 붉히게 하여
상하고 어지러움 내 머리 희게 하다

취한 듯 또한 꿈과 같기도 하니
놀아가려다 오히려 머무르려 한다
담담한 안개가 들 절을 메웠고
밝은 달이 강 누대에 오른다
흥에 기탁하여 아름다운 경지 드니
훈훈한 바람이 작은 배에 불다.

功名頹我面	喪亂白吾頭
如醉又如夢	欲歸還欲留
淡烟埋野寺	明月上江樓
托興入佳境	長風吹小舟

고향 산을 기억하며
憶家山

꿈도 등잔 앞에서 몇 날 거리로 끊기니
고향은 천 리라 바다 가의 성일세
소나무 깊은 우물에 둥글어 구름 속의 그림자이고
조수 큰 바위를 치니 달 아래의 울림일세
세 사람이 웃었다는 풍류도 이미 옛날 자취이니
賀知章은 적막하고 사명광객이란 이름만 남았다
녹문산의 은사의 집에는 며칠인 지도 몰라
조용히 앉아 유유히 감개로운 삶을 지내겠지.

夢斷燈前數日程　　故鄕千里海邊城
松團崇井雲中影　　潮打長巖月下聲
三笑49) 風流已陳跡　　四明50) 寂寞但狂名
鹿門51) 上家知何日　　靜坐悠悠感慨生

해 기운 창 그림자는 또 동쪽으로 옮기니
오뚝이 앉은 높은 재실엔 적막한 중일세
남쪽 마을엔 옷을 다듬는 다듬이 급하고
서쪽 이웃은 자리 펴고 술잔이 농후하다
귀밑 머리 가 세월은 하늘도 장차 늙고
마음 위의 강과 산엔 길이 궁하려 한다
남겨 놓은 글을 후래에 누가 찾으랴만
글쓰고 편지 쓰는 일 모두 영웅일세.

日斜窓影又移東　　兀坐高齋寂寞中
南里搗衣砧杵急　　西鄰展席酒盃濃
鬢邊歲月天將老　　心上江山路欲窮
遺藁後來誰復索　　操觚染翰52) 盡英雄

---

49) 三笑: 晉의 승려 慧遠이 廬山에 있고 陶淵明과 陸修靜이 찾아가 서로 도를 논
　　하다가 작별하게 되었다. 혜원이 이들을 전송하며, 이야기를 나누다 평생에 넘
　　지 않기로 한 虎溪를 지나쳤다. 그제야 깨닫고는 세 사람이 크게 웃었다 한다.
　　虎溪三笑라 한다.
50) 四明: 唐의 賀知章은 會稽 永興人인데 성품이 방광하고 이야기를 잘하였다. 만
　　년에는 더욱 방종하여 "四明狂客"이라 自號하였다.
51) 鹿門: 鹿門山의 약칭. 後漢의 龐德公이 처자를 데리고 鹿門山에 들어 약을 캐
　　다 돌아오지 않아 그 후로 '隱士가 거처하는 곳'으로 인용된다.
52) 操觚染翰: 편지 쓰거나 글을 쓰는 일.

成童의 나이에 나가 놀아 지금 흰 머리이니
다만 긍정적 응대만 아나 유유한 기다림도 섞였다
시편 중에는 짧은 글구에 긴 글구도 있었고
꿈 속의 새로운 시름이 묵은 수심과 교체되기도
몇 줄기 흰 터럭이 밝은 거울 속에 돋아나고
일만 겹의 푸른 산이 작은 누대에 들기도 한다
다음 날의 기롱 품평은 모두 관심 밖의 일이니
다시는 춘추 대의를 이을 큰 붓이 없구나.

束髮53)出游今白頭	只知唯唯雜悠悠
吟中短句仍長句	夢裡新愁替舊愁
數莖白髮生明鏡	萬疊靑山入小樓
他日譏評都不管	更無大筆繼春秋

유감
有感

중원 땅은 어찌 이리 망망한가
성인이 경영하시던 것인데
안을 상세히 밖을 간략히 하기도
다스림의 도리엔 스스로 길이 있다
사해 천하 커서 끝이 없고
검은 머리 서민이 소복소복 산다

---

53) 束髮: 머리를 묶어 상투 틀다. 成童의 나이.

인자한 마음 원래 두루 덮으니
있는 사물은 모두 다 함께 안다
멀고 가까움 본체 진실로 다르니
형세는 가벼움 무거움 따라 나뉜다
넓고 넓음 하늘 위에 있으니
네 계절이 비늘 차례로 유행한다
재앙 상서는 사람 일에 있는 것
그림자 울림은 형태 소리로부터
인자 애정 조금이라도 쉴 수 있나
해와 달도 항시 교대로 밝히지
하늘을 받듦이야 성주께 있으니
지극한 평화 노래로 칭송하자.

中原何茫茫	聖人所経營
詳內乃略外	治道自有程
四海大無畔	黔首蒼蒼生
仁心本徧覆	有物皆包幷
遠近體固異	勢似分重輕
浩浩天在上	四時鱗次行
灾祥在人事	影響由形聲
仁愛肯少輟	日月恒代明
奉天在聖主	歌頌登至平

제 노래
自詠

먼지 세상에 출렁출렁 이 생애 기타해
한 거문고 하나의 학도 모두가 바쁜 일과
문 닫고 높은 베개에 마음 더욱 청정하고
자리 쓸고 향 사루면 꿈도 역시 맑아져
다른 날 사관으로 번거로이 상경할 때는
어린 나이의 시 원고로 서쪽 노정을 썼다
방석만한 눈 꽃이 처마 머리 떨어지니
조용히 앉아 읊는 성상 현명의 감사함.

塵世悠悠寄此生　　　一琴一鶴儘營營
閉門高枕心逾淨　　　掃地焚香夢亦淸
他日史官煩上送　　　少年詩藁錄西征
雪花如席簷前落　　　穩坐高吟謝聖明

해도 저문 강과 산에 흰 머리 돌아
공명 위해 다시는 경영을 허비하지 않다
국가의 풍교는 백옥의 촛불이라 끝 없이 멀고
시의 품격은 얼음 병이라 철저하게 맑구나
쇠와 돌에 새긴 송덕은 북쪽 정벌을 전하고
무기들로 기록되는 공덕은 동쪽 정벌의 노래
한가한 속의 문학이라 쓸 데 없는 것이 아니라
편집 수정한 전문적 자료도 공자의 현명함이다.

歲晩江山白髮生　　　功名不復費経營
王風玉燭54)無涯遠　　　詩格氷壺55)徹底清
金石頌功傳北伐　　　斧斯56)紀德詠東征
閑中文學非無用　　　刪定專憑孔氏明57)

흐르는 세월 출렁출렁 내 생애의 반이라
나팔 소리를 자주 세류영에서 듣기도 하다
사책의 과거에서 일찍이 3 급의 높음을 알았고
전답 내려주심에 바야흐로 십분 청렴함을 보았다
기린을 얻었다는 노나라 역사에 서쪽 사냥 없었더라면
학을 타고 봉래산에 올라가고 싶구나
구절 구절 읊어오자니 마음 가닭 어지러워
삭풍 바람 눈을 날려 작은 창이 밝구나.

流光袞袞半吾生　　　鼓角頻聞細柳營58)
射策59)早知三級峻　　　賜田方見十分清

---

54) 玉燭: 네 계절의 기운이 화창함. 太平盛世를 형용함. 사시의 화기가 溫潤 明照
　　하기 때문에 "玉燭"이라 함.
55) 氷壺: 물을 담은 玉瓶. 인품이 결백함을 비유. 또는 달빛을 가리키는 말.
56) 斧斯: 각종의 도끼. 武器.〈詩經, 豳風, 七月〉에 "蠶月條桑 取彼斧斯 以伐遠揚
　　猗彼女桑(누에 치는 달에 저 도끼를 취하여 먼 가지 긴 가지를 쳐서 저 뽕나무
　　는 묶어 두리라)" 함이 있다.
57) 刪定專憑孔氏明: 이 내용은 孔子가 詩經을 편집하여 현재의 체제로 만든 공에
　　대한 말이다.
58) 細柳營: 漢의 文帝 때에 周亞夫가 장군이 되어 細柳에 주둔하였다. 문제가 몸
　　소 군영을 위로하려 세류영에 이르렀는데, 軍令이 없어 영에 들 수가 없었다.
　　이에 사자를 시켜 節符를 가지고 장군을 부르니, 이에 군문이 열려 들어갔다.
　　문제가 말을 나란히 하여 행진하여 周亞夫를 군례로 접견하고 돌아가게 되었
　　다. 문제는 "이것이 바로 참다운 장군이다" 하였다. 그 뒤로 "細柳營"이란 말이
　　군기가 엄격한 장군을 말한다.

獲麟[60] 魯史無西狩　　　　駕鶴蓬山欲上征
句句吟來心緒亂　　　　朔風吹雪小窓明

어느 사실
卽事

세상 길 분분함은 옛부터 읊어 온 일인데
동쪽 나라 한 경계에 바다 산도 깊구나
나라 경영의 고전적 법칙은 조정에 숨었고
나라 빛내는 문장은 한림원에서 솟아 오른다
적막했던 반 평생이라 손 움추리는 데 익숙하고
몇 곳을 떠돌다 보니 은근히 마음이 상했구나
모름지기 얼음 눈도 따사로이 비추는 것 알았으니
찌는 더위가 쇠붙이를 녹이려 했던 적도 있겠네.

世道紛紛自古吟　　　　青丘[61]一境海山深
經邦典則藏天府[62]　　　華國文章聳翰林

---

59) 射策: 원래 漢나라에서 선비를 발탁하는 방법의 하나. 劉勰의 〈文心雕龍, 議對〉
　　에 "對策者 應詔而陳政也 射策者 探事而獻說也(대책은 왕명에 응하여 정책을
　　진술하는 것이고 사책은 사리를 탐색하여 의견을 올리는 것이다)"하였다.
60) 獲麟: 〈春秋〉의 哀公 14년에 기린을 사냥했다는 사실(西狩獲麟)을 지적함인데,
　　전하는 이야기로는 孔子가 모국의 역사인 春秋를 쓰다가 이 사실에 의하여 붓
　　을 접어 철회했다 함.
61) 青丘: 원래 중국에서 바다 밖에 있는 나라를 이르는 말이었기에, 우리나라의
　　지칭에 많이 이용되었다.
62) 天府: 원래 周나라의 官署名으로 종묘의 수직이었다. 인해서 조정을 이르는 말
　　이 되다.

寂寞半生工縮手　　　流離幾處暗傷心
須知氷雪溫溫照　　　曾是炎蒸欲爍金

요임금 만난 노래
逢堯歌

선왕께서 매를 쏘려고 높은 담에 오르셨다가
두 번이나 곡령에 소나무가 떠 있는 것 보았다네
신하가 병을 안음 가련하여 직위 찬 것 경계하셔
크게 바르시어 특별한 하사로 한산군으로 봉하시다
마음 편히 아침 저녁으로 탕약을 다리게 하시니
거울 속에서 이따금 쇠잔한 용모 걱정스럽구나
임금 은혜 거듭 거듭 이르러 살과 뼈에 무젖고
역사 편찬 올린 사실로 三重大匡을 더해 주시다
조용히 보답할 길 생각해도 백에 하나도 없으니
영화로운 축수나 청하여 마음 가슴에 새기리라
밝고 밝은 해와 달 구중의 하늘 아득하기만 하고
봉래산의 구름 기운은 날아가는 용을 따른다
용사들이 나열하여 흰 창을 휘두르고
문장이 세상에 손이냐 익이냐를 황종으로 울린다
오동나무엔 장차 덕을 보일 봉황이 기뜨릴 것이고
서리 바람은 곧바로 독을 쏘는 벌을 쓸 것이다
늙은 신하 문을 닫고 공덕을 외워 노래하니
요임금 순임금 몸소 친히 만났음 얼마나 다행인가.

先王射隼[63]登高墉　　再見鵠嶺浮靑松
憐臣抱病戒盈滿　　大匡特賜韓山封
安心朝夕仰湯藥　　鏡裡往往悲衰容
上恩浹至浹肌骨　　進領史事加三重
沈思報答百無計　　請效華祝銘心胸
明明日月九霄逈　　蓬萊雲氣隨飛龍
爪牙[64]布列麾白矛　　文章損益鳴黃鍾[65]
梧桐將棲覽德鳳　　霜風直掃辛螫蜂
老臣閉戶誦功德　　何幸堯舜躬親逢

옛 놀이를 기억하여
憶舊游

서로 대하고는 말을 잊어 지는 해에 이르니
항시 어린 아이가 사립문에 기다림 안타깝구나
산 속의 길은 어둡고 인해 이슬도 많으니
높은 분 얻기를 기다리지 가기를 기다림 아니다.

相對忘言到落暉　　每憐稚子候柴扉
山中路暗仍多露　　借得高人不借歸

---

63) 射隼: 매를 쏘다. 기회를 보아 적을 섬멸함의 비유. 〈周易, 繫辭下〉에 "易曰 公
　　用射隼于高墉之上 獲之无不利(주역에 이르기를 공공연히 높은 담 위에서 매를
　　쏘기를 기다린다면 포획함에 있어 이롭지 않은 것이 없을 것이다)" 함이 있다.
64) 爪牙: 손톱과 어금니. 勇士나 義士의 비유. 武勇을 형용함.
65) 黃鍾: 원래 12律의 제1의 音律로 樂律의 표준이다. 인해서 남의 시문에 대한
　　敬稱으로 쓰인다.

띳 처마에 혼자 앉아 아침 햇살 등지고
홀연히 강 마을의 물이 사립문 다음 기억하다
날랜 고기 얻은 뱃사공 자주 크게 부르다가
석양이 되어서야 푸른 도롱 옷 벗고 돌아오다.

茅簷獨坐負朝暉　　　忽憶江村水半扉
得雋漁師頻大叫　　　夕陽披却綠簑歸

강과 산 아득히 또 지는 햇살
흰 머리털로 근년래로 홀로 사립문 닫다
엷게 붉은 먼지 얼굴 칠 줄 어찌 뜻했으랴
문득 여윈 말 타고서 조회 갔다 돌아오다.

江山渺渺又斜暉　　　白髮年來獨掩扉
豈意軟紅塵撲面　　　却騎瘦馬赴朝歸

어제 저녁 동네의 무뢰배가 우리가 기르는 개를 쏘았
다. 화살을 뽑아 버렸으나 밤에 결국 죽었다. 애처러워
기록하다
昨晚　里中無賴子射吾家所畜犬　拔其箭去之　及夜乃斃　哀
之故誌之

누런 강아지만이 연래로 쑥대문을 지키니
쓸쓸한 대낮이 황혼에 이르렀다

꼬리 흔들어 손님을 따라간 적도 없고
다만 편지를 전하여 형제간에 알렸다
하루 아침에 재앙의 덫에 제가 빠진 것이 아니니
많은 전생의 묵은 빚을 누구와 이야기하랴
온 집안의 탄식과 애석엔 인자한 마음이 있어
붓을 잡아 까닭없는 원한을 씻으려 한다.

黃狗年來守華門	寥寥白晝到黃昏
不曾搖尾隨賓客	祇欲傳書報弟昆
一旦禍機非自蹈	多生宿債與誰論
闔家嘆惜仁心在	把筆無端爲洗寃

팔관회에 순찰 말이 심히 많다 하기에 듣고 이를 짓다
八關會巡馬甚盛 聞之賦此

궁궐 군대는 옛날부터 왕성하지만
순찰의 말은 지금에야 많구나
쇠 창을 스스로 갈아 끌고
털 옷은 차별도 없구나
넓은 뜰에는 푸주간 다하려 하고
큰 예에는 준비가 두루하지 못했네
뜬 계단 위로 머리 돌리나
내 쇠했으니 어찌해야 하나.

禁軍從古盛　　巡馬乃今多
鐵槊自磨戞　　毛衣無等差
廣庭包欲盡　　大禮備無頗
矯首浮堦上.　　吾衰可奈何

장인을 위해 연정기를 짓고 인해 이를 짓다
爲舅氏作蓮亭記 因賦此

淸鄕亭記를 겨우 한 편 이루어 놓고는
병 든 뒤의 문장을 어찌 정할 수 있으랴
내 괴로운 마음으로 후학 밝힘 부끄럽고
당신의 맑은 덕 앞의 현인들 계승함 부럽소
바람이 비춰 일산 번득이니 구슬 이슬 기울고
해 붉은 화장 비추니 흰 안개를 이끌다
부질없이 周濂溪가 홀로 사랑한 적 있다 하려니
함창 땅에도 별달리 동구 안의 하늘 있다네.

淸香亭記僅成篇　　病後文章豈可傳
愧我苦心明後學　　羨君淸德繼前賢
風翻翠盖傾珠露　　日照紅粧曳素烟
漫說濂溪曾獨愛66)　　咸昌別有洞中天

---

66) 濂溪曾獨愛: 濂溪는 周敦頤의 號. 주돈이가 愛蓮說을 지어 연꽃을 군자에 견주
　　었다.

영웅 호걸 노래
英豪行

연기 불 만리에 창창히 많은 생명
중국과 사방 오랑캐 해 달이 밝다
아침 밥 저녁 죽을 폐할 수 없고
입과 배를 봉양해야 원기 정력 조화돼
참 재질의 실지 학문은 그림의 떡 아니고
식사 예절의 시작은 大羹으로부터 되다
황제 복식 후비 수식이 여염집에 충만하니
분석 형벌에 이르려 하다 곧 철충을 하다
청담의 끼치는 폐단이 옛날보다 배나 되어
유관을 부수고 면류관을 찢어 재해가 싹 트다
천 년을 흘러 전하는 것이 날로 심하니
종과 북 소리에 황금 단청이 어찌 이리 높은가
10년의 쓰임 도수가 하루만에 다해 마르니
다음 생의 화와 복을 누가 말할 수 있는가
다만 푸른 산 흰 구름 있는 곳 사랑해
조용히 앉아 이욕 명예 쫓는 일 알지 못해
인간 세상 명예 이욕 맹렬하기 불과 같으니
만고의 영웅 호걸들은 모두 불살라 다했다네.

煙火萬里蒼蒼生　　　中國四夷日月明
朝饔夕飧不可廢　　　奉養口腹調元精
眞才實學非畫餠　　　食禮之起由大羹[67]

帝服后餙充閭閻　　致欲剖斗仍折衡
淸談流弊倍於舊　　毀冠裂冕灾害萌
流傳千載日益甚　　鍾皷金碧何崢嶸
十年用度一日竭　　他生得福誰能評
但愛靑山白雲處　　靜坐不知趨利名
人間利名烈如火　　爍盡萬古諸豪英

시와 술 노래
詩酒歌

술 하루도 없을 수 없고
시 하루도 멈출 수 없다
어진 이 의리 선비 마음과 담 괴로워
쓰려해도 쓸 수 없고 끊으려도 못 끊어
소상강 혼령 잠기고 잠겨 물 파도도 없고
촉국의 넋은 데굴데굴 산에는 달이 있다
손을 깊은 잔으로 이끌면 푸른 바다가 번득이고
입으로 긴 시구를 읊으면 나는 번개가 갈라진다
활달한 마음 모두 가져다 구름 허공에 부쳐
잠시 동안이라도 삶고 죽음의 분별로 가지 않다
인간 세상엔 시와 술의 공이 가장 제일이라
다소의 위태로운 시기라도 밝게 몸을 보존한다

---

67) 大羹: 조미료를 섞지 않은 고기 집. 옛날의 제사에는 五味를 섞지 아니한 肉汁
　　과 술을 대신하는 물인 玄酒를 썼다.

술에는 광기 있고 시에는 마귀가 있어
예법도 감히 번거로이 꾸짖을 수가 없다네.
몸을 명리의 그물에서 도망시킴이 곧 낙토이니
강과 산 바람 달이 모두 다 아른 아른하다.

酒不可一日無	詩不可一日輟
仁人義士心膽苦	欲寫未寫絶未絶
湘魂68)沈沈水無波	蜀魄69)磔磔山有月
手引深杯蒼海翻	口吟長句飛電決
盡將磊落付雲虛	不向須更辨生滅
人間詩酒功第一	多少危時保明哲
酒有狂詩有魔	禮法不敢煩麾呵
身逃名網卽樂土	江山風月俱婆娑

옛 의미
古意

하늘 땅은 도망할 곳이 없어
나 보기를 폐와 간처럼 하다
어찌 터럭만한 땅을 용납하여
늙고 간사한 이 숨길 수 있나

---

68) 湘魂: 舜임금의 두 妃 娥皇 女英이 순이 죽으니 瀟湘江에 빠져 죽어 드디어 湘
  水의 神이 되었다 하니, 여기서도 이 여신의 혼을 말한 것.
69) 蜀魄: 蜀魂 杜鵑새. 전설에 蜀의 임금이 이름이 杜宇이고 號가 望帝인데, 죽어
  서 杜鵑이 되어 봄에는 밤 낮으로 슬피 울어 蜀人들이 듣고는 望帝의 魂이라
  했다 한다.

우리 집에 보배로운 칼 있어
그 빛은 가을 물처럼 싸늘하다
온갖 사특함 감히 가까이 못해
호랑이 표범 겹문에 엄숙하다
정성으로 하느님을 섬기오니
살상 제거하여 천하 태평하소.

天地無所逃　　視已如肺肝
豈容一毫地　　可以藏老姦
我家有寶劒　　光如秋水寒
百邪不敢近　　虎豹嚴重關
小心事上帝　　去殺天下安

산수도
山水圖

비는 장당 골짜기를 어둡게 하고
안개에 의극의 산은 밝구나
끈긴 언덕은 아득한 물가로 임하고
가느다란 길은 높은 산으로 오른다
골에 숨으니 그윽한 거처가 옛스럽고
들을 거니니 건장한 걸음이 한가롭다
저녁 되어 달에게 불려 나가니
두건 없는 알머리로 흰 구름의 끝일세.

雨暗藏堂峽	霞明倚戟山
斷崖臨浩渺	微迤上巉岏
谷隱幽棲古	郊行健步閑
晚來呼月出	岸幘70) 白雲端

아이들의 놀이를 보며
觀兒戲

크게 어리석어 사물과 자주 부딪치나
힐난은 적어 잠시 사물 기미를 알다
모두가 천연한 곳 그대로이니
오히려 성인 때와 같구나
처마 짧아 쏘낙비에 도망하고
빈 누각에서 저녁 볕을 쐬다
내 참다운 본성 미혹함 부끄럽다
외롭고 쓸쓸히 이미 노쇠했구나.

大癡頻觸物	小黠乍知機
摠是天然處	還如聖者時
短簷逃急雨	虛閣冒斜暉
愧我迷眞性	栖栖71) 已老衰

---

70) 岸幘: 두건을 벗은 알머리. 소탈한 자세, 또는 옷차림의 간솔함.
71) 栖栖: 棲棲. 孤寂하고 零落한 모습.

견비통
臂痛

늙고 쇠하니 다리 힘도 없어
부축하는 움직임이 더디구나
날마다 산 언덕을 오르고
때때로 서가의 책 더듬다
병이 된 것이 원인이 있겠지만
통증이 급하니 딴 여유가 없다
좋은 의원이 누구인지 아나
신음으로 황폐한 집에 누워 있다.

老衰無脚力　　扶杖起行徐
日日登山冢　　時時檢架書
病成應有自　　痛急更無餘
三折72)知誰在　　呻吟臥弊廬

예공이 찾아와 감사하여
謝猊公見訪

예공은 스님들 중의 영걸인데
흰 머리에 피곤하게 지내시네요

---

72) 三折: 三折肱. 三折肱爲良醫. 여러 번 팔을 꺾고 잘라 보아야 양의가 된다. 하
여 "三折"이나 "三折肱"을 양의를 지칭하는 말이 됨.

六錄은 천왕의 가르침이고
三蘇는 성조의 책이다
진여 기틀은 옅고 쉬운 것 아니고
비방의 술법은 문득 성글고 멀어
온 세상에 아는 이 적은데
이 초가 집 찾음 매우 부끄럽소.

猊公禪者傑	蹭蹬白頭餘
六錄天王訓	三蘇[73]聖祖書
眞機非淺易	秘術却迂踈
擧世知音少	深懺顧草廬

병의 기록
錄病

내 병으로 밤새 신음하고 있으니
집사람도 잠을 잘 수가 없구나
등 아래 일어나고 눕기 자주하니
번민과 답답함이 가슴을 메운다
마침내 요사하고 독한 기운을 느껴
호흡하기가 코 숨까지 막힌다
해가 대낮 돼서야 비로소 몸 풀고
바람은 맑아 검은 그늘을 쓸어내다

---

73) 六錄, 三蘇: 미상.

나의 병에 아내가 또 병이 나니
절름발이 운이 어찌 끝까지 가나
약 쓰지 말고 조화나 등에 업고
시를 써 마음 구석을 위로하자
어찌 알랴, 이 어려운 괴로움이
장수의 지경으로 가는 것일지
담담히 지극한 정적을 지키면
하느님께서 밝음으로 임하겠지.

我病終夜呻　　室人眠不得
燈下起臥頻　　煩懣塡胸臆
遂感邪沴氣　　呼吸壅鼻息
日午始體舒　　風淸掃陰黑
我病妻又病　　蹇運豈終極
勿藥荷造化　　題詩慰心曲
安知此艱辛　　所以趍壽域
湛然守至靜　　上帝臨有赫

진관 승통의 관동 나들이를 보내며
送眞觀僧統之關東

진관 강주의 말은 용과 같고
태후는 부처 궁전에서 향을 나누어 주다
눈 길이 높고 높아 산은 흰 빛으로 솟았고

바다 하늘 아득히 해가 진홍빛으로 뜨다
종래 속세 법이 모두가 진여의 법체이니
최상의 중의 풍도가 바로 선비의 풍도
풀이 성한 거친 언덕 사람도 이르지 않는데
절하여 쓸고 관동으로 향함 나 홀로 연련해.

眞觀講主馬如龍　　太后頒香佛者宮
雪路崢嶸山聳白　　海天迢遞日浮紅
從來俗諦皆眞諦　　最是僧風有士風
蔓草荒丘人不到　　獨憐拜掃向關東

고향을 생각하며
思鄕

귀밑머리 희어지고 병은 고치기 어려우니
의지 기개 유독 청장년 시절이 아니구나
깜박거리는 한 등잔에 밤새 앉아 있고
아득한 천리에 고향만을 생각하게 된다
지는 꽃 바람 속에 스님 책상을 찾고
밝은 달 강 머리에서 낚시줄 걷는다
봉화불 10여년에 돌아갈 수가 없으니
흥이 일면 붓을 불러서 홀로 시를 쓰다.

鬢毛衰白病難醫　　志氣殊非少壯時
耿耿一燈終夜坐　　悠悠千里故鄕思

落花風裡尋禪榻　　　明月江頭卷釣絲
烽火十年歸不得　　　興來呼筆獨題詩

밤노래
夜賦

이불 서늘하니 서리 눈과 같고
등불 쇠잔하니 밤은 일년 같다
구름 안개는 일천 일만의 겹겹
고시에 율시의 두서너 편일세
흥은 산으로 갈 나막신 끌고
신령은 종이 속의 돈과 사귄다
마치 주인을 그리는 말과 같아서
머리를 서쪽 바다 하늘로 돌리다.

被冷霜如雪　　　燈殘夜似年
雲烟千萬疊　　　古律兩三篇
興引山行屐　　　神交紙裏錢
猶如馬戀主　　　矯首海西天

염주를 읊다
詠念珠

생각 생각 끝이 없어 이 염주에 기탁하니
염주는 응당 선정 있고 생각도 응당 특수해
입 안과 손바닥 속이 서로 간섭이 없으리니
곧바로 마음 머리 향하여 탄탄한 길 찾자.

念念無窮寄此珠　　　珠應有定念應殊
口中手裏無干涉　　　直向心頭覓坦途

어느 사실
卽事

답답하고 답답한 마음은 옻칠과 같고
어지럽고 어지러운 일 터럭과 같구나
생애의 삶이야 질탕함 쫓더라도
말씀 기개야 오히려 맑고 호방해
스스로 뜰 앞의 풀을 사랑하는데
누가 바다 위의 복숭아를 훔치랴
남쪽 창에는 겨울 해가 따뜻하니
군자는 바로 의지가 도도하구나.

悶悶心如漆　　　紛紛事似毛
生涯從跌宕　　　辭氣尙淸豪

自愛庭前草　　　誰偸海上桃
南窓冬日煖　　　君子正陶陶

홀로 읊다
獨吟

하늘 땅 끝이 없는 곳이요
몸과 마음 움직이지 않는 때
어찌 사악한 기운 용납되랴
다만 진리 정서만이 알터인데
상대의 찬양으로 오만 속임 잊고
가져 간직하려나 노쇠함이 한스럽다
노래 읊음 스스로 의지의 언어이니
교정 개작하여 문득 시를 이룬다.

天地無窮處　　　身心不動時
豈容邪氣作　　　只有道情知
對越74) 忘驕諂　　　操存恨老衰
謳吟自言志　　　檃括75) 却成詩

---

74) 對越: 相對하여 發揚함. 〈詩經, 周頌, 淸廟〉에 "濟濟多士 秉文之德 對越在天
  駿奔在廟(가득 가득 많은 선비여 문왕의 덕을 잡았도다 하늘에 계신 신을 상대
  하여 찬양하고 종묘에 있어 날래이 분주하다)"함이 있어 "對越"을 文王의 덕을
  상대하여 칭송하는 뜻으로 쓰임.
75) 檃括: 원래 있는 문장에다 저작하고 다시 교정 개작하는 것.

희롱삼아 쓰다
戲題

목은은 시로 책권을 채웠으나
읊어 보면 글자 글자가 성글어
때로는 청정함이 뼈에 이르니
가을 이슬이 개인 허공을 씻다.

牧隱詩盈卷　　　吟來字字踈
有時淸到骨　　　秋露洒晴虛

한정당으로부터 종이를 구하여 병나기 전에
항상 술을 찾아 맛보던 일을 기록하고 이것을 짓다
從韓政堂索紙　因記病前每索酒嘗　而有此作

楮生은 백옥처럼 결백하고 麴生은 순수하여
모두가 이 서원의 문하생들이다
적시고 뿌리는 것은 시시로 내리는 붓 끝의 비이고
잠기도록 취하는 것 나날의 동이 속의 봄이로구나
서로 만나는 푸른 눈은 황연히 옛날 같고
흰 머리에도 능히 새로움으로 변함 자못 기쁘다
누가 요사이 세상 변화 많다고 말하나
점점 풍속을 교화하여 참다움으로 나아가는데.

楮生玉潔麴生醇　　摠是西原門下人
霑灑時時筆端雨　　沈酣日日瓮中春
相逢青眼悅如舊　　頗喜白頭能免新
誰道近來多世變　　漸敎風俗更趍眞

牧隱詩藁 卷之十三

산에 사는 생각 세 수
有懷山居 三首

별장살이 산 깊이에 있어
서로 찾아 달 밝음 밟다
취한 졸음에 하늘 이미 밝고
손님 대접 음식은 동이 안에 맑구나.

別野山深處　　　相尋踏月明
醉眠天已白　　　雞黍[76]瓮頭清

산 굽이는 나무 숲이 어둡고
들 교량엔 시내 물이 밝다
옷이 다 젖어도 꺼리지 않으니
이슬 기운이 십분 맑구나.

---

76) 鷄黍: 손님을 대접하는 음식. 〈論語, 微子〉에 "子路從而後 遇丈人以杖荷蓧 …
…子路 拱而立 留子路宿 殺鷄爲黍而食之 見其二子焉(자로가 공자를 따라가다
뒤졌는데 어느 어른이 지팡이로 대그릇을 메고 가는 이를 만났다. ……자로가
손 모아 섰더니 자로를 유숙시키고 닭을 잡고 밥을 지어 먹이고 자신의 두 아
들에게 뵙게 하였다.)"함에서 유래된 말이다.

山曲樹林暗　　　野橋溪水明
不嫌衣盡濕　　　露氣十分淸

경쾌한 적삼 쌓인 푸르름 누르고
짧은 노로 허공처럼 밝음 치다
사람 대상 구분하기 어려우니
신령한 집 방촌마음 맑아지다.

輕衫凌積翠　　　短棹擊空明77)
人境自難辨　　　靈臺方寸淸

둘째 아이 집에서 아침에 만두를 먹다
二郞家朝餉饅頭

바깥 면은 둥글둥글 눈 빛으로 엉겨 있고
흐르는 기름기 안으로 맺어 새벽에 거듭 찌다
다시 澠池의 藺相如의 술처럼 할 필요야 없지만
내 술이란 살아 생전 겨우 두어 되 뿐이니까.

外面團圓雪色凝　　　流膏內結曉重蒸
不須更酌如澠酒78)　　　我飮生來僅數升　·

---

77) 擊空明: 밝은 허공을 치다. 강물을 쳐 물결이 이룸. 蘇軾의 〈前赤壁賦〉에 "桂
　　棹兮蘭槳 擊空明兮溯流光"이라 함이 있다.
78) 澠酒: 澠은 地名. 戰國시대 藺相如가 趙나라의 惠文王을 따라 秦王과 澠池에서
　　술을 마신 일이 있어 이를 "澠池會"라 한다. 여기서는 그 때 인상여가 마신 술
　　이라는 뜻으로 쓰인 듯 하다.

12월 25일, 을사년의 문생들이 잔치를 베풀다
十二月 卄五日 乙巳門生設宴

세 번 과거를 주관하니 흰 머리 드문드문
애써 강한 얼굴로 당일의 뭇 호걸들을 쫓다
선비 되어 스스로 헤아려도 문장에 누가 됐고
도를 보았지만 어찌 지위를 높인 적 있었나
시장 거리 어지러이 구름 비로 떠들썩하고
들 집은 적적 고요하여 쑥대 풀만 자란다
병 난 여가에 문생의 술을 가득히 마시니
눈물을 현릉에 뿌려 성왕의 조정에 감사해.

三主春闈79) 鬢二毛80)　　　强顔當日逐群豪
爲儒自揣文章陋　　　見道何曾地位高
城市紛紛鬧雲雨　　　田廬寂寂長蓬蒿
病餘滿酌門生酒　　　淚灑玄陵謝聖朝

봉황지 위엔 원래가 봉황의 깃털이 많아
빽빽한 백옥의 댓순은 일시의 호걸들일세
높은 계급에 오르지 않았어도 이름 다 육중하고
함께 화려한 자리 펼치니 형세 가장 높구나
문장을 詞林에서 희롱하니 눈빛은 달과 같고
벼슬 길에서 칼날 드날리니 시선은 응당 멀구나

---

79) 春闈: 科擧試驗. 唐宋시대 禮部에서 과거를 치를 때, 대개 봄 끝에 했기에 "春
　　闈"라 했다.
80) 二毛: 흰 머리가 斑白임. 늙음을 말함.

봄 바람에 당시를 비겨 다시 잔치 자리 열었지만
흰 머리는 해마다 병으로 조회 나아가지 못하네.

池上[81] 由來有鳳毛[82]　　森森玉笋[83] 一時豪
未躋峻級名皆重　　共敞華筵勢最高
弄翰詞林眼如月　　揚鑣宦路目應蒿[84]
春風準擬重開宴　　白髮年年病不朝

저녁 밥
夕飯

술을 깨니 부르는 소리 바로 급해
취한 꿈 깨고 나면 허공
문을 여니 개인 하늘은 파랗고
붓을 뽑으니 저녁 볕이 발갛다
밥 향기로우니 씹기에 적당하고
국은 뜨거워도 곧 슬슬 녹는다

---

81) 池上: 鳳凰池 위. 여기서 "池"는 "鳳凰池"를 말 한 듯. 봉황지는 궁중의 못을
　　대칭함. 옛날엔 中書省을 禁苑에 설정해서 황제와 가까이 접하게 했기 때문에
　　中書省을 "鳳凰池"라 했다.
82) 鳳毛: 사람의 미모 풍채의 傑出을 말함.
83) 玉笋: 玉筍. 많은 英才들을 비유하는 말. 〈新唐書, 李宗閔傳〉에 "俄復爲中書舍
　　人 典貢擧 所取多知名士 若唐冲 薛庠 袁都等 世謂之玉筍(조금있다 다시 중서사
　　인이 되어 과거를 관장하여 취한 사람이 지명인사가 많았으니, 당중 설상 원도
　　등으로 세상에서 옥순이라 일렀다)"
84) 目蒿: 蒿目. 시선이 극히 멀고 확실하다.

점점 몸이 더욱 건강함 느끼니
오로지 끓이고 지진 공 때문이다.

解醒呼正急　　　　醉夢覺來空
開戶晴天碧　　　　抽毫夕照紅
飯香堪咀嚼　　　　羹熱旋消融
漸覺身彌健　　　　全憑爛煮功

이시중이 야생동물 한 수를 보낸다는
서신을 받고 즉각 사례하다
得李侍中書送野物一首　卽刻奉謝

시중은 감던 머리 잡고 손님을 맞아
손님들이 참으로 문전에 가득하오
여러 번의 선물 정이 어찌 두터우며
서로 만나면 말씀 심히 온화하구나
맑은 바람 봉황 누각에 불리나
지는 해는 할미새의 언덕에 지다(초은이 작고함을 말함)
일찍이 놀았던 곳으로 머리 돌리니
계승 발양한 곳 몇이 남았구나.

侍中方握髮[85]　　　　賓客政盈門
屢饋情何厚　　　　相逢語甚溫

---

85) 握髮: 魯나라의 周公이 머리 감을 때 손님이 왔다 하면 감던 머리를 잡고 손님
을 맞이했고(握髮), 식사하다 손님이 오면 먹던 밥을 배앗고 맞았다(吐飯) 한
다. "握髮吐飯" "握髮吐哺".

清風吹鳳閣　　　　　落日照鶺原⁸⁶⁾ (言憔隱仙去)
回首曾游處　　　　　承宣⁸⁷⁾幾箇存

어느 사실
卽事

밤 깊도록 허리 아파 잠도 평안치가 않아
기와장으로 따끈히 덥히니 속 조금 시원해
달은 동쪽 창에 오르고 닭도 울어대니
시원하게 생사의 관문에서 벗어나는 듯하다.

夜深腰痛睡難安　　　　瓦片熨來心稍寬
月上東窓雞又叫　　　　爽然如脫死生關

병 중에는 장아찌 오이 꿀만큼이나 드물어
늙은 나이엔 사촌 누이와 조금 서로 의지하다
새벽녘에 여종을 시켜 들려 보내니
여관 방은 황량해도 해는 사립문 비추다.

病裡醬瓜如蜜稀　　　　老年堂姊小相依
凌晨赤脚⁸⁸⁾擎來送　　　　旅舍荒凉日照扉

---

86)　鶺原: 형제의 사랑을 비유한 말. 〈詩經, 小雅, 常棣〉에 "脊令在原 兄弟急難(할
　　미새 언덕에 있으니 형제간에 어려움을 구해야 하네)"함이 있다. 脊令은 원래
　　鶺鴒이니, 그래서 鶺鴒을 형제의 우애로 쓰인다.
87)　承宣: 繼承 發揚.
88)　赤脚: 赤脚婢. 계집종. 韓愈의 〈寄盧仝〉詩에 "一奴長鬚不裹頭 一婢赤脚老無齒

새벽에 읊다
曉吟

쓸쓸한 밤 비에 새 봄이 가까웠으니
동리엔 진흙 깊어 새벽에 사람에 뿌리다
온갖 일은 원래 어지럽기 머리털 같은데
여러 해동안 다시 병으로 몸이 얽혔구나
유가 도리의 흥망이야 공자에게 듣지만
이 당시의 평안 위험은 대신에게 의지해
잠시 붓에다 의지하여 소소함 기울여 보며
작은 창 밝은 곳에서 두건이나 가다듬는다.

蕭疎夜雨近新春　　　閭巷泥深曉濺人
萬事由來紛似髮　　　多年況復病纒身
斯文興喪聞夫子　　　當世安危倚大臣
暫托管城[89]傾磊落　　　小窓明處整冠巾

눈
雪

올 겨울은 비가 많아 봄날의 훈훈함 같아
길 마르기를 기다려 버들 마을 가려하다

(종놈 하나는 긴 수염에 머리 쓰지도 않고, 종년 하나는 알 다리에 늙어 이가
없구나)" 함에서 유래하였다.
89) 管城: 管城子. 붓을 의인화한 것. 韓愈가 〈毛穎傳〉에서 붓을 "管城子"라 했다.

홀연히 백옥의 눈꽃 창문에 나부낌 보고
이미 은빛 바다 내 언덕을 넘치게 하다
차가 돌 솥에서 울려 시의 격률 맑히고
매화 강 들녘에 피어 쑥대 문을 닫다
북쪽 뜰을 되바라보니 바람 바로 급하니
적적 고요한 구역 벗어나 해 저물려 하다.

今冬多雨似春暄　　欲候路乾行柳村
忽見玉霙飄戶牖　　已敎銀海漲川原
茶鳴石鼎淸詩律　　梅發江郊掩蓽門
回望北庭風正急　　寂寥區脫日將昏

산수의 병풍
山水屏風

생각은 우주 저 바깥을 장식하고
신령은 아득한 저 공간에 놀다
많은 생을 응당 속세를 피하여
한 번 보고 산으로 돌아가려 해
절벽 시내에 샘물 소리 급하고
깊은 언덕에 바위 형세 완악하다
들 사람 저 숲 밖으로 가니
그 기상 스스로 청한하구나.

意匠鴻濛外	神游縹渺間
多生應避地	一見欲歸山
絶澗泉聲急	深崖石勢頑
野人林表去	氣像自淸閑

졸음에서 깨어 닭 소리 듣고, 우연히 '닭이 처음 울거든
세수하고 빗질한다'는 말이 기억나, 주자의 소학 규모
절목의 비요를 생각하여 8구를 읊어 자손에게 경계한다
睡起聞雞聲 偶記初鳴盥櫛之語 因念文公小學規模節目之
備 吟成八句 以戒子孫云

학문의 분수 크고 작음은 각기 시기로 따름이니
덕을 쌓음도 모름지기 그 기틀이 있음 알아야
가르침 세우고 윤리 밝히어 우주에 미만하고
좋은 말씀 착한 행동을 터럭 끝까지 분석하라
한산의 목은 늙은이는 바야흐로 아비 되었으나
제나라의 주문공은 바로 내가 스승삼는 바이다
너희 자손에게 알리노니 의당 근본에 힘써서
중도에 조용히 할 일이지 지름길을 쫓지 말라.

學分大小各因時	積德須知必有基
立敎明倫彌宇宙	嘉言善行[90] 析毫釐

---

90) 立敎 明倫 嘉言 善行: 모두가 小學의 篇名임.

韓山牧老方爲父　　　齊國文公是所師
告爾子孫宜務本　　　從容中道莫趍岐

조용한 거처
幽居

세상의 어떤 사람이 날마다 한가로울 것인가
흰 머리 늙은 문전에 쫓기고 따름 끊겼다
하늘 땅 사이 스스로 비 구름 되는 손이 있고
솔과 잣나무는 끝내 복숭아 오얏의 얼굴이 아니다
읊조리는 동안 푸른 허공에 춤추듯이 높고
꿈 속의 밝은 달에 물은 찰랑찰랑 잔잔하다
조용히 사는 재미있어 스스로 헤아리기 어려워
때로 한 쌍의 날아 돌아오는 새들을 본다.

世上何人日日閑　　　白頭門巷絶追攀
乾坤自有雨雲手91)　　松栢終非桃李顔
吟裡碧空山偃蹇　　　夢中明月水潺湲
幽居有味自難數　　　時見一雙飛鳥還

주역 읽던 당년에는 시기 알기를 요함이었지만
무너지고 꺾인 것 어찌 다시 건장의 뿌리 되나

---

91) 雨雲手: 杜甫의 〈貧交行〉시에 "翻手作雲覆手雨 紛紛輕薄何須數(손을 뒤집으면
　　구름이요 엎으면 비니 분분하고 경박한 무리 어찌 다 헤아리랴)"함이 있다.
　　'친구의 사귐이 경박함'을 말한다.

매양 하루에도 일 없음이 감사하고
또한 온갖 일에 당연한 이치를 가상히 여기다
유가 관리는 굳이 응당 저와 안 맞으면 적이지만
무당이나 의원은 끝내 서로 스승 삼기 부끄러워 않다
읊고 돌아가려니 저절로 봄 바람이 있는데
양주가 지름길이 많음을 운 것 가소롭구나.

讀易當年要識時　　　崔頹那復壯根基
每於一日謝無事　　　且向百工嘉允釐92)
儒吏固應非是敵　　　巫醫終不恥相師93)
詠歸自有春風在94)　　可笑楊朱泣路歧95)

이태백을 읊음
詠太白

귀양온 신선의 풍채는 온 천하를 비추고

---

92) 允釐: 이치에 당연함. 〈書經, 堯典〉에 "允釐百工 庶績咸熙(온갖 일에 이치 당
　　연하여 믿어지면 모든 공적이 다 조화롭다)" 함이 있다.
93) 不恥相師: 서로 스승 삼기 부끄러워 않다. 韓愈의 〈師說〉에 "巫醫樂師 百工之
　　人 不恥相師(무당 의원 온갖 공장이는 서로 스승 삼기를 부끄러워하지 않는
　　다)" 함이 있다.
94) 詠歸自有春風在: 孔子가 제자들의 소원을 이야기하게 했을 때, 曾子가 "봄옷이
　　이루어지면 어른 대여섯과 어린이 예닐곱으로 기수에서 목욕하고 기우제 터에
　　서 바람 쏘이고 읊으며 돌아오겠다(春服旣成 冠者五六人 童子 六七人 浴乎沂
　　風乎舞雩 詠而歸)"라 함이 있다.
95) 楊朱泣路岐: 楊朱는 지름길의 가닥이 많아 양을 잃듯이 학문에도 방법이 많아
　　진리가 혼돈된다고 탄식하였다. "多岐亡羊".

침향정에서 취해서 짓는 가락 홍도 여유가 있었네

왕성한 조정의 궁정 문턱을 홀로 거닐었고

비법의 술수로 자하거의 장생술을 다시 세우다

고운 가사 봉황새 토해 새로운 은총을 읽어내고

호탕한 기개 고래를 타고 태허의 하늘로 들다

여자와 술 뿐이었다고 말하지 말라

인자하고 슬기로운 이야 하나의 탄식으로 보아지낸다.

謫仙[96]風彩照堪輿	醉賦沈香[97]興有餘
獨步盛朝靑瑣[98]闈	重營秘術紫河車[99]
艶詞吐鳳紆新寵	豪氣騎鯨[100]入大虛
莫道婦人幷酒耳	知仁觀過一稀歔

---

96) 謫仙: 귀양온 신선. 李白을 지칭. 이백이 蜀지방에서 서울로 왔을 때, 賀知章
　　이 소문을 듣고 맨 처음 찾아가 문장을 겨루니, 이백이 〈蜀道難〉을 보였다. 하
　　지장이 다 읽기도 전에 "謫仙"이라고 하였다.

97) 沈香: 沈香亭. 唐의 궁중의 정자 이름. 唐의 李白의 〈清平調詞〉에 "解釋春風無
　　限恨 沈香亭北倚闌干(봄바람의 한없는 한을 해석한다면 침향정 북쪽의 난간에
　　의지함일세)" 함이 있다. 기록에 의하면, 당 太宗이 침향정 앞에 모란을 심어
　　놓고는 "명화도 감상하고 귀비도 대하고 있는데, 어찌 묵은 가곡으로 노래하랴
　　하고는 李延年에게 화선지를 내려주니, 李白이 〈清平調詞〉 3수를 지어 바쳤다
　　한다.

98) 靑瑣: 皇宮의 창문에 청색으로 둘린 꽃 무늬 장식. 따라서 宮廷을 일컬음.

99) 紫河車: 道家에서 단련해서 얻은 仙液으로 長生한다 함.

100) 騎鯨: 고래를 타다. 揚雄의 〈羽獵賦〉에 "乘巨鱗 騎鯨魚"라 함이 있어, "騎鯨"
　　을 隱遁이나 仙遊로 비유되었다. 杜甫의 〈送孔巢父謝病歸遊江東兼呈李白〉시에
　　"幾歲寄我空中書 南尋禹穴見李白"이란 시의 南尋句를 "若逢李白騎鯨魚"라 한
　　것도 있어서, 여기에다 부연하여 이백이 취하여 고래를 타고 潯陽江에서 上天
　　했다는 전설이 생겼다.

섣달 그믐
除日

병풍 뒤 뭇 영걸들이 구중 궁궐로 나아가니
새벽의 북과 징이 개인 허공에 드날린다
내시와 동자들의 소리가 서로 대응하니
열에다 둘을 더한 신들은 흉악귀를 쫓는다.

屏障群英進九重　　　五更鉦鼓振晴空
黃門[101] 侲子[102] 聲相應　　　十有二神追惡凶

騰簡의 신은 원래가 상스럽지 못한 것을 먹으니
모든 흉악함이 급히 간 뒤에야 식량이 된다
내일 아침엔 봉황이 삼신산의 장수를 드리면
앉아서 인자한 풍교가 사방에 진동함 보겠네.

騰簡[103] 由來食不祥　　　諸凶急去後爲糧
明朝鳳獻三山壽　　　坐見仁風動四方

---

101) 黃門: 원래는 宮門이나, 여기서는 宦官 곧 內侍를 말함.
102) 侲子: 童子. 〈文心雕龍, 祝盟〉에 "侲子歐疫 同乎越巫之祝(동자가 역귀를 쫓는
　　것이 월나라 무당의 축원과 같다)"함이 있다.
103) 騰簡: 악귀를 먹는 신. 〈後漢書, 禮儀志〉에 "先臘一日 代儺 謂之逐疫 於是中
　　黃門倡 侲子和曰 甲作食凶 肺胃食虎 雄伯食魅 騰簡食不祥(그믐의 하루 전날
　　대나로 역귀를 쫓는다 하는데, 이에 황문은 부르고 동자는 화답하기를 '갑작
　　은 흉귀를 먹고 필위는 범을 먹고 웅백은 도깨비를 먹고 등간은 상스럽지 못
　　한 것 먹는다'한다)" 하였다.

해 지키기, 당시의 운을 이용하여 세 수
守歲104) 用唐詩韻 三首

백일을 읽어맬 방법이 없고
황하가 다시 오지 않는다
뜬 삶이란 하나의 나는 새
절로 가는 걸 누가 재촉해.

白日無由絆　　　黃河不復回
浮生一飛鳥　　　自去更誰催

끊긴 줄이야 오히려 이을 수 있고
파도 무너져도 또 돌아오지만
빛과 볕이란 머무르게 할 수 없이
출렁출렁 괴로이 서로 재촉하다.

絃斷猶能續　　　波頹亦可回
無由駐光景　　　衮衮苦相催

다 가는 밤도 막 깊어만 가고
깨끗한 아침 장차 돌아오려 해
등불과 그림자 함께 사라지고
둥둥 북소리 다시 또 재촉하네.

窮陰方欲盛　　　淑景又將回
燈影共牢落　　　鼕鼕更鼓催

---

104) 守歲: 섣달 그믐날 밤 잠을 안 자고 새해를 맞이하는 것.

참군인 막내와 맏 손자 맹유에게 훈계함
誡季子參軍長孫孟睞

눈에 가득히 남쪽 창엔 햇빛도 진홍빛인데
참군이 밥을 먹으매 시저에 바람이 인다
늙은 이는 일이 없어 바로 졸음을 탐내고
어린 이 책을 읽어 마땅히 공력을 들어내야지
귀하고 천함 현철함 물려 준 뒤에 절로 갈리고
현명 우둔은 원래 어리석음을 일깨움에 있다
너희들은 마땅히 한 치의 그늘이라도 아끼어서
우리 집을 일으킨 문효공을 저버리지 말라.

潑眼[105] 南窓日色紅	參軍喫飯匙生風
老翁無事政耽睡	稚子讀書宜著功
貴賤自分貽哲後	賢愚元在養蒙中
汝曹當把分陰惜	莫負起家文孝公

정월
正月

선기옥형의 의식 제도가 새로워졌으니
요순 시대의 별이라도 응당 참을 잃을 것이다
3 백 60일이 한 돌로 이미 한 해가 바뀌었고
절기는 24인데 아직 봄은 오지 않았다

---

105) 潑眼: 눈에 비치다. 눈에 가득하다. 照眼. 滿眼.

하늘 땅 해 달이 남은 여지가 없고
뫼와 시내 산이나 물엔 한 점의 먼지도 끊겼다
격양가 부르는 늙은 이 나이를 더해가면서
하늘 명령 즐거워하여 내 몸을 보존한다.

璿璣玉衡106)儀制新　　堯舜中星應失眞
朞三百六已改歲　　氣二十四未回春
乾坤日月無餘地　　岳瀆山河絶點塵
擊壤107)老人添得齒　　樂夫天命保吾身

탕왕의 세수대에서 날마다 새로워지라 함 기억하고
곧바로 무극을 더듬어 애써 이름을 참다움이라 하다
누가 알랴, 얼은 눈이 육중했던 땅이
원래 아지랑이 꽃이 난만하던 봄인 것을
달팽이 뿔에다 이름을 감추지 못함 한스러우나
어찌 말 발굽의 먼지에 무릎 구부린 적 있으랴
다음 날 역사의 붓 끝에서 기롱이 심하겠기에
흰 머리털이 성글성글 이제사 몸을 애걸하다니.

擬向湯盤記日新108)　　直探無極强名眞
誰知氷雪崢嶸地　　自是烟花爛熳春

---

106) 璿璣玉衡: 옛날 天文 氣象을 관측하던 옥으로 만든 기계.
107) 擊壤: 〈帝王世紀〉에 "帝堯之世 天下大和 百姓無事 有五十老人擊壤於道(요임금
　　 때에 천하가 크게 평화롭고 백성이 무사하여 노인들 50여 명이 경양놀이를 하
　　 고 있었다)" 하여 '격양'이 태평성대의 전고가 되었다.
108) 湯盤記日新: 殷나라의 湯王이 자신을 경계하려고 자신의 세수대에다 "苟日新
　　 又日新 又日日新"이라고 새겨서 조석으로 경계했다 함.

恨不藏名蝸角地　　　何曾屈膝馬蹄塵
他年史筆譏應甚　　　白髮蕭蕭始乞身

세상의 물색들이 이제 와서 새로워지니
눈 닿는 곳이 어지러이 가짜와 진짜일세
한 가지 맛에 온갖 기미 잊은 노쇠한 날이고
사방이 일이 없으니 태평스러운 봄이라
성인 지역 나아가려 하니 응당 천리이고
신선 풍채 물으려 하니 다시 몇 진세인가
나아가고 물러감 초목과 같음 알겠으니
용과 뱀이 움추린 곳에서 몸 보존 배우다.

人間物色近來新　　　觸目紛紛贗與眞
一味忘機衰老日　　　四方無事大平春
欲趁聖域應千里　　　爲問仙風更幾塵
進退自知同草木　　　龍蛇蟄處學存身

새벽에 일어　두 수
晨興　二首

맑은 햇빛이 성근 기둥에 오르니
텅빈 방에 깨끗이 광채가 돋다
묵은 화로엔 재 밑만 따뜻하고
화로 연기는 벽에 가득한 향기

깊은 병이 몸에서 떠나지 않아
약물이 오히려 침상에 있다
변방의 보고가 올라온 듯한데
군사 무기가 국가를 괴롭힌다
작은 마음에 헤아림이 있다면
살아감이 점점 애상을 느끼다
그래도 유유히 하늘 운명을 즐겨
군자는 의당 스스로 강건해야 해.

淸旭登踈櫺	虛室淨生光
宿火灰底溫	爐烟滿壁香
沈痾未去體	藥物猶在床
似聞邊報來	甲兵煩廟堂
寸心諒有定	生涯轉堪傷
悠悠樂天命	君子當自强

온갖 새 봄 볕을 떠들어대고
뭇 꽃엔 이슬 꽃도 널렸네
소리 빛은 사사로움이 없어
온 천하가 바야흐로 한 집
높은 사람은 즐거운 것 있어
머뭇거리다 해 기울녘 이르다
귀로는 좋은 소리 듣고
눈으로는 기이한 꽃 즐기다
안으로는 대중의 정의 지키고

밖으로는 뭇 사특함 물리치다
예악 제도 확 채울 것 믿어
군자는 의당 여유가 있어야지.

百鳥喧春陽	群花敷露華
聲色自無私	天下方一家
高人有所樂	游豫至日斜
耳以聞好音	目以悅奇葩
內以守衆正	外以攘群邪
禮樂信充塞	君子當婆娑

정월 초이틀, 곡성부에 갔다가 매화와 철쭉이 일시에
풍성히 핀 것을 보고, 돌아와 잊을 수가 없어 곧 3수를
짓다

正月初二日 詣曲城府中 見梅花躑躅一時盛開 退而不能忘
因成三首

얼음 눈의 앞 머리에서 비단이 쌓였고
은근한 향과 짙은 요염 공교로이 모셨구나
몇 사람이나 일시에 핀 것을 볼 수 있겠나
세 가지 영달한 존귀함 노인만이 심을 수 있지.

氷雪前頭錦作堆	暗香濃艶巧相陪
幾人能得一時看	三達尊[109)]翁獨並栽

섣달도 다 지난 시내 산은 얼음 눈 쌓여
꽃다운 마음 끊긴 풍속은 절로 함께 못해
철죽이 봄 빛을 다툰다해서 혐의할 수 있나
이미 높은 분의 자의적인 재배였던 것을.

臘盡溪山氷雪堆　　芳心絶俗自無陪
肯嫌躑躅爭春色　　已被高人縱意栽

기영회의 모임에 비단이 쌓여 있으나
후진으로서는 잠시의 모심도 얻기 어렵다
함께 국화 어쩔 수 없이 지는 것 부러웠더니
파란 꽃술 늦게 옮겨 심은 것 절로 사랑스러워.

耆英會上綺羅堆　　後進無由得暫陪
共羨黃花耐搖落　　自憐靑蘂晚移栽

눈
雪

새벽녘 쇠잔한 꿈 하나의 등불 앞에서
쓸쓸히 눈이 하늘 가득함 누워서 듣다
길을 바라지만 아직도 歸宿할 땅이 희미하고

---

109) 三達尊: 세 가지가 함께 영달되다. 〈孟子〉에 "天下 達尊三 爵一 齒一 德一(천
　　하에 영달된 존귀함이 셋이니, 벼슬이 하나이고 나이가 하나이고 덕이 하나이
　　다)" 함이 있다.

밭이 있으나 부질없이 귀거래의 글이나 읊다
소나무에 사는 외로운 학은 응당 말이 없고
바위굴에 외로운 중은 혼자 선에 앉아 있다
오직 붉은 비단 나즉히 읊는 곳이 있으나
나무하는 길이 오뚝한 산마루로 오름 알지 못해.

五更殘夢一燈前　　　臥聽蕭蕭雪滿天
望道尙迷歸宿地　　　有田空詠去來篇
松棲獨鶴應無語　　　巖竇孤僧自坐禪
唯有紅綃低唱處110)　　不知樵逕入危巓

봄 바람이 눈을 불려 사릿문을 치니
홀로 앉아 높은 소리로 式微장을 읊다
스스로 격이 낮은 것을 믿기에 좋은 글귀 없고
누가 아나 길 미끄러워 위험한 기틀 많음을
처마 사이에 조각 조각 매화가 떨어지고
문 밖에는 아득 아득히 버들 솜 날린다
모두가 진부한 말이라 의당 버리기 힘쓰나
문득 다른 말이 혐의스러워 매번 서로 만나다.

春風吹雪打柴扉　　　獨坐高聲詠式微111)
自信格卑無好句　　　誰知路滑足危機

---

110) 紅綃低唱處: 未詳.
111) 式微: 詩經의 篇名, 돌아가기를 바라는 내용. 〈詩經, 邶風〉 "式微式微 胡不歸
　　(쇠하고 쇠했으니 어찌 돌아가지 않으랴)" 함이 있어 "式微"를 돌아가기 바라
　　는 생각으로 쓰인다.

簷間片片梅花落　　　門外茫茫柳絮飛
摠是陳言宜務去　　　却嫌他語每相違

눈 속의 두어 집이 물 마을에 다달았으니
밥 짓는 연기 막막하게 또 황혼이 되었네
돌아가 쉬어 옛 사람 자취 잇고자 하나
교칙 하사로 다시 밝은 임금 은혜 입었다
공교로이 발 틈으로 드니 섬세한 작품 같고
하늘 땅 널리 안으니 억지로 삼키는 듯하다
봄 바람은 응당 여강의 물을 넘칠 것이니
조용히 조각배에 앉으면 곧바로 문에 닿으리.

雪裡數家臨水村　　　炊烟漠漠又黃昏
歸休欲繼古人跡　　　敕賜更蒙明主恩
巧入簾櫳如細作　　　闊包天地似强呑
春風應漲驪江水　　　穩坐扁舟直到門

큰 눈에 동년방인 원수 정원재가 술을 가지고 찾아와
서, 가작 한 편을 외우는데 "늙는 나이엔 이름 더욱 중
하고\ 새 해에는 제도가 다시 번잡하다\ 오히려 세속 자
태 따름 부끄럽고\ 애써 일어나 제후 문에 알현하다\ 시
내 눈에 애오라지 흥을 실어\ 산 정자에 시끄러움 피할
만하네\ 원컨대 공을 따라 진리 배우고\ 인간 세사는 거
문고 술에 맡겨"라 하였는데, 이 끝구는 내가 감당할 수

있는 것이 못된다. 그러나 자신의 서술은 다 실록이다.
경박한 세속을 일깨우고 후생을 개도하는 것이기에 비
루 졸렬함을 생각하지 않고 곧 5수를 짓고 또다시 짓기
를 청하다

大雪 同年鄭圓齋112)元帥携酒見訪 且誦佳作曰 晚歲名逾
重 新年禮更煩 尚慚隨俗態 强起謁侯門 溪雪聊乘興 山亭
可避喧 願從公學道 人事付琴尊 末句非僕所敢當也 然其
自敍 皆是實錄 可以驚薄俗開後生也 不揆鄙拙 輒賦五首
且邀再賦云

목은 늙은이의 거처는 삭막만 한데
원재 재상이 예의 빈번 하셨네
왕씨 자제 우뢰 자리를 놀래고
袁安은 눈이 문에까지 쌓였다
강과 산에는 새도 날아 끊기고
동리 안은 말들 지나 시끄럽다
바다 같은 눈물 손곱아보며
화려한 당상에 술잔을 다시 두다.

牧翁居索寞   圓相禮頻煩
王子113)雷驚座   袁生114)雪擁門

---

112) 鄭圓齋: 鄭公權(?-1382)의 호가 圓齋, 初名은 樞이고, 字가 公權인데, 만년에
    는 자로 이름을 삼았다. 공민왕 때 李存吾와 함께 辛旽을 규탄하다 사형될 뻔
    했으나, 李穡의 도움으로 모면하기도 했다.
113) 王子: 晉의 王氏 자제를 "王子"라 한다. 여기서는 王子猷(徽之)를 말한 것이

江山鳥飛絶　　　　閭巷馬來喧
屈指花如海115)　　華堂更置尊

눈의 창은 뼈에 사무치도록 맑아
마음 바탕의 남은 먼지를 씻어내다
더구나 임께서 술을 가지고 와서
평안히 나의 닫은 문을 용납해주니
번화 거리는 물 뿌리고 쓴데서 오고
적막함은 속세의 떠듦을 피함이다
다시 밝은 달에 맞이할 것 약속하여
서로 보는 그림자 술잔에 들게 하세.

雪窓淸到骨　　　　心地滌餘煩
況有公携酒　　　　寧容我閉門
繁華從糞掃　　　　寂寞避塵喧
更約邀明月　　　　相看影入尊

아닌가 여겨진다. 왕자유가 눈이 많이 내리는 날 홀연히 은자인 戴逵를 만나
고 싶어 작은 배를 타고 가다가. 대규는 만나지도 않고 되돌아왔다. 사람들이
이유를 물으니, 흥이 나서 갔다가 흥이 다하여 왔다 대규와 다른 일을 논의할
것은 없었다 했다. 이를 "子猷尋戴"라 한다. 그런데 본 시에서는 다음의 '雷驚
座'와 연결이 매끄럽지 않아 의아스럽다.
114) 袁生: 漢의 袁安이 현달하지 않았을 때, 洛陽에 큰 눈이 내렸다. 낙양의 형령
　　이 민정을 살피기 위해 袁安의 문 앞까지 이르렀는데, 安은 태연하게 집 안에
　　누워 있었다. 현자인 것을 알고 추천하여 기용하여 대성하게 했다. 이를 "袁
　　安高臥"라 한다.
115) 花如海: 눈을 '雪花'라 하고, 꽃이 많은 것을 '花海'라 하니, 여기서는 눈이 많
　　음을 이른 말인 듯.

새 해의 날 이름 알리기 어지러우니
남은 삶을 감히 번거로움 꺼리랴
동년방의 친구 벼슬 돌린 지 오라더니
눈을 밟고서 특별히 문을 두드리네
임은 용과 뱀의 칩거와 같고
나는 참새들의 떠들음 같구나
아득히 자연 조화 순응하는 곳
서로 마주하여 꽃술잔을 기울이세.

歲日紛投刺　　餘生敢憚煩
同年久還笏　　踏雪特敲門
公似龍蛇蟄　　吾如鳥雀喧
渺然乘化處　　相對倒芳罇

웃음 이야기도 차라리 싸늘함 꺼리어
옷깃 회포엔 이미 번뇌 버렸노라
쇠잔한 나이 자주 방을 옮기어
홀로 밤에 문을 닫지 않는다
다만 등불에 나방 부딛침 보고
마구간의 말 들렘을 듣기 어렵다
원재께서 나의 늙음 애석히 여겨
눈을 무릅쓰고 다시 술을 가져오다.

笑語寧嫌冷　　襟懷已去煩
殘年頻徙室　　獨夜不關門

但見燈蛾撲　　　難聞櫪馬喧
圓齋惜吾老　　　冒雪更携尊

시를 읊자니 기운 짧음 알겠고
일을 만나면 문득 마음 번거롭다
난세에는 자주 거울을 바라보고
쇠잔한 삶이라 홀로 문을 닫다
버들 실은 응당 움직이려 하고
시내 물은 점점 들레려 한다
머리 돌려 새 아침 조회하는 날
향기가 백호의 술잔에 응축되다.

吟詩知氣短　　　遇事便心煩
亂世頻看鏡　　　殘生獨掩門
柳絲應欲動　　　澗水漸成喧
回首朝正日　　　香凝白獸尊116)

녹을 받은 노래
受祿歌

기율 강령은 국가의 혈맥이고
녹봉의 급료는 백성의 기름이다

---

116) 白獸樽: 白虎樽. 唐에세 太宗의 이름을 피하여 '虎'를 '獸'로 고쳐 썼다. 정월
　　초하룻날 조회에 궁정 뜰에 白虎 술잔을 펴놓는다. 뚜껑이 백호로서 만약 直
　　言하는 자가 있으면 이 술잔을 열어 술을 마셨다.

우리 나라의 법을 세움으로 받은 바 있어
정월 7일과 49제에 은전을 사사로이 베푸시니
태산이 흔들려도 결코 옮기지 않고
뭇 신하 우러러 받아 기한 어기지 않다
창고 관리 관적 살펴 차례대로 상고하니
여덟 열의 뜰 아래에 모래섬처럼 쌓였다
큰 집의 호걸한 종놈도 다투어 팔을 걷고서
창고 문에서 지고 나오며 별처럼 달린다
수레 공격 마소의 건장함이 서로 부르짖고
징과 북으로 도와 소리들 서로 따르다
집집마다 술과 밥으로 또 서로 위로하여
일시의 기개 상황 참으로 평안 화해롭다
반열의 중심인 5품의 대제 벼슬을 띠어
을미년의 그 해에서 그 때가 이어졌다
지금껏 군호로 봉하였고 또 병으로 누우니
나라에 보답하려도 실오라기 하나 없다
만약 낱알 하나하나를 낱낱이 셀 수 있어도
역산의 명인이라도 끝까지 찾아 추궁 못한다
다만 하나의 마음 있어 붉기 피와 같으니
말씀 토하고 발을 들어 임금 위험 부축하리
임금 위험 어디 있나 바로 상벌에 있으니
큰 국병을 한 번 잃으면 끝내 거꾸러지다
신하의 몸 살찐 것도 임금의 녹봉이니
차마 물러나 먹으며 한갓 번둥댈 수야
낱알 하나 귀중하기 한 일이 귀중함이니

감히 청하여 배 두드리고 때로 깊이 생각해
깊은 생각에 절로 땀이 등을 적심이 있으니
아내 자식 배부르고 따뜻해 막 놀이에 있다.

紀綱國血脈　　　　　俸祿民膏脂
東方立法有所受　　　正七七七117)頒恩私
泰山可搖判不移　　　群臣仰給無愆期
倉官按藉考次第　　　八列庭下堆如坻
大家豪奴競攘臂　　　負出倉門星火馳
車攻牛健共叫噪　　　助以鉦鼓聲相隨
家家酒食又相勞　　　一時氣象眞恬熙
班心五品帶待制118)　歲在乙未維其時
迄今封君又臥病　　　報國自知無寸絲
若敎粒粒可枚數　　　巧曆119)亦憚窮尋推
只有一心赤如血　　　吐辭擧足扶君危
君危何在在賞罰　　　大柄一失終倒持
臣身肥腯是君祿　　　可忍退食徒委蛇
一粒重似一事重　　　敢請鼓腹時沈思
沈思自有汗洽背　　　妻子飽煖方游嬉

---

117) 七七: 옛 풍속에 사람이 죽은 뒤에 7일마다 제사하여 77 49일에 멈춘다. 죽은
　　지 7일만에 一陽이 다시 오고, 이 다시온(來復) 날에 제사하는 것이다. 곧 옛
　　날 招魂의 의식이다. 산 사람의 정신으로 죽은 자의 신령을 부르는 것이니,
　　77 49일이 되면 다시 회복되지 않는다. 그러므로 산 사람도 어찌할 수 없이
　　제사를 중지한다.
118) 待制: 임금의 詔命을 기다리는 官名. 唐의 永徽년간에 弘文館學士 한 명에게
　　명하여 武德殿 西門에서 대제하게 한 일이 있다.
119) 巧曆: 曆算에 精巧한 사람.

이른 봄에 있었던 일
早春卽事

조용한 거처 또 새로운 한 해
홀로 앉아 청정히 향을 사루다
소나무 난간 마주함 제일 다행
어찌 이끼 방에 든다 꾸짖으랴
언덕 얼음 때로 절로 떨어지고
창살의 해는 누구 위해 긴가
자못 기틀 잊는 일을 믿기에
오히려 짧은 글 지을 수 있다

幽居又新歲	獨坐淨焚香
最幸松當檻	寧嗔蘚入房
崖氷時自落	窓日爲誰長
頗信忘機事	還能賦短章

경계 끊겨 뭇 동정을 물리치고
마음 맑으니 오묘한 향내 맡다
많은 전생에 남은 업 막히나
여섯 가지 일이 문방에 갖추었네
훌쩍훌쩍 겉 모습은 변해 가고
출렁출렁 기개 멋은 길어지다
봄 바람 불어 점점 따뜻하니
다시 돌아갈 글이나 읽는다.

境絶屛群動　　心淸聞妙香
多生餘業障　　六事[120] 具文房
苒苒形容變　　悠悠氣味長
春風吹漸暖　　更讀詠歸章

동쪽 경계 동쪽 바다 닿았고
이름 난 산은 중향봉으로 솟다
위태로운 봉우리 새 길에 임했고
끊긴 절벽은 절 방에 걸렸구나
바람 먼지 어두움 괴로이 싫지
길이 길고 길어 그러한 것 아니다
가고 머뭄 마음만 부질없이 괴로워
쏟아 내면 저절로 글장이 된다.

東界臨東海　　名山聳衆香
危峯臨鳥道　　絶壁掛僧房
苦厭風塵暗　　非關道路長
去留心謾苦　　寫出自成章

밤에 앉아서
夜坐

해지자 뭇 까마귀 이미 숲에 가득한데

---

120) 六事: 貌, 言, 視, 聽, 思, 心을 말함.

하늘 끝 외로운 학은 저녁 구름이 깊다
평생에 푸른 등불 대화 혹독히 사랑하나
늙어 병들어 다시 친구 모임 따름 없네.

日落群鴉已滿林　　　　　天涯獨鶴暮雲深
平生酷愛靑燈話　　　　　老病無從更盍簪121)

쇠잔한 눈 비낀 볕에 물은 숲을 둘러
위태한 봉우리 깎여 섰고 절벽도 깊어
봄 바람에 다시 안장 나란히 약속해 놓아
들 꽃을 꺾어 얻어 머리 위에 꽂는다.

殘雪斜陽水遶林　　　　　危峰削立斷崖深
春風更約聯鞍去　　　　　折得野花頭上簪

감정 집착 모두 잊어 길 따라 숲에 드니
누가 골이 뚫렸다거나 깊다거나 분간하랴
스스로 괴롭고 어려운 전날 같음 꺼려서
그대가 준 꽃 가지는 머리에 꽂지도 않다.

情執都忘入道林　　　　　誰分洞達與幽深
自嫌苦澁如前日　　　　　君賜花枝亦不簪

---

121) 盍簪: 빨리 모이다. 〈周易, 豫卦〉에 “大有得 勿疑 朋盍簪(크게 얻음이 있으니
　　의심하지 말라 친구가 빨리 모이리라.)” 하여 盍은 合也 簪은 疾也로 주석하
　　였다.

거울을 읊다
詠鏡

단단한 바탕은 원래 서로 막혔기에
맑은 마음이 짐짓 스스로 영험해
기운이 침범해도 마치 자취 있는 듯
사물 지나면 즐겨 형태를 남기다
다만 내 머리 흰 것을 사랑하나
속인의 눈 푸르름은 못 만난다
가련하게도 때로 낯을 돌리면
밝고 밝던 것이 문득 어두워.

硬質元相礙　　淸心故自靈
氣侵如有跡　　物過肯留形
秖喜吾頭白　　難逢俗眼靑
可憐時背面　　皎皎却冥冥

찰밥
粘飯

찹쌀은 아교 같아 뭉치면 단자가 되고、
꿀에다 조리하면 색깔은 얼룩얼룩하고
다시 대추 밤과 잣을 겸하게 하면
이와 혀 사이에 단 맛 내기 도와주네.

粘米如膠結作團　　　調來崖蜜色爛斑
更教棗栗幷松子　　　助發甛甘齒舌間

삼한의 오늘 저녁은 달이 둥글둥글하니
작은 구름이라도 비단 반점 만들까 두렵다
다만 농사짓는 집의 풍년 점을 치려는데
어찌하여 은대 촛불이 구름 머리 비춤 없나.

三韓今夜月團團　　　最怕微雲作錦斑
只爲農家占歲稔　　　豈無銀燭照雲鬟

어느 사실
卽事

봄 추위도 오싹오싹 귀밑 머리 성근데
고요히 앉아 있는 남창 흥도 여유로워
문 닫아 스스로 새 해 인사 오는 이 없고
붓을 뽑아 혹 친구의 편지에 답장을 쓰다
백년의 세월 땅 궁벽해도 봄 빛은 움직이고
오악의 산악에 구름 열려 햇빛도 트인다
다만 쇠잔한 삶 성덕 노래하기에 합당하니
구천 하늘의 비 이슬에 밭 집에 누워 있다.

春寒惻惻鬢毛疎　　　靜坐南窓興有餘
閉戶自無新歲謁　　　抽毫或答故人書

百年地僻春光動　　　　五嶽雲開日色舒
只合殘生歌聖德　　　　九天雨露臥田廬

근년래로 옛 친구는 점점 소원하고
메마른 뼈 병 중에 누워 의지하고 있다
몸 뒤에 감히 일천 자의 제문 기대하랴
뱃 속에 부질없이 다섯 수레의 책 실었구나
孔稚珪는 북쪽 산악의 이문을 자주 썼고
도연명은 동쪽 언덕에서 휘바람 혼자 불다
남양 땅 머리 돌려도 지금은 적적하니
어느 사람이 제갈공명을 뒤이어 일어나리.

年來舊故漸相疎　　　　瘦骨支持臥病餘
身後敢期千字誄　　　　腹中空載五車書
德璋122)北嶽移頻勤　　　靖節東皐嘯獨舒
回首南陽今寂寂　　　　何人繼起孔明廬

나의 삶 오래 되었으니 내 성글음 내 사랑한다
한 번 변한 사람은 장차 그 나머지는 먹지 않아
젊은 날 열어 밝힘은 대학으로부터 하였고
늙은 나이 삼고함은 여러 책들이 있구나
마음은 정지된 물과 같아 스스로 청징하고

---

122) 德璋: 孔稚圭의 字. 會稽 사람인데, 鍾山이 군의 북쪽에 있었다. 周彦倫이 北
　　山에 숨었다가 召命을 받고 海鹽縣令이 되어 이 산을 지나게 되니, 공치규가
　　산 신령의 뜻을 대변하여 다시 여기로 오는 것을 허락하지 않는 내용으로 쓴
　　글이 "北山移文"이다.

몸은 뜬 구름과 더불어 때로 걷다 폈다 하다
병이 많아 귀향의 애걸도 일상의 예이거니
용문산 아래엔 정사 초려 하나 있다.

吾生久矣愛吾踈   一變人將不食餘
小日發明從大學   老年考索有群書
心如止水自澄澈   身與浮雲時卷舒
多病乞歸常例耳   龍門山下有精廬

새벽에 일어나 있었던 일
曉起卽事

푸른 산 빛이 돌아간 뜻만큼 짙지 않고
잠잠히 읊어 오똑 앉아 해 높이 방아찧다
가을 바람엔 담장 머리 풀을 읊은 적도 있고
늦은 세모엔 항시 시내 가 소나무 생각하기도
蔡澤의 신음을 唐擧는 웃었고
굴원의 추방은 초사의 종주가 되었다
도시락 밥 표주박 물도 스스로 봄의 화기 있으니
다만 정하고 미세함이 오히려 한결같이 중요하다.

山色不如歸意濃   沈吟兀坐日高舂
秋風曾詠墻頭草   晚歲常懷澗底松
蔡澤123) 呻吟唐擧124) 笑   屈原放逐楚詞宗
簞瓢自有春和氣   只恨精微尙一重

어린 아이들 잠에 골아 있어 졸음이 짙으니
아침에 곧바로 밭을 갈고 밤까지 방아찧어
담 머리에 언제 국화 심을 줄 안 적 있으며
산 숲에는 원래 소나무 심기 배우지 못해
번화한 물건 욕심이 저들의 적이 아니고
질박 착실한 가풍은 바로 우리의 종헌
조만간 맹세한 벗 찾아 담소 함께 하고
오는 길에는 구름 나무도 멀리 거듭거듭.

衆雛爛熳睡方濃　　直自朝耕到夜舂
籬落何曾知種菊　　山林元不學栽松
繁華物欲非渠敵　　朴實家風是我宗
早晚尋盟共談笑　　歸途雲樹遠重重

유항을 지나다 마시고 취해 돌아오며 짓다
過柳巷飮 醉歸有作

봄 그늘은 막막하고 버들은 처마에 나즉하니
반쯤 취해 오는 걸음 흥이 절로 첨가되다
빌려 묻건대 어느 사람이 이 맛을 알랴
적적 요원한 천 년에 하나의 도연명인데.

---

123) 蔡澤: 전국시대 秦의 사람. 말 잘하고 지혜 많아도 항시 불우하다가 진에 들
　　 어 召王에게 등용되어 재상까지 되었으나, 여러 달 뒤 주위의 시기가 두려워
　　 병을 빙자하여 사직하고 말았다.
124) 唐擧: 전국시대 梁의 사람. 觀相術을 잘하였다. 蔡澤이 唐擧를 찾아가 자신의
　　 상을 보아달라 하니, "선생의 수는 지금부터 43세라" 하니 채택은 웃고 갔다.

春陰漠漠柳低簷   半醉歸來興自添
借問何人知此味   寂寥千載一陶潛

봄 바람은 호탕하여 띠 처마에 드니
늙은 목은 봄 시가 나날이 더해가다
원소 기운 두루 흘러 쉰 적이 없으니
이미 화창한 기운 새나 고기에 이름 안다.

東風浩蕩入茅簷   老牧春詩日日添
元氣周流曾不歇   已知和暢及飛潛

반쯤 취한 창 아래에 개인 처마에 기대어
하늘 땅 유유 아득해 눈 귀밑머리만 더해
비로소 믿겠다, 위 아래로 천황이 무극 세워
높고 밝음이 원래 잠겼다하여 다르지 않음.

半酣窓下倚晴簷   天地悠悠雪鬢添
始信抑揚皇立極   高明元不異沈潛

쌀을 팔다
糴米

겨드랑이에 낀 한 단 성근 포대로 가져오고
머리에 인 한 말 남짓 거친 쌀로 돌아오다

위로는 부모가 계시고 아래로는 아녀자들
민간 사이의 풍속 나날은 春臺戲와 같구나.

掖抱一端踈布來　　　　頂戴斗餘粗糲回
上有父母下兒女　　　　民間風日似春臺125)

일천 관원 독촉하여 봉급 청해 온다
진작 이 말 들었지만 어느 때 돌아와
온갖 공인 모든 공적 계속 폐함도 없어
홀로 앉은 적적함이 어사대일세.

督促千官請俸來　　　　曾聞此語幾時回
百工庶績仍無廢　　　　獨坐寥寥御史臺

가난이 근년 같은 것도 본 적이 없으니
늘그막에 풍년 수확 몇 번이었나 묻다
베틀 짜는 집집은 등잔 불을 비추고
생황 피리 곳곳에 누대도 오열한다.

艱難未見似年來　　　　老境豊穰問幾回
杼軸126)家家照燈火　　　　笙簧處處咽樓臺

---

125) 春臺: 春臺戲. 늦봄에 농사의 풍연을 기원하는 놀이로, 넓은 들에 누대를 설
　　치하고 노닌다.
126) 杼柚: 杼軸. 베를 짜다. 〈詩經, 小雅, 大東〉에 "小東大東 杼柚其空(동방의 큰
　　나라나 작은 나라나 베틀이 이미 비어버렸구나)" 함이 있다.

牧隱詩藁 卷之十四

쌀파는 노래
糶米行

지난 겨울 쌀 빌리려 자주 편지 쓰고
금년 봄은 쌀을 팔아 오히려 여유 있다
늙은 이가 9년 동안 우환 중에 있어서
재상이 긍휼히 여겨 궁한 집 애련해 하다
병든 말이 천자의 수레 뒤를 따른 적 있고
비단 수건은 황금의 수레를 비추고 있다
공을 논하고 덕을 칭송하여 곡식을 내려 주니
한 끼의 먹이 한 섬 곡식 참으로 헛것 아니다
지금처럼 기운 쇠하고 마른 뼈만 솟아오르면
멍에 함께 하여 좋은 말과 무리할 수 없네
그래도 특별한 은혜로 나라의 마구간에 있어
바람을 맞아 한 번 울면 그림도 못 그려내
마침 수염을 날려 남은 울분에 통쾌하니
봄 바람에 꽃다운 풀이 들 터에 가득하구나.

去冬乞米頻作書　　　今春糶米還有餘
老翁九年憂患中　　　宰相岬之哀窮廬
病馬曾從象輅127) 後　　　錦幪128) 照耀黃金輿

論功稱德賜粟米　　一食一石眞非虛
如今氣衰瘦骨聳　　無由並駕群駏驉[129]
尙蒙異恩在天廐　　臨風一嘶畫不如
會須振鬐快餘憤　　春風芳草滿郊墟

어느 사실에
卽事

병으로 폐하니 몸은 퇴역인 듯
근심 살이에 눈은 이미 마르다
하늘의 때는 원래 정함 아니고
우리 길은 본래 우원하기 만하다
짓눈개비에 봄은 오히려 싸늘하고
강산에는 해가 저녁녘 되려 하네
매화는 피고 또 떨어졌으니
머리 돌려 임포를 기억하다.

病廢身如退　　憂居眼已枯
天時元不定　　吾道本來迂
雨雪春猶冷　　江山日欲晡
梅花開又落　　回首憶林逋[130]

---

127) 象輅: 재왕이 타는 象牙로 꾸민 수레.
128) 錦幪: 말 등을 덮은 비단 수건.
129) 駏驉: 良馬의 이름. 〈山海經〉에 "북해에 짐승이 있는데 모양은 말과 같고 색깔이 청색인데 이름이 駏驉"라 하였다.
130) 林逋: 宋나라 때 사람이다. 박학하고 시서에 능했으나, 20여 년을 시정에 나

땅 궁벽하니 몸 거처하기 안온하고
담장 따뜻하니 등을 자주 뎁히다
시와 글이 늙은 이 경지엔 마땅하고
동구 문간엔 걸음 먼지 끊기다
인생 말로에 기웃둥거림 심하나
중원 땅에는 모든 제도 새롭구나
다음 해에 만약 퇴폐함 일으킨다면
머리 조아려 밝은 신명께 감사하리.

地僻棲身穩	墙暄炙背頻
詩書宜老境	門巷絶行塵
末路蹉跎甚	中原制度新
他年如起廢	稽首謝明神

연주 노래, 공경들의 별장이 있는 곳이기에 노래함
連州歌 公卿別墅所在故歌之

연주 땅은 산에 연결되고 평야를 안았으니
전답이 많아 옛부터 곡식 많다 알려졌다
봄 바람에 초록 물결 끝 없이 넘실거리고
가을 날 누런 구름은 罷亞의 벼에 진치다
뽕나무 그늘 막막하여 여름 바람 서늘하고

오지 안고 숨어 살면서 매화를 심고 학을 기르면서 아내를 취하지도 않고, 스
스로 매화가 아내요 학이 자식이라 하여 梅妻鶴子라 하였다 한다. 시호를 和
靖先生이라 한다.

누에 발은 층층으로 당사에 가득하구나
남편 부지런 부인 고역으로 생활을 경영하니
귀뚜라미는 또 밝은 달 밤을 읊는구나
어린 아이 소를 끌어 우리를 낫으려 하고
큰 아이는 말을 먹여 고삐를 놓아둘 수도 있다
동리 안의 어른들은 다투어 서로 맞이하려 하니
취하고 배부름에 어찌 다시 사양할 수 있겠는가
스스로 풍속이 순순 질박함 알 수 있으니
외모야 온화하고 잔잔함 없음 한하지 않다
복숭아꽃 흐르는 물 어디 있겠나만
곧바로 朱씨 陳씨가 서로 위 아래 마을이라
흰 머리의 늙은 이가 생각 한 번 노니니
격양의 노래로 아름다운 풍속이 교화되다.

連州連山擁平野	田多自古稱多稼
春風綠浪漲瀰漫	秋日黃雲屯罷亞[131]
桑陰漠漠夏風凉	蠶箔層層滿堂舍
夫勤婦苦營生理	促織又吟明月夜
小兒牽牛將出欄	大兒牧馬能縱靶
里中父老迭相邀	醉飽何曾更辭謝
自知風俗尙純厖	不恨容儀無醞藉
桃花流水安在哉	直與朱陳[132]相上下
白頭牧隱思一游	擊壤謳歌[133]美風化

---

131) 罷亞: 벼의 이름(稻名). 唐 杜牧의 시에 "罷亞百頃稻 西風吹半黃(파아 백 이
　　　랑의 벼가 서풍에 반쯤 누렇게 불린다)" 함이 있다.
132) 朱陳: 옛 마을 이름인데, 대대로 혼인한 사이. "一村有兩姓 世世爲婚姻'. '朱
　　　陳之好'. '朱陳之睦'.

환암이 도성에 들어오다 듣고
聞幻菴[134]入城

눈도 다한 성 안은 만물 빛도 새로워
부소산은 푸르러 깨끗이 먼지도 없다
평안한 마음 감히 임금 은혜 중함 잊으랴
예순 나이 되도록 주인으로 대해 왔으니.

雪盡城中物色新　　　扶踈山翠淨無塵
安心敢忘君恩重　　　六十年來對主人

오묘한 작용 끝이 없어 날로 날로 새롭고
장황한 부처 일은 미세한 먼지만큼 펼쳤다
환암 노옹 원래 상념 없음 누가 알랴만
상념 있다면 한 사람의 축원 아님이 없다.

妙用無窮逐日新　　　張皇佛事遍微塵
誰知幻老元無念　　　有念無非祝一人

어린 시절 내달았던 자취 아직도 새로우니
늙은 나이 병이 많아 풍진 세상을 피했구나

---

133) 擊壤謳歌: 밭을 갈며 노래하다. 일상의 평안함을 말함. 전설에 堯임금 때 백
　　성의 노래에 〈擊壤歌〉가 있는데, 그 가사가 다음과 같다. "日出而作 日入而食
　　鑿井而飮 耕田而食 帝力於我何有哉(해 뜨면 나와 일하고 해 지면 들어가 쉬고
　　우물 파 마시고 밭 갈아 먹는데 임금의 힘이 나에게 무엇이 있어)"라 하였다
　　는 것이다.
134) 幻庵: 고려 후기의 승려 混修(1320-1392)의 號. 字는 無作. 조선 太祖 1년에
　　普覺國師로 봉해짐.

광암사의 왕래가 매우 소원 우활해 졌으니
또한 묻건대 나와 같은 사람도 몇이나 있나.

少日驅馳迹尙新　　　老年多病避風塵
光巖[135]來往成疎闊　　　且問如吾有幾人

박밀직으로부터 정선생의 축수재의 모임을 듣고 선배들
의 유풍이 있는 것을 기뻐하여 삼가 졸열한 시를 써서
자리에 올리니 하나의 웃음거리로 삼으면 다행이겠소
從朴密直 聞鄭先生祝壽齋狀之會 喜其有先輩遺風 謹成拙
詩 寄呈座下 幸資一笑

복숭아 오얏의 봄 바람이 온 거리에 가득하니
선생의 늦 볕이 모두가 회포를 열었구료
올 해는 겨우 서른 셋의 햇수뿐이지만
다시 다음 해에도 축수의 자리 열리게 하시요.

桃李[136]春風滿九街　　　先生晩景儘開懷
今年三十三年耳　　　更敎他年祝壽齋

---

135) 光巖: 光巖寺. 경기도 개풍군에 있었던 雲巖寺의 딴 이름. 공민왕의 비 魯國
　　大長公主의 陵인 正陵의 願刹이기도 하다.
136) 桃李: 문하에 훌륭한 제자가 많음을 비유함. 唐의 狄仁杰이 문인이 많은데 則
　　天武后 시대에 추천된 사람이 많아 사람들이 이르기를 "천하의 도리가 모두
　　공의 문하에 있다" 하여 그 뒤로 "桃李滿天下"라는 말이 길러낸 제자가 많음을
　　말하게 되었다.

앞아서 우리 선비들을 세어보면 반은 구원에 있는데
시험생들의 자리를 먼저 연 것은 오직 공만이 있소
현릉의 한 세대에 몇 사람이나 있을까
나는 병으로 몇 년 사이 길이 문을 닫고 있다.

坐數斯文半九原　　　先開試席獨公存
玄陵137)一代幾人在　　　我病年來長掩門

근년 세대에는 둘도 없이 다만 익재 노인 뿐이니
문하에 가득한 도리 제자들이 몇 해의 봄인가
선생은 옷이나 밥그릇의 전통 전한 듯하오이다
음식 주관할 이 없는 듯하나 좌중 안에 있네요.

近世無雙只益翁　　　滿門桃李幾春風
先生似是傳衣鉢　　　主饋138)無人更在中

소년의 노래
少年行

어릴 적에 문장 엮기로는 내 가장 공교로워
붓을 던지면 왕왕이 여러 어른들 놀랐으나
마음 보존 기개 양성에 힘이 다하지 못하여
빛과 화염이 다시는 푸른 하늘을 만지지 못해

---

137) 玄陵: 고려 恭愍王의 陵號.
138) 主饋: 음식이나 가사를 맡는 主婦를 말하나, 여기서는 학문의 전통을 이을 제
　　　자를 말한 듯.

황하의 물은 하늘 위로부터 내려와서
우주 공간을 떨쳐 흔들고 우뢰로 떠들썩하다
물줄기 근원 없으면 마르는 것 기다리는 사이이고
꽃 번성하고 열매 커야 모름지기 재배할 만한 것
깊은 시골 궁벽한 땅에 해가 지나간다 하면
높고 높은 동굴 구렁엔 얼음이 서로 엉긴다
흰 머리에 괴로이 읊어 도가 경전 대하면서
도잠 사령운이 서로 맞지 않아 수심스럽게 하다
만년의 얻은 것이란 하나의 사물도 없으니
배만 텅 비어 있어 한갓 이리저리 뛰닫는다
때로는 감개로움으로 마음 속을 토하지만
토하려다 못 토하고는 도리어 붓을 놓고 만다
어린 시절 되돌아 생각해도 다시 오지 않아
작은 도마 담장 머리엔 이끼만이 돋아난다
비록 책이나 읽으려 하나 어찌 할 수 있으랴
두 눈이 어두워졌고 나이도 무너져 가는 것을.

少年綴文我最工　　　落筆往往驚諸公
存心養氣力未徹　　　光熖不復摩蒼穹
黃河之水天上來　　　震蕩宇宙雷喧豗
行潦無根涸可竢　　　華敷實碩須栽培
窮鄉僻地歲云徂　　　崢嶸洞壑氷糢糊
白頭苦吟對黃卷　　　欲令陶謝愁枝梧139)

---

139) 枝梧: 말이나 행위가 서로 어긋남. '枝'는 '小柱', '梧'는 '斜柱'로 버팀(支)의 뜻
　　 에서 대항의 비유가 됨. 支吾. 抵梧로도 씀.

晚年所得無一物　　枵然腹空徒矻矻
有時感激吐心肝　　欲吐未吐還閣筆
回思少年不再來　　短檠墻角生莓苔
縱欲讀書那可得　　兩眼昏黑年光頹

어느 사실
即事

늙은 아네 일찍 일어나 친히 약을 다리고
어린 종년 늘 찡그리며 비를 안아 키질한다
병풍에 비스듬히 기대어 쑥대머리 희었으니
목은 늙은 이 한 편의 시를 써 내놓는다.

老妻早起親湯藥　　小婢長嚬擁帚箕
斜倚屛風蓬鬢白　　牧翁題出一篇詩

어느 사실
即事

눈 다한 시내 소리 벽을 뚫고 들레고
구름 걷힌 햇빛은 창에 비쳐 따뜻하다
봄 바람은 이미 사람의 시선 놀랠 만하나
목은 선생은 홀로 문을 닫았구나.

雪盡溪聲隔壁喧　　　雲收日色照牕溫
春風已足驚人眼　　　牧隱先生獨掩門

인간 세상 어디나 바람 먼지 아닌데 없지만
적적 고요한 문 앞 뜰에는 또 한 번의 봄
조그만 시를 써서 물상들을 가두어 놓고
경개 뛰어난 종묘 복도에 엄연히 인끈 늘이다.

人間無地不風塵　　　寂寂門庭又一春
驅使小詩籠物像　　　絶勝廊廟儼垂紳

동년방인 이몽유가 나이 예순 둘에
벼슬을 구하기에 이것을 짓다
同年李夢游 年六十二求官 因賦此

신사년의 진사시에 뭇 영재를 초월하였으니
송정의 과시 전형이 사심 없이 공평했었다
당시에 이씨는 양반 대열에서 뛰어났었는데
늙은 나이의 곤궁에 마음이 찢어지는 듯했나
이씨에겐 형이 있어 큰 스님이시니
왕왕이 시와 글씨의 길에서 희롱도 한다
큰 집안에서 아들 조카를 청정의 길로 보내
배움 이루면 하루 아침에 높은 자리로 뛰어올라
혹 와서 은혜 감사해도 스승은 사양을 하니

스스로 현철한 천명이 처음부터 주어졌었다
나는 지금 감히 하느님 조화의 힘을 훔쳐서
오연히 스스로 처세하여 나의 덕이라고 삼다
이씨는 그들 따라 그 속에서 노닐어
배우고 익힘에 당기고 끌어 음공도 많았는데
구름 진흙으로 끊긴 형세 스스로 소원했고
기개 불꽃으로 횡행하여 자못 도발하기도 하다
스스로 물리치고 움츠려 가서 참여하지 않아
흰 머리에도 오히려 벼슬 이름이 없었다
벼슬을 않고서 벼슬 마침이라 옛날도 격이 없어
비답으로 내릴 세월이 지금은 너무도 현격해
솥이 泗水에 잠겨 있어도 구하기가 어렵거늘
더군다나 고급 관서에 신선 나무 올림이겠는가
옛날 그 때의 비판이 높은 그대를 속박했넌가
사양할 말도 낼 길이 없어 마음이 편치 안았었지
그대 조급해 말고 다행히 조금 보류하소
선발의 이야기가 올 가을을 기다리지 않을 거야.

辛巳進士翹群英　　　　松亭140)提衡141)無私平
當時李氏秀班列　　　　老年蹭蹬142)心如裂
李氏有兄大浮圖　　　　往往浮戲詩書途
大家淨送子與姪　　　　學成不日躋華秩

---

140) 松亭: 고려말의 학자 金鉌인 듯, 호가 松亭임.
141) 提衡: 관리의 선발을 말함. 인재 선발이 저울로 물건을 다는 것과 같아서 비
　　 유된 말.
142) 蹭蹬: 험해서 가기 어려움. 失勢의 모습. 困窮 失意.

或來謝恩師卽辭　　自有哲命初生貼

我今敢竊造化力　　傲然自處爲己德

李氏從之游其中　　講習掖誘多陰功

雲泥143)勢絶自疎闊　　氣焰橫行頗挑撻

自甘屛縮不往參　　白頭尙爾無官㗲

不仕致仕古無格　　下批歲月今懸隔

鼎沈泗水144)取之難　　又況郎舍145)呈琅玕146)

舊時批判束高閣　　無由出謝心不樂

君其無躁幸少留　　說選不待今年秋

분 장수
賣粉者

종이에 싼 것 반쯤 여니 눈이 한 무더기

도가 연술자는 자신이 바로 요동에서 왔다네

늙은 아내는 병이 많아 분칠 목욕을 잊어서

거미 줄이 밝은 거울 경대에 가로 얽혀 있다.

---

143) 雲泥: 두 가지 사이에 차이가 심함을 비유하는 말. 구름은 하늘에 있고 진흙
은 땅에 있음을 들어 비유된 말임. “雲泥之別”“雲泥之差”

144) 鼎沈泗水: 가마솥이 사수에 빠지다. 〈水經注, 泗水〉에 “周顯王四十二年 九鼎
淪沒泗水 秦始皇時 而鼎見于泗水 始皇自以德合三代 大喜 使數千人沒水求之 不
得(주나라 현왕 42년에 구정(국가의 보기)이 사수에 빠졌다. 진시황 때에 그
솥이 사수에서 보이니 시황이 스스로 자신의 덕이 삼대와 맞았다하여 크게 기
뻐 사람 수 천명을 시켜 건지려 했으나 얻지 못했다)”함이 있다.

145) 郎舍: 郎署. 高級 관원의 官署.

146) 琅玕: 전설 신화 속의 신선 나무(仙樹).

紙裏分開雪一堆　　　傍門¹⁴⁷⁾云自定遼來
老妻多病忘膏沐　　　蛛網橫遮明鏡臺

조는 마귀 노래
眠魔行

해소 기침 밤 깊도록 터져나 멎지 않으니
누웠다 다시 일어나고 일어나 또 기대다
간 염통 뒤집히고 담은 위로 거슬러 올라
폐는 옆으로 곁리고 가슴은 막혀
막히거나 통함은 시운의 형편이겠으나
밤 새도록 서로 부딪쳐 내 몸이 피곤하구나
중간에 있는 영대의 심장은 붉으리니
밝은 신령은 혁혁하여 이것이 천자이다
평상시 몸 가짐은 다 조용했으니
역시 다시 제동을 받아 그러할 뿐이다
졸음 마귀는 나와는 적과 원수이어서
나에게 뱃 속에 문자를 적게 하려 한다
발로 차 버리려 나의 노여움을 펴서
내쳐 천리로 보낼 생각도 한 적 있는데
오늘 밤은 홀연 졸음 마귀의 공 생각한다
불러오게 하여 그 뜻을 위로하되

---

147) 傍門: 道家의 수련 방법과 수련하는 자.

살갗의 풍요 윤택과 정신의 건장함이
모두다 공의 공이고 그 공 보통을 넘다
나로 하여 소년 시절의 오늘 밤 같아
몸이 스스로 견디지 못해 무엇을 믿나
내 지금 다시 졸음 마귀의 공 감사하니
천하에 너 아니라면 사람 기강 끊겠다
동지 날엔 문을 닫고 어둔 자리도 쉰다 한
위대한 주역의 가르침은 깊이 의미가 있구나.

咳嗽夜深發不止	臥而復起起又倚
肝腎翻動痰上逆	肺受橫侵胸膈否
有否有通氣之勢	終夜相激疲吾體
中間靈臺方寸赤	神明赫赫是天子
平時擧動儘從容	亦復受制聊爾耳
眠魔與我爲敵讎	使我腹中少文字
磔而去之肆我怒	嘗欲放流去千里
今夜忽念眠魔功	招之使來慰其志
肌膚豊潤精神壯	盡是公功功出類
使我少年似今夜	身不自持欲何恃
我今更謝眠魔功	天下非渠絶人紀
至日閉關[148]晦宴息	大易垂訓深有旨

---

148) 至日閉關: 동짓날에 문을 닫다. 〈周易, 復卦〉에 "雷在地中復　先王以至日閉關
　　商旅不行　后不省方(우뢰가 땅 속에 있는 것이 복이니 선왕은 동짓날로 문을
　　닫게 하여 장사치도 다니지 않게 하고 제후도 지방을 살피지 않다)" 하였다.
　　이 괘상은 우뢰가 땅 속에 있는 상이니, 陽氣가 땅 속에 숨어 있어 靜寂이기
　　에 모든 것을 움직이지 않게 함이 王者의 治道이다.

청어
賦靑魚

한 말 쌀에 청어가 20여 마리
눈 대접에 삶아 오니 소반 채소 비춘다
세상에는 준수한 물건이 응당 많은데
산 같은 흰 물결이 큰 허공을 친다.

斗米靑魚二十餘　　　烹來雪盌照盤蔬
人間雋永應多物　　　白浪如山擊大虛

날 밤
賦生栗

움에다 서리 밤 저장하여 황토신께 기탁하니
옥같은 체질 단단할수록 색이 변하지 않다
점점 새싹이 돋으면 참 맛은 경감되니
화로에 둘러앉아 씹으면 절로 계절을 알아.

窖藏霜栗托黃祇　　　玉質彌堅色不移
漸見芽生眞味減　　　圍爐細嚼自知時

어느 사실
卽事

동쪽 방위 비단 구름 걷히니
붉은해 창 다락을 비춘다
통증 뒤에 몸은 오히려 피곤하고
시 읊고 나면 의지는 절로 안녕해져
서간 시편들은 책상 위에 쌓이고
골과 구렁은 문 앞 뜰을 안고 있다
점차 기틀 잊을 일을 깨달으니
세월 광음은 빠른 번개와 같구나.

東方雲錦卷	紅日射窓櫺
痛後身猶困	吟餘志自寧
簡篇堆几案	洞壑擁門庭
漸覺忘機事	光陰似迅霆

2월 1일, 둘째 아들 집에서 찰밥을 대접하다
二月一日 二郎家饋粘飯

찹쌀도 기름 같은데 석청꿀을 섞고
다시 잣 밤 대추를 섞어 더했구나
일천 집 일만댁에서 바쳐 서로 보내니
새벽 빛도 싸늘히 까마귀 일으키려하다.

粘米如脂石蜜和　　　更敎松栗棗交加
千門萬戶擎相送　　　曙色蒼凉欲起鴉

앞의 운을 이용하여
用前韻

샛바람 담담 호방하여 볕 날려 온화하니
이미 음산한 사기 다시 더할 수 없음 믿다
문득 붓 끝을 향해 천지 조화 나누려하니
봄 구름은 아른 아른 글자 까마귀 같네.

東風淡蕩動陽和　　　已信陰邪不復加
却向筆端分造化　　　春雲靄靄字如鴉

취해 蘭亭을 청소하며 영화년간을 생각하니
한 때의 정이나 경치 누가 있어 더하랴
기우제 터의 춤이나 읊음이 우리들의 일이니
무성한 숲으로 머리 돌리면 응당 까마귀 가득.

醉掃蘭亭想永和[149]　　　一時情景有誰加
舞雩風詠[150]吾家事　　　回首茂林應滿鴉

---

149) 永和: 晉 穆宗의 연호. 영화 9년(354) 봄에 蘭亭에 모여 시를 읊었고, 그 때
　　　王羲之가 짓고 쓴 〈蘭亭記〉는 글과 글씨로 유명하다.
150) 舞雩風詠: 〈論語, 先進〉편에 공자가 제자들에게 각기 자신의 의욕을 말하라
　　　하니, 曾點이 "늦봄에 봄옷이 이루어지면 어른 대여섯과 어린이 예닐곱이 기
　　　수에서 목욕하고 무우의 기우제 터에서 시를 짓고 돌아오겠다(暮春者春服旣成

샛바람
東風

동풍이 불어 사람을 넘어뜨리니
풀과 나무는 막 껍질을 터친다
조물주는 원래 어둡게 숨겨져
요동쳐야 약간의 자취 있다
오고 감에도 너의 생각 따라야 하니
백대의 지나는 나그네임이 가련하다
한들한들 밝은 광음을 재촉하고
위 아래 살피면 곧 지금도 옛날
유연히 나의 삶을 관찰해 보면
머리털이 이미 반은 희었구나.

東風吹倒人	草木方甲柝
造物本冥冥	鼓盪微有迹
往來從爾思	可憐百代客
袞袞催韶光	俯仰卽今昔
悠然觀我生	頭髮已半白

동풍이여 어찌 그리 온화한가
군자는 장차 나들이가 있겠구나
얼음 눈에는 꾀꼬리 오기 어렵고
산 언덕은 오히려 높고도 높구나

冠者五六人 童子六七人 浴乎沂 風乎舞雩 詠而歸)"함이 있다.

나그네 집엔 싸늘히 불기가 없어
긴 밤을 정 붙이기가 어렵구나
아침 햇살이 수풀 골짜기 비추니
오래 되었구나 하늘이 이미 밝았다
이른 아침 식사가 심히 빠르니
사방에 당연히 경영할 것이 있어.

東風何習習[151]   君子將有行
氷雪鷙難至   山崖尙崝嶸
逆旅冷無火   夜長難爲情
朝暾照林壑   久矣天已明
蓐食[152]甚草草   四方當經營

동풍이여 동풍이여
나를 위해 봄 그늘을 몰아가라
군자가 멀리 가야할 터인데
길 길이 모두 진흙이 깊구나
강과 산엔 흰 날이 비추고
새들은 좋은 소리를 보내오다
험한 곳 만나도 쉽게 건너고
기이함 탐내 의당 조용히 읊지
애오라지 정서 이성을 써내어
즐겁도다 군자의 마음이여.

---

151) 習習: 微風이 온화한 모습. 〈詩經, 邶風, 谷風〉에 "習習谷風 以陰以雨"라 하였다.
152) 蓐食: 새벽에 아직 일어나지도 않았는데 식사가 나오는 것. 아침 식사 시간이
    빠른 것.

東風兮東風　　　爲我驅春陰
君子遠行邁　　　道途泥濘深
江山白日照　　　禽鳥貼好音
遇險亦易涉　　　探奇宜沈吟
聊以寫情性　　　樂哉君子心

제 노래
自詠

오뚝이 책상에 앉았으니 세월도 길구나
춘추로 책을 펴 제환공이나 장자를 읽다
진리 뿌리는 삭막하여 마음 오히려 괴롭고
병의 뼈대는 꺾이고 무너져 기운 나지 않다
허공에서 홀로 읊으니 청정하기 가을 물 같고
작은 창에서 오똑히 앉으니 싸늘하기 서리 같다
유유 아득한 감정의 흥을 장차 누구에게 기탁하랴
하나의 하늘 기러기가 아득한 저쪽으로 든다.

兀坐書床歲月長　　　春秋開卷讀桓莊
道根索寞心猶苦　　　病骨摧頹氣不揚
虛室獨吟淸似水　　　小牕危坐冷如霜
悠悠情興將誰托　　　一箇冥鴻入杳茫

요행 노래
幸哉歌

내가 돌을 갈아 무너진 하늘 기우려 하니
둥근 형상 아득아득히 별들이 나열했다
나는 곧은 도리로 임금 위험 붙들려 하고
태사인 삼공은 혁혁하여 조정이 밝게 빛나다
하늘이 무너짐 없음이여, 임금님 위험 없으니
요행하게도 나는 이런 때를 당해 태어났구나
내 마땅히 맑은 바람 밝은 달과 함께 노닐고
내 마땅히 푸른 산 흰 구름과 함께 읊으리라
봄 바람에 복사 오얏 꽃 참으로 흐드러졌고
내 紫騮馬를 달려 옥 장식을 울린다
꽃을 구경하려 봉황성 안을 두루 노니니
아이들 손뼉 치며 늙은 이를 웃어댄다
接籬 두건 거꾸로 쓰고 해는 지려 하니
돌아와 반은 취한 두 볼이 발그레하구나
태평스런 좋은 기상 형용하려 하면
어린이 어른이 늦 봄에 기수 위에 있네
당시의 증점은 늙었지만 광기가 있었으니
악기를 버린 생활은 지금도 우러를 만하구나.

我欲鍊石補天[153] 缺　　　　圓象沈沈星宿列

我欲直道扶君危　　　　師尹[154] 赫赫朝廷熙

天無缺兮君無危　　　　幸哉我生當此時

我當與淸風明月共婆娑　　我當與靑山白雲同吟哦

春風桃李政爛熳　　　　馳我紫騮鳴玉珂[155]

看花遊遍鳳城中　　　　兒童拍手笑老翁

倒着[156] 接䍦[157] 日欲落　　歸來半酣雙頰紅

形容太平好氣像　　　　童冠暮春沂水上[158]

當時曾點老而狂　　　　舍瑟起居今可仰

---

153) 鍊石補天: 돌을 갈아 하늘을 깁다. 고대의 신화 전설. 〈淮南子, 覽冥訓〉에 "往古之時 四極廢 九州裂 天不兼覆 地不周載 … 於是女媧鍊五色石 而補蒼天 斷鼇足 而立四極(옛날에 사방의 극점이 무너지고 구주가 파열되고 하늘이 두루 덮지 못하고 땅이 두루 싣지 못했다 … 이에 여과씨가 오색의 돌을 갈아 푸른 하늘을 보충하고 자라 다리를 잘라 사방의 극점을 세웠다)" 하였다. "鍊石補天"을 힘을 다 쏟아 기우는 형세를 만회하는 전고로 쓴다.

154) 師尹: 원래는 周나라 太師 尹氏를 말함. 〈詩經, 小雅, 節南山〉에 "赫赫師尹 民具爾瞻(혁혁한 태사 윤씨여 백성들이 모두 우러러보다)" 함이 있다. 또 관리의 우두머리를 이르기도 함.

155) 玉珂: 말 머리에 장식한 것, 옥으로 만든 것이 많아, 달리면 소리가 나기 때문에 '撼玉珂''鳴玉珂'란 말이 있다.

156) 倒着: 옷이나 모자를 거꾸로 입거나 쓰는 것.

157) 接䍦: "接離""接䍦" 모자의 이름. 옛날 두건의 일종. 〈世說新語, 任誕〉에 山季倫이 荊州刺史가 되었을 때, 나가 놀아 취하니, 사람들이 노래하기를 "山公 時一醉 逕造高陽池 … 復能乘駿馬 倒着白接䍦"라 함이 있다.

158) 冠童暮春沂水上: 曾點이 孔子의 물음에 대하여 기수에서 목욕하고 기우제터에서 바람 쏘이고 시를 읊으며 돌아오겠다 한 고사에서 유래된 말로 유유자적한 의지를 말한다. 「論語」〈先進〉에 "春服旣成 冠者五六人 童者六七人 浴乎沂 風乎舞雩 詠而歸". 앞의 주 32) 참조.

사람 심방했다 만나지 못함
尋人不遇

진탕 취하여 졸음도 막 익고
높이 읊어도 흥이 멎지 않아
산 남쪽에서도 만나지 못하고
산 북쪽도 다 아득하구나
땅 궁벽해 지팡이 메기 마땅하고
바람 차가워 더디 누대 오르다
누가 아나, 병중에 있는 나그네
꿈에라도 따뜻한 고을 향함을.

爛醉眠初熟	高吟興未收
山南難邂逅	水北儘優悠
地僻宜拖杖	風寒懶上樓
誰知病中客	有夢向炎州

광기 노래
狂吟

군산을 깎아내어 상수가 평평하고
계수나무 가지 자르니 달은 다시 밝구나
放翁 陸遊의 이 말은 모두가 호방하나
다만 천년 두고 광기의 이름으로 전할까 두렵구나

광기 있는 자를 진취함은 성은의 허락이고
굳건히 비파 버림은 아마도 참다운 정이다
기우제터 바람 쏘이고 읊고 돌아옴이 바로 늦봄이니
그 기상은 바로 요임금 순임금 시대 사람이네
세 사람은 구구히 예와 악을 지키니
아침 버섯과 신령한 춘나무 있음과 같다
가난한 삶의 누추한 시골에도 봄 풀은 나니
제때 비 한 번 오면 따라 꽃이 핀다
게으르지 말라 함은 물러나 사사로움 반성함이니
선생님의 해와 달은 하늘 중앙으로 가고 있다
일흔 살이 빠르게도 진행하는 중에
누가 노둔한 자에게 그 종지를 전한다 말하나
잠잠히 읊음은 반드시 광기 어린 자일 것이니
선생님의 의지는 하늘과 한가지이라
아홉 길의 산을 쌓더라도 한 광주리로 비롯되니
군자의 공부란 뜻을 세움이 우선인 것이다
오! 뜻 세움이란 어릴 적부터는 아니니
요순과 길 가는 사람이 조금도 다를 것이 없다.

劂却君山[159] 湘水平　　斫却桂枝月更明
放翁[160] 此語儘豪放　　只恐千載傳狂名
狂者進取聖所許　　鏗爾舍瑟其眞情

---

159) 君山: 호남성 洞庭湖 어구에 있는 산 이름.
160) 放翁: 宋 陸游의 號. 字는 務觀. 일찍부터 문명이 있어서 蔭職으로 登仕郎에
　　올랐다. 예법에 구애되지 않아 사람들이 頹放하다 논평하니, 이로 인해 放翁
　　이라 自號했다.

風雩詠歸[161] 維暮春	氣象自是唐虞人
三子區區守禮樂	有如朝菌[162] 與靈椿[163]
簞瓢陋巷春草生	時雨一來隨發榮
語之不惰退省私	夫子日月天中行
七十速肖优优中	誰謂魯者傳其宗
沈吟必也狂者乎	夫子之志與天同
爲山九仞一簣[164] 始	君子功夫先立志
嗚呼立志無自小	堯舜塗人無少異

산중을 생각하며
憶山中

산 속의 늙은 이 사립문을 닫고
땅 터지고 하늘 갈라져도 알 지 못한다
심히 따르려 하다 애오라지 해가 끝나고
문득 기틀 잊을 만한 계책 없음 부끄럽다
원숭이 동산 과일 훔치고 구름은 나무에 이어
학은 뜰 소나무에 자고 달은 가지에 가득하다

---

161) 風雩詠歸: 앞의 주 32) 참조.
162) 朝菌: 아침에 났다 저녁에 죽는 버섯류의 생물. 극히 짧은 生命의 비유.
163) 靈椿: 전설에 가장 오래 산다는 나무. 〈莊子, 逍遙遊〉에 "上古有大椿者 以八
　　千歲爲春 八千歲爲秋"라 함이 있다.
164) 九仞一簣: 아홉 길의 산을 쌓는데 한 광주리의 흙이 시작도 되고 실패의 순간
　　도 된다는 뜻. 〈書經, 旅獒〉에 "爲山九仞 功虧一簣(아홉 길의 산을 쌓는데 공
　　이 한 광주리에서 무너질 수도 있다)" 함이 있다.

당년에는 이런 일 익숙히 들었음 기억하나
어느 때나 목은 노인은 갓을 걸고 돌아갈까.

山中掠老掩紫扉	地拆天分摠不知
甚欲相從聊卒歲	却慚無計可忘機
猿儵園菓雲連樹	鶴宿庭松月滿枝
記得當年聞此熟	何時老牧掛冠歸

조심하는 노래
小心行

문왕이 조심한다 함을 시경에서 노래하니
공경하고 공경함이여 오 광명이로다
高堯씨의 삼감과 舜의 공손이 이에 뿌리되니
두 노인이 돌아옴도 오직 바로 그 때이었다
유리의 충성스런 마음 해와 달을 꾀어서
천왕의 성스럽고 밝음에 끝내 의심하지 않다
천하를 3분의 2를 가지고도 신하 절개 지키니
방촌 마음의 붉은 피가 굳건하기 쇠와 같았다
상제가 너에게 임하여 혹 두 마음 가지랴
빠른 바람에 어찌 높은 언덕 갈라진다 두려우랴
평생에 몇 번이나 孟津을 건널 수 있었나
초빙의 의식을 삼가 올려 잠시도 멈춤 없었다
밝은 창 청정한 책상 먼지 하나 없으니

홀로 맑은 종묘에서 영대를 노래한다
푸른 하늘 밝은 해가 만고의 세월이었으니
한 터럭의 섬세한 가림도 따라올 곳이 없다
한창려의 거문고 가락이야 이을 수 없지만
태산은 바다 밖까지 어쩌면 이리 높은가.

文王翼翼[165]歌于詩	敬止敬止於緝熙[166]
高欽舜恭是根柢	二老[167]歸矣惟其時
羑里[168]忠心貫日月	天王聖明終不疑
三分有二守臣節	方寸赤肉堅如鐵
上帝臨汝敢或貳	疾風豈怕高崗裂
平生幾度渡孟津[169]	敬上聘儀無暫輟
明窓靜几無塵埃	獨歌淸廟賡靈臺[170]
靑天白日亘萬古	一毫纖翳無從來
昌黎琴操不可繼	泰山表海何崔嵬

---

165) 翼翼: 공경하고 조심하는 모습. 〈詩經, 大雅, 大明〉에 "維此文王 小心翼翼 昭
事上帝 聿懷多福(오 이 문왕은 조심하는 마음 삼가하시어 상제를 밝히 섬기시
고 회포를 펴심이 다복하시다)"함이 있다.
166) 緝熙: 光明. 〈詩經, 大雅, 文王〉에 "穆穆文王 於緝熙敬止(아름다운 문왕이여
오 광명으로 공경하도다)"함이 있다.
167) 二老: 존경받는 장로 2인. 여기서는 文王이 선정한다 함을 듣고 돌아온 伯夷
와 太公呂望을 말함. 〈孟子, 离婁上〉에 "二老者 天下之大老也"라 하였다.
168) 羑里: 河南省에 있는 지명. 殷의 紂王이 周의 文王을 幽閉했던 곳.
169) 孟津: 옛날 황하의 나루 이름. 전설에 周의 武王이 여기에서 諸侯들과 盟約을
하고 황하를 건넜다하여 얻은 이름이라 함.
170) 靈臺: 文王의 별장. 〈孟子, 梁惠王 上〉에 "經始靈臺"라 함이 있다

어느 사실
卽事

닭이 울기도 전에 일어나 이불 끼고 앉아
아득한 이 몸과 세상을 시 읊음에 부친다
조용히 살피는 밤 기운이 빈 방에서 돋고
아침 햇살 먼 산에서 올라옴 홀연히 보인다
나를 살피기 응당 간이나 폐 보는 듯이 하고
형상을 잊었는데 어찌 꼭 마음을 말해야 하나
흰 머리에 오가는 친구 적다고 한하지 말라
말들도 오히려 잘 타는 거문고를 알아듣는다.

鷄未鳴時坐擁衾　　悠悠身世付微吟
靜觀夜氣生虛室　　忽見朝暉上遠岑
視已固應如見肺　　忘形何必更論心
白頭莫恨過從少　　六馬[171]猶知善鼓琴

깊은 동네
深巷

깊은 동네에 다듬이 소리 급하고

---

171) 六馬: 六馬仰秣. 악기 소리가 아름다워 말이 먹이를 중단하고 귀 기울여 듣는
다. 〈筍子, 勸學〉에 "昔者瓠巴鼓瑟 而沈魚出聽 伯牙鼓琴 而六馬仰秣(옛날에
호파가 비파를 타면 숨었던 물고기가 나와 듣고, 백아가 거문고를 타면 여러
말들이 먹이를 중단한다)"함이 있다.

빈 뜰에는 산 기운이 침범하다
높은 읊조림에 이미 세상을 잊고
홀로 서 있어 다시 마음 잠잠해
번득이는 그림자 까마귀 돌아오고
드날리는 날개 학이 그늘에 있다
흐르는 물을 연주할 길이 없으니
현줄이 끊긴 백아의 거문고이다.

深巷砧聲急	空庭山氣侵
高吟已遺世	獨立更冥心
翻影鴉投暮	揚翎鶴在陰
無因奏流水	絃斷伯牙琴172)

한낮에
日午

해 대낮 되어 그늘 처음 걷히고
봄이 추우니 거지는 더욱 으슥해
들 다리엔 나막신 신는 것 당연
강 가 언덕 배를 띄우려 한다
운명을 믿어 인해 깊이 앉았고

---

172) 絃斷伯牙琴: 伯牙는 거문고를 잘 타고, 鍾子期는 감상을 잘했다. 백아가 연주
    에 물을 연상하면, 종자기는 출렁거림이 마치 흐르는 물과 같다 하였다. 〈呂
    氏春秋, 本味〉에 "伯牙鼓琴 鍾子期聽之 方鼓琴而志在太山 鍾子期曰 '善哉乎鼓
    琴 巍巍乎若太山' 少選之間 而志在流水 鍾子期曰 '善哉乎鼓琴 湯湯乎若流水' 鍾
    子期死 伯牙破瑟絶絃 終身不復鼓琴 以爲世無足復爲鼓琴者"라 함이 있다.

무심히 다시 먼 길을 노닐다
높은 누대 때로 혹 가게 되면
문득 일천 시름 사라짐 안다.

日午陰初散　　　春寒地轉幽
野橋宜着屐　　　江岸欲行舟
信命仍深坐　　　無心更遠遊
高軒時或枉　　　便覺散千憂

아침 별
朝陽

아침 볕이 동쪽 벽에 오르니
병든 이는 남쪽 창을 향한다
몸은 어리석은 아이와 비교되고
마음은 늙은 장수의 항복 같다
봄 구름이 곡령에 나즉하고
눈 녹은 물 여강을 넘친다
오묘 아득히 생각은 끝이 없고
외로운 자취는 저절로 둘도 없다.

朝陽上東壁　　　病客向南牕
身與頑童比　　　心如老將降
春雲低鵠嶺　　　雪水漲驪江
渺渺思無極　　　孤蹤自絶雙

병든 몸
病軀

병든 몸은 안착할 곳이 없으니
앉으나 누우나 모두 불편스러워
먹고 쉬는 것 다 운명에 달렸으니
신음으로 알아 감히 하늘 원망하랴
바위 언덕엔 섣달 눈이 남아 있고
터밭 끝에는 추운 연기 잠겼구나
다음 날 남은 초고를 불사르면
뜬 삶이 매미 벗듯 해탈할까.

病軀無處著	坐臥摠非便
食息皆關命	呻吟敢怨天
巖崖餘臘雪	墟落鎖寒烟
他日焚遺草	浮游似蛻蟬

청산의 노래
靑山吟

푸른 산과 약속 있어 길이 창호와 맞닿아
앉아서는 巨庸山을 등지고 여산을 어루만진다
가로 세로 세 줄기에 형세 하나일 수 없으니
어느 곳이 참다운 천연의 동부인지 알 수 없다

동쪽 바다 서쪽 해안이 장백산으로 이어져
형만으로 도망한 태백 같은 이가 있겠네
오악 여러 산으로 중주의 땅을 높이게 했어도
홀로 요해 바다를 뛰어넘어 청구로 이어졌구나
삼한 땅에 널려 있어 명승지로 점쳐 있어
봉우리 봉우리가 신선의 누대로 솟아올랐다
누대 아래 흐르는 물은 동쪽 바다로 내닫고
봉래산 구름 기세는 마치 하늘 우산 덮은 듯
눈이 있어도 가는 먼지 돋음은 보지 못하니
학을 타고 돌아옴이 역시 무엇이 해로우랴
머리 숙여 또한 푸른 산 노래를 지으니
마른 버들의 새 싹인 듯 곧 사지가 굳어.

靑山有約長當戶	坐背居庸[173] 撫廬阜[174]
三條縱橫勢莫一	未知何處眞天府
東溟西岸長白山	有如泰伯逃荊蠻[175]
從敎五岳尊中州	獨跨遼海聯靑丘
散在三韓占形勝	峰峰聳起神仙樓
樓下流川走東海	蓬萊雲氣如天盖
有眼不見纖塵生	駕鶴歸來亦何害
低頭且作靑山吟	恰似枯楊[176] 便馬疥[177]

---

173) 居庸: 산 이름. 北京市 居昌縣에 있음. 燕京八景의 하나.
174) 廬阜: 廬山.
175) 泰伯逃荊蠻: 泰伯은 周의 太王의 장자인데, 태왕이 막내 季歷을 세워 그 아들 昌에게 전하려 함을 알고, 아우 仲雍과 함께 荊蠻으로 도망가 스스로 句吳라 호하였다. 형만 사람들이 그의 의리에 감복하여 그를 吳泰伯으로 모시니, 吳의 始祖가 되었다.

어느 사실
卽事

한밤엔 졸음 없다가 새벽 되어 짙어지니
아침 햇살이 먼 봉우리에 오름도 모른다
弱水는 아득하여 3만 리나 되고
고향 산은 높고 높아 몇 천 리나 되는가
불살라도 또 자라는 언덕 머리 풀이고
그늘져도 오히려 높은 시내 아래 소나무
앉음도 잊음이 깊이 맛이 있다 함 이제 믿겠다
한 표주박의 안자의 시골엔 푸른 이끼 감싸네.

夜眠不着曉方濃　　　不覺朝暉上遠峰
弱水[178]渺茫三萬里　　　故山沼遞幾千重
燒來又長原頭草　　　蔭了猶高澗底松
始信坐忘深有味　　　一瓢顔巷[179]綠苔封

---

176) 枯楊: 枯楊生稊. 마른 버들에 연한 싹이 돋다는 뜻으로, 오래 가지 못하는 좋은 일의 비유. 또는 노인이 소녀에게 장가감.

177) 馬疥: 馬爬. 말이 자빠짐. 사지가 땅에 붙어 동작이 어려움의 비유.

178) 弱水: 고대 신화나 전설 속에 험난하여 건널 수 없는 물. 宋 蘇軾의 〈金山妙高臺〉의 시에 "蓬萊不可到 弱水三萬里(봉래산 이를 수 없구나, 약수가 삼만 리나 되니)"라 함이 있다.

179) 一瓢顔巷: 가난에도 평안히 여겼던 顔子(回)의 마을. 〈論語, 雍也〉에 "子曰 賢哉回也 一簞食 一瓢飲 在陋巷 人不堪其憂 回也不改其樂 賢哉回也(공자 이르시기를 현인이구나 안회여 하나의 도시락 밥과 한 표주박의 물로 누추한 시골에 있으면서, 사람들은 그 걱정스러움을 견디지 못하거늘, 안회는 그 즐거움을 고치지 않으니 형인이구다 안회여)" 함이 있다.

얼굴 파는 것이 돌아갈 뜻이 짙은 것만 못하니
벼슬의 정 이글거리는 해 얼음 봉우리를 녹인다
큰 바람에 이는 파도는 스스로 천 리이고
거듭된 산마루 구름에 드니 몇 겹인지 알겠네
술을 즐기기에 병 뒤에도 막 수수를 심고
그늘을 기다려 늙어서야 비로소 솔을 재배하다
아득한 일신의 일이 지금에 와 어떠한가
길에서 留侯로 이끈다면 역시 봉호를 받을까.

粥面不如歸意濃   宦情赫日爍氷峰
長風破浪自千里   疊巘入雲知幾重
嗜酒病餘方種秫   待陰老去始栽松
悠悠身事今何似   道引留侯[180]亦受封

여강에서

驪江

여흥의 강 머리에 눈이 처음 녹으니
조각배 오르려고 초가집으로 향하다
병든 골격 스산하여 봄은 또 반이 되니
어찌하여 아직도 돌아가겠다 읊지 못하나.

---

180) 留侯: 秦나라 말년에 張良이 劉邦을 도와 천하를 평정하여 '留侯'로 봉해졌다.
  그래서 詩文에서 공신을 칭송하는 典故로 자주 인용된다.

驪興江上雪消初　　　欲坐扁舟向草廬
病骨酸辛春又半　　　奈何猶未賦歸歟

봄 바람 맑고 호탕하고 새벽 그늘 드리우니
흰 머리 늙은 이는 앉아 시를 읊고 있구나
강 위의 파란 물결은 죽령 고개로 이어지고
거슬러 흘러가면 며칠만에 남산 언덕 바라볼까.

春風澹蕩曉陰垂　　　白髮衰翁坐詠詩
江上綠波連竹嶺　　　泝流何日望南陲

천지 자연은 끝이 없고 삶에는 끝이 있으나
호연히 돌아갈 뜻 있어도 어디로 갈 것인가
여강의 한 굽이와 저 산은 그림 같아서
반은 배인 듯이 파랗고 반은 시와 같구나.

天地無涯生有涯　　　浩然歸志欲何之
驪江一曲山如畵　　　半似舟青半似詩

주린 이에게 밥을 말하면 입에 침이나 띠고
배 속에 아무 것도 없으니 다만 마음만 조려
목은 늙은 이의 돌아갈 흥 다투기가 어려우니
부질없이 시인과 함께 좋은 댓구를 만든다.

說食飢夫口帶涎　　　腹中無物只心煎
牧翁歸興難兄弟　　　謾與詩家作好聯

牧隱詩藁 卷之十五

제 노래
自詠

큰 덩어리가 형상을 갈라 두 편으로 꽉 차서
살리는 바람 죽이는 기운이 서로 부닥치다
불이 새의 털뿔을 살라도 내 어찌 감히 말하며
얼음이 용의 수염을 뽑아도 내 어찌 추우랴
마음의 신령한 집은 우주를 감싸안고
교화하는 성군 세상엔 의관들이 모인다
지금 홀로 앉아 회포를 잊는 곳에서
정적 선정의 공부가 문득 가장 어렵구나.

大塊分形塞兩間　　　生風死氣共相搏
火燒鳥觜吾何敢　　　氷脫龍髥我豈寒
方寸靈臺包宇宙　　　陶甄[181]聖世集衣冠
只今獨坐忘懷處　　　靜定功夫却甚難

---

181) 陶甄: 陶冶, 또는 敎化의 비유.

기러기 듣고
聞鴈

봄 기러기 끼륵끼륵 또 북쪽으로 날아가고
구름 아래 저 모래 사장 변방에 눈도 사르륵
누가 알랴, 당일 한림원의 나그네가
너와 돌아가려 하여 아직도 돌아오지 않음을.

春鴈嗺嗺又北飛　　　雲低沙塞雪霏微
誰知當日鑾坡[182]客　　　欲與汝歸猶未歸

강남의 곳곳에는 지는 매화꽃이 날고
허다한 북쪽 사람들은 式微의 노래 부른다
또 봄 바람을 향해 끊기는 기러기 듣게 되니
어느 날에 함께 돌아갈 수 있을 지 알 수 없다.

江南處處落梅飛　　　多少北人歌式微[183]
又向春風聞斷鴈　　　不知何日得同歸

베개 머리 한 소리에 봄 기러기 날아가고
새벽 빛 움직이려 하니 바로 희미하구나

---

182) 鑾坡: 翰林院의 별칭. 唐 德宗 때에 學士院을 金鑾殿의 옆 金鑾坡로 옮겨, 그
　　후로 한림원을 "鑾坡"라 했다.
183) 式微: 쇠약하다는 뜻. 式은 發語辭이고, 微는 衰弱의 뜻이다. 〈詩經, 邶風,
　　式微〉에 "式微式微 胡不歸(쇠약했구가 쇠약했구나, 어찌 돌아가지 않으랴)"함
　　이 있다.

강 남쪽 변새 북쪽이 어찌 이리 먼가
하늘 운명 사람 마음은 절로 돌아감 있다.

枕上一聲春鴈飛　　　晨光欲動正熹微
江南塞北何迢遞　　　天命人心自有歸

만 리를 행렬을 이루어 난잡히 날지 않으니
하늘 기틀은 오묘히 끝 없어 새들은 미물인데
한 소리에 창 사이의 나그네를 일깨우는 듯하나
흰 빛 수염 다 물드려도 아직 돌아가지 못해.

萬里成行不亂飛　　　天機袞袞羽毛微
一聲似警牕間客　　　白盡髭鬚尙未歸

연산에 붉은 단풍이 날린 것을 기억하며
나그네 창에서 기러기 들으니 벼슬 생각 희미하네
몇 차례 집으로 갈 계획 이끌어 내어
당년에 나를 재촉해 보내던 일 감사하네.

記得燕山184)紅葉飛　　　客牕聞鴈宦情微
幾回惹起還家計　　　爲謝當年催我歸

---

184) 燕山: 산동성에 있는 산의 이름. 樂府詩의 木蘭辭에 "旦辭黃河去　暮宿黑山頭
　　不聞爺娘喚女聲　但聞燕山胡騎鳴啾啾"라 함이 있다.

큰 바람 소리 듣고 단가를 짓다
聞大風作短歌

오! 웅장하구나, 누가 시켜서 저리 울리는 것인가
큰 바람이 땅을 움직여 밤이 다하도록 소리지르니
한의 고조는 바로 왕업을 지키고 이루기 위하여
어떻게 하면 장사를 얻어서 천하사방을 지킬꼬 하여
오장 육부를 토해 내서 종묘명당을 부지하려 했다
병든 늙은 이는 마른 뼈를 억지로 지탱하여
흥이 나면 붓을 잡아 시와 노래를 짓고 있다
봄이 추우니 날마다 큰 바람이 많이 불어
풀과 나무를 울려주고 벌레들을 놀라게 한다
산 밭에 눈이 녹아 흙의 혈맥이 부드럽고
초가집은 쑥대 숲 속에 비스듬히 기울다
글월 올려 퇴임 구걸 할 수 없어서가 아니라
渭水 가를 돌아보며 두릉을 생각하기 때문이다
밝고 밝은 우리 임금님 해가 처음으로 뜨니
風聲 듣고 노래 지어 장차 날아 오르려 한다.

嘻嘻雄哉誰使鳴　　　大風動地終夜聲
漢祖政欲謀持盈[185)]　　安得壯士守四方[186)]

---

185) 持盈: 保持守成. 이루어놓은 왕업을 지킴. 〈老子〉에 "持而盈之 不如其已(지켜
　　서 가득히 채운다는 것이 멈추어 끝내는 것만 못하다)" 함에서 비롯된 말이
　　다.
186) 安得壯士守四方: 漢高祖가 천하를 통일하고 지은 〈大風歌〉에 "大風起兮雲飛揚
　　威加海內兮歸故鄕 安得壯士兮守四方"이라 하였다

吐出肺腑扶明堂　　病翁瘦骨强支持
興來把筆題歌詩　　春寒日日多大風
震蕩草木驚昆虫　　山田雪消土脉融
草廬攲側蓬蒿中　　上章乞退非不能
回首渭濱思杜陵　　明明我王日初昇
聞風作歌將飛騰

이자안 승인이 병이 난 지가 이미 달포가 되었는데, 상
당군 한수가 함께 문병가자고 청하여 비로소 알았다. 마
침 나도 병이 나서 말을 탈 수가 없었는데, 그 자제가
와서 곽향을 구하기에 느끼는 바 있어 노래로 달래다
李子安187) 病已月餘矣　因韓上黨188)邀　同往問候　方始知
之　會僕亦病發　未能上馬　子來求藿香　因有所感　歌以自寬

목은 늙은 이 재주 없이 지위는 또 높고
도은은 때를 만나 기개 바야흐로 웅장하다
복이 과하면 재앙 발생 내 바야흐로 탄식하고
어려움이 다하면 태평 오는 것 그대의 소망
다같이 성 안에 살면서 만나보기 드물고
물러난 자취 다만 깊이 비방을 피하는 것 마땅해
그 뒤로 세월이 어찌 이리 높은 것인가

---

187) 子安: 陶隱 李崇仁(1349-1392)의 字.
188) 韓上黨: 上黨君으로 봉해진 韓脩(1333-1384), 字는 盟雲 호는 柳巷.

점점 봄 바람에 화기가 번창함을 본다
그대처럼 또 병이 나 문을 나서지 못하면
누가 내 노래를 듣고 내 노래에 화답하나
구름 안개의 변화에는 지척이라도 혼미롭고
바위 언덕 두루 만나니 병풍으로 막혀 나열하다
맑은 바람 밝은 달이 소리와 빛을 지으니
마음 기우는 조화 재치는 다함 없는 저장이다
곧바로 離騷 風雅가 나뉘기 전을 더듬어 보면
豳風의 시가 이에 우리 장부의 노래가 되다
뒷날에는 작자들이 천하에 가득하나
애오라지 날아올라 나아가는 바를 삼가하다
그대는 마음 평안하여 잘 스스로 보호하라
약보란 스스로 잘 요양하는 것보다 나음 없다
하늘 개이고 바람 멎으면 외출할 수 있으리니
폭건 쓰고 문 두드려 병이나 탈 없음을 묻세.

牧翁非才位又亢	陶隱逢辰氣方壯
福過灾生我方嘆	艱極泰來君所望
同居城中相見稀	屛跡祇應深避謗
邇來歲月何崢嶸	漸見春風和氣暢
如君又病不出門	誰聽予言和予唱
雲煙變化迷咫尺	巖壑周遭列屛障
清風明月作聲色	傾倒化工無盡藏
直探騷雅未分前	豳詩189) 乃我丈人行

---

189) 豳詩:〈詩經〉의 國風의 豳風을 말함. 豳은 周나라의 옛 왕도이다. 舜임금 때

後來作者滿天下　　聊與翶翔愼趨向
君其安心善自保　　藥餌無如自頤養
天晴不風可以出　　幅巾敲門問無恙

어느 사실
卽事

새벽까지 점점이 방울지는 비 오는 소리에
강남의 꿈 속의 나들이를 놀라서 깨다
돌아가려는 흥이 호연하여 걷을 수 없으니
등불 하나 밤새도록 어두웠다 다시 밝다.

五更點滴雨來聲　　驚起江南夢裏行
歸興浩然收不得　　一燈終夜翳還明

얼음 언덕 봄 새벽은 떨어지는 물 소리
산 길엔 먼지 없어 바로 다니기 좋구나
늙은 경지엔 진실로 자식 아끼는 마음이고
아름다운 은혜 보전하려 신명을 바라노라.

氷崖春曉落泉聲　　山路無塵正好行
老境心誠愛兒子　　保全嘉惠望神明

后稷을 봉한 땅으로 德治로 이어져 12代에 文王이 나고 13대에 武王이 천하를
통일하여 周나라가 되다.

병 뒤에 억지로 힘써 다시 산으로 오르니
솔 바람이 반백의 귀밑머리를 불어 움직이다
봄 깊어 복숭아 오얏 꽃이 바다 같으니
말을 타고 아득한 봉우리 사이 오른다.

病後扶輿190)再上山   松風吹動鬢毛斑
春深桃李花如海   跨馬須登縹緲間

바다 밖 신선봉의 제일의 산엔
붉은 언덕 파란 절벽에 이끼 꽃 반점
중원 땅 다섯 뫼의 오악은 높이가 무쌍이나
方丈과 蓬萊가 백중을 다투는 사이이다.

海外神仙第一山   丹崖翠壁蘚花斑
中州五嶽尊無對   方丈蓬萊伯仲間

느낌 있어
有感

열렬하기는 장부의 의지이고
교교조용한 것은 군자의 사귐이라
말을 펴내면 난초의 향기 같고
마음 합치면 겨울 대나무 같다.

---

190) 扶輿: 빙 둘려 오르는 모습. 힘 들여 扶持하는 것.

烈烈丈夫志　　　寥寥君子交
發言似蘭臭　　　同心如竹笆

평생을 사슴의 본성인데
어찌 임금 푸주간을 원하랴
산과 물을 즐기는 이유는
높은 발자취 巢父 許由 쫓고자.

平生麋鹿性　　　豈願登君庖
所以樂山水　　　高蹤追許巢[191]

하늘의 명령은 진실로 두려워
기린은 의당 교외에 있어야
이치 됨이 덕 숭상함에 있으니
어찌 시끄러운 말이 필요하랴.

天命固可畏　　　麒麟當在郊
爲理在尚德　　　何用言譊譊

---

191) 許巢: 堯임금 시대의 隱士로 전해지는 사람인 巢父와 許由. 요임금이 천하를
　　　양보한다 하니 산에 숨어 나오지 않다. 하루는 巢父가 시내에서 소에게 물을
　　　먹이고 있는데 許由가 나타나 귀를 씻는다. 巢父가 이유를 물으니, 요임금이
　　　자신에게 벼슬을 준다 하여 그 소리를 들은 귀가 더러워져 닦아낸다는 것이
　　　다. 이 말을 들은 소부는 그런 물을 자신의 소에게 먹일 수 없다 하여 시내의
　　　上流로 올라가 소에게 물을 먹였다 한다.

걸어 오르다
步上

동쪽 산에 올라 노니니
동쪽 바람에 천지가 넓구나
뭇 봉우리 하늘 가에 일어나니
초록 빛 씻기고 청색으로 모인다
바위골짜기 혼자 갈 만하고
솔 그늘엔 바위가 반석이 되다
다만 염려되는 것은 산 속의 새가
놀라 깊은 산으로 날아듦이라
나는 구름이 홀연 서쪽으로 가니
지는 해가 바로 세 발 장대일세
집 하나가 스스로 하늘 땅이니
늙어가매 길이 문을 닫다.

步上東山游	東風天地寬
群峰起天際	綠抹靑仍攢
巖壑可獨往	松蔭石作盤
只恐山中鳥	驚飛入巑岏
浮雲倏西去	落日正三竿
一家自天地	老來長掩關

술을 가지고 박집의를 방문했다 만나지 못하고, 용부
정당공이 마침 조회에서 나와 집에 있어 흔연히 술을
마시고 오는 도중에 쓰다
携酒訪朴執義不遇 庸夫政堂公適朝退在家 欣然就飲 歸途
有作

술병 차고 갔다가 옛 동료 만나지 못하고
문학의 선생께서 마침 조정에서 퇴청했네
반쯤 취하니 문득 마음 가뭇가뭇하게 하고
혼자 놀 때는 귀밑머리 쓸쓸함 한탄하게 돼
새 봄의 붉은 언덕도 나들이 얼마 안 되니
지는 해의 현릉은 바라보기 다시 아득해
술잔 가득히 내장 안의 열기를 씻으려 하나
이 생에서 어떻게 다시 요순을 만날 수 있을까.

携壺不遇舊同僚	文學先生適退朝
半醉却敎心耿耿	獨游堪歎鬢蕭蕭
新春紫陌行無幾	落日玄陵望更遙
滿酌欲澆腸內熱	此生安得再逢堯

가랑비
微雨

가랑비 바람 따라도 뜰에 차지 못하나
이끼 흔적은 분수 따라 역시 파릇파릇
문장의 값이야 한 푼어치도 안되지만
다만 오가는 이에게 무식군 없음 반갑다.

微雨隨風不滿庭　　苔痕隨分亦靑靑
文章價不一錢直　　只喜往來無白丁

통행을 제한하는 공문서가 산 뜰을 향하니
천고에 사람들을 눈이 푸르지 못하게 한다
늙은 나이 기우는 생각은 얼릴 적의 동갑내기
다음 날 남은 가업에 장정 하나 보탤 건가.

移文192)驛路193)向山庭　　千古令人眼不靑
老日傾懷少同甲　　他年遺業有添丁194)

---

192) 移文: 옛날 문체의 하나, 官署간에 전달되는 公文書.
193) 驛路: 蹕路. 帝王이 나들이할 때 행인을 금지시킴. 또는 제왕의 車馬가 다니
　　는 길.
194) 添丁: 唐의 盧仝이 아들을 나으니 이름을 "添丁"이라 했다. 국가에 복역할 장
　　정을 얻었다는 뜻이었다.

한밤의 노래
半夜歌

한밤에 달이 밝아 눈 거리 엉겨 있는 듯
남쪽 창 종이 희니 하늘 땅 빛이 통한다
꿈에서 깨어나 초연히 앉아 탄식을 하고
옛 생각 아득히 唐堯 虞舜을 쫓아간다
평생을 가슴에 새긴 열 여섯 글자이니
엎어지고 자빠지고 낭패인들 어찌 상심하랴
지금에 와서는 의지 꺾이고 기운도 흐려지니
이끼 꽃도 거칠어 추운 싹도 안 돋아
털짐승 무리 시끄러워 누운 낙타로 속이니
늙은 이의 운명이라 어찌할 줄 알겠다
봄 바람에 茂叔 周敦頤의 풀을 김매고
잔 술에 홀로 도연명의 가지를 엿본다
다만 당년에 거문고를 배우지 않아
손 안에서 남풍가를 짓지 못하는 것이 한스럽다
누가 가슴 속을 오래 쓸쓸하게 했는가
때로는 눈물이 두 줄기 주루룩 흐른다
운암사의 파릇파릇한 소나무 소리 맑아
홀로 노닐며 홀로 읊는 한 없는 정일세
드높은 황금 벽옥은 사바세계 비추고
누운 비석의 필치는 은 갈구리가 밝구나
주지화상인 환암 노옹은 입도함 오묘해
바로 진리 상인 되어 교화의 성에 노닐다

어떻게 하면 조용히 앉아 선의 이야기 듣나
눈을 감고 뚜렷이 삼생을 볼 수 있었으면
다만 이단이 혹 나를 그르칠까 두려워
간사함 막고 곧바로 나의 진실 보존코자 해.

半夜月明凝雪霜　　南牕紙白通玄黃
夢回悄然坐歎息　　古意渺渺追虞唐
平生服膺十六字195)　　顚頓狼狽庸何傷
只今志耗氣又濁　　苔花澁釖無寒芒
毛群擾擾欺臥駝　　老矣命也知奈何
春風肯鋤茂叔196)草　　樽酒獨眄淵明柯197)
只恨當年不學琴　　手中難作南風歌198)
誰敎胸次久磊落　　有時涕淚雙滂沱
雲巖蒼蒼松聲淸　　獨遊獨吟無恨情
岧嶢金碧照沙界　　臥碑199)筆勢銀鉤200)明
堂頭幻翁入道妙　　政作道商游化城
何當靜坐聽禪話　　閉眼歷歷觀三生
只恐異端或娛我　　閑邪直欲存吾誠

---

195) 十六字: 〈書經, 大禹謨〉의 "人心惟危 道心惟微 惟精惟一 允執厥中"의 16 字.
　　宋儒들이 이 16 자를 가지고 堯 舜 禹가 心心 相傳한 道德 修養의 治國的 理
　　念으로 삼았다.
196) 茂叔: 宋의 性理學者 周敦頤의 자가 茂叔.
197) 淵明柯: 陶淵明의 〈歸去來辭〉에 "眄庭柯而怡顔"이란 글귀가 있다.
198) 南風歌: 舜임금이 지었다고 전하는 樂曲. "南風之薰兮 可以解吾民之慍兮 南風
　　之時兮 可以阜吾民之財兮(남풍의 훈훈함이여 우리 백성의 근심을 풀 수가 있
　　고, 남풍의 때를 앎이여 우리 백성의 재물을 모을 만하구나)" 하였다.
199) 臥碑: 洪武 2년에 學宮의 明倫堂에 학칙을 새겨 비석으로 세운 것을 "臥碑"라
　　했다.
200) 銀鉤: 강건한 書體를 비유하는 말.

어느 사실
卽事

샛바람은 내가 봄을 찾으려 함을 알아
가랑비는 부슬부슬 길 먼지를 적시다
한 필 말 화창하고 시내 길 미끄러운데
누가 이 병골을 시켜 아직도 신산케 하나.

東風知我欲尋春　　　小雨濛濛灑路塵
匹馬昌華溪路滑　　　誰敎病骨尙酸辛

근년래로 외출 드물고 찾아 오는 이도 없어
남쪽 창에서 앉고 눕기에 생각 절로 진실해
공자 맹자 뒤따르는 풍교 타락을 불려보내고
복희황제 상고시대는 꽃다운 이웃과 인접했네.

年來罕出少來人　　　坐臥南窓意自眞
孔孟下風吹墜緖　　　羲皇上世接芳隣

허희의 노래
欷歔篇

뭇 영웅 호걸로 태어나 이어 무리로 거처하면
곤어와 붕새의 변화가 허황함이 아니구나

평생의 의지 기개는 의로운 교제를 중히 여기니
오나라 비단과 정나라 모시가 서로 섞이는 시초
나라 창업 도운 큰 공이 천하에 미치고서
돌아와선 아득히 오히려 여유가 있구나
어찌 나의 털 하나를 소모한 적이 있겠나
예와 다름 없는 초목들이 밭 집을 둘러싸다
강의 흐름은 출렁출렁 큰 들을 가로 자르니
금년의 그물질 물고기는 지난 해의 물고기
하늘에 나는 기러기 있어 어찌 떠나감을 보나
하늘 우러러 홀로 서서 한갖 허회 탄식만 하다
구름 누대 낚시 누대 어느 것이 높고 낮은가
바람 먼지 작작히 들 터에 묻혀 있네.

群英傑出仍群居	鵾鵬[201]變化非荒虛
平生意氣重交義	吳縞鄭紵相投初
翊贊大勳被天下	歸來渺然還有餘
何曾或損我一毛	依舊樹木圍田廬
江流沄沄截大野	今年所網前年魚
冥飛有鴻胡見離	仰天獨立徒歔歔
雲臺釣臺誰高低	風塵漠漠埋郊墟

---

201) 鵾鵬: 재능이 탁월하여 의지가 드높은 사람의 비유. 〈莊子, 逍遙遊〉에 "北溟
有魚 其名爲鯤 鯤之大 不知其幾千里也 化而爲鳥 其名爲鵬 鵬之背 不知其幾千
里也(북쪽바다에 고기가 있는데 그 이름이 곤이요 곤의 크기는 몇 천리나 되
는 지 알지 못한다. 그 고기가 새로 변하면 그 이름이 붕인데 그 등이 몇 천
리나 되는 지 알지 못한다)" 함이 있다.

우연히 쓰다
偶題

부질없이 내 마음을 물결 없는 우물에 견주니
하늘 빛 해 그림자가 함께 빽빽하구나
많은 삶 삼생의 업을 어찌 면할 수 있으랴
완연히 周顒의 처자와 何胤의 육식 같구나.

謾擬吾心井不波   天光日影共森羅
多生三業那能免   宛似周妻與肉何[202]

주선자가 석종에 명문을 요구하다
珠禪者求銘石鍾

깊은 산 구름 뿌리 잘라내어 큰 종을 만들어
깊이 사리를 소장하여 무궁토록 보이려 하다
알 수 없다만, 겁의 불이 바람 따라 일어나면
다시 어느 누가 있어서 나옹화상에게 절할까.

---

202) 周妻何肉: 〈南齊書, 周顒傳〉에 "周顒은 청빈하여 욕심이 없어 종일토록 채식
　　이나 하고 처자가 있지만 산사에서 혼자 살았다. 이 때 何胤은 불법을 독실히
　　믿어 처자가 없었다. 하루는 太子가 주옹에게 묻되 '경과 하윤의 정진이 어떻
　　다고 생각하느냐' 하니 주옹은 '三災八難을 다 면할 수 없이 각기 누가 있습니
　　다' 하였다. 태자가 '그것이 무엇이냐'고 되물으니, 주옹은 '周妻何肉'이라" 하
　　였다. 그 뒤로 "周妻何肉"이 食色의 욕심에 비유되었다.

斲却雲根[203] 作大鐘　　　深藏舍利示無窮
未知劫火隨風起　　　更有何人拜懶翁

동정 염흥방이 유항에 와서 또 술과 안주를 베풀다
廉東亭至柳巷 又置酒肴

참새 집을 짓는 문 앞을 푸른 이끼 밟아 가니
가난 심하여 묵은 술을 구할 길이 없구나
다행히 서쪽 이웃에 韓脩씨 재상이 있어
매양 소에 술 싣고 손님 대접하러 온다네.

雀羅門巷踏蒼苔　　　貧甚無從覓舊醅
賴有西鄰韓相國[204]　　　每携牛酒待賓來

차타의 노래
蹉跎行

중춘도 이미 홀연히 다하여
상사날이 장차 또 오는구나
풍경 광채가 흐르고 굴러 날로 나른해 지니
이미 답청놀이가 가까워 푸르름도 다가오려 해

---

203) 雲根: 깊은 산 구름이 이는 곳.
204) 韓相國: 재상인 韓脩(1333-1384) 자는 盟雲, 호는 柳巷.

비의 신도 역시 하느님의 칙령을 받아
봄을 당해 피어남이 자주 서로 재촉하다
흰 머리의 병객은 붓을 이미 닫았으니
홀로 太玄經을 가지고 적막에 달게 여기다
마침 揚子雲이 있어서 자운을 알아 주니
부질없이 장 뚜껑을 물리고 한 번 외치다
주역에 준하여 공연히 마음 괴롭힘 가련쿠나
내 다리 밟는 것에서 응당 먼저 찾을 것이다
시세 따라 바뀌고 변하면 어찌 옳다 말하랴
하늘 운명의 오고 감은 알기 어려움 아니다
큰 절개 한 번 기울면 다시 무엇을 책하랴
다행하게도 입이 마르도록 성인 영역 말하다
지금껏 높고 높이 문묘에 배향되었으니
비로소 믿겠다, 공을 논함이 경전에 미쳤음을
경전의 도리 식으면 내 어찌하랴
늙었구나, 덕을 세움이 이제 어긋날 수밖에.

仲春忽已盡	上巳將又回
風光流轉日駘蕩	已近踏靑靑欲來
雨師亦受上帝敕	當春發生頻相催
白頭病客筆已閣	獨把太玄甘寂寞
會有子雲知子雲	漫却醬瓿205)眞一噱

---

205) 醬瓿: 漢의 揚雄의 자가 子雲이다. 揚子雲이 〈太玄〉〈法言〉을 짓고는 말하기
　　 를 "공연히 스스로 괴롭힌다 지금의 학자들이 녹봉의 이로움만 알고, 더구나
　　 周易에는 밝지 못한데 게다가 玄妙함까지랴 내 두렵구나 후인들이 장독 덮개
　　 나 하지 않을는지(空自苦　今學者有祿利　然尙不能明易　又如玄何　吾恐後人用覆

可憐準易空苦心　　我脚所踏應先尋
隨時變易豈謂是　　天命去就非難諶
大節一虧復何責　　幸矣極口談聖域
至今巍巍配文廟　　始信論功及經籍
經籍道息奈吾何　　老矣立德今蹉跎

어느 사실
即事

가랑비 바람 따라 실처럼 흩어지고
늙은 나이 정서 감흥 호연히 끝없다
다만 병든 골격에 쉬기도 어려워
쑥대 창문 닫아놓고 작은 시나 쓰자.

小雨隨風如散絲　　老年情興浩無涯
只愁病骨難將息　　閉却蓬牕題小詩

엷은 구름 하늘 가득 바람은 오히려 차가워
사양 볕·은 변방 서쪽 산으로 내리려 하다
늙은 할배 손님 보내고 문 앞에 기대 서니
일만 그루 푸른 소나무 은은히 담담한 사이.

醬瓿也) 라 하였다.

薄雲滿天風尙寒　　　　斜陽欲下塞西山
老翁送客門前立　　　　萬樹靑松暗淡間

바람 숲 비 언덕 안개 물가에
한 구비 강산이 만고에 한가롭다
어느날 돌아가 쉬며 두 귀를 씻을까
달 밝은 시내 위에서 잔잔한 소리 듣다.

風林雨岸與烟灣　　　　一片江山萬古閑
何日歸休洗雙耳206)　　　月明溪上聽潺潺

돌아가자
歸歟

목은 노옹의 늙은 기운 내릴 방법이 없어
해가 다 가도록 붓을 희롱하여 남창에서 읊다
평생에 품은 회포 문득 토해 내어
횡설수설이 모두 다 여강의 일일세
나 같이 스스로 읽는 것도 비웃음을 사니
다음 날의 비방을 누가 감당할 수 있으랴
그러므로 소동파의 시가 이름이 있지만
전원으로 간다는 괴로운 말 정서와 맞지 않는 듯

---

206) 洗雙耳: 옛날 堯舜 때에 巢父와 許由가 벼슬에 나오라는 말을 듣고는 세속의
　　 때묻은 말을 들었다하여 穎水에 가 귀를 씻어냈다.

사람들이 나를 보는 것이 폐부를 보는 듯하고
머리 위로는 파룻파룻 하늘 진리가 밝구나
아침 밥 저녁 먹이가 진실로 중한 것이고
다구나 몸이 물러남이 이룬 공 때문이니
책 만 권을 읽어도 이치 통달치 못했다면
이것 역시 이른 바 망녕된 사람일 뿐이다
돌아가자 돌아가자, 우리의 친구들이여
꽃다운 풀이 안개와 함께 학궁에 가득하다
河水 汾水의 왕통의 강의가 비록 구구하더라도
높은 안전의 상서도 끝내 이윤에 가까웠었네.

牧翁老氣無由降	窮年弄筆吟南牕
平生有懷便吐出	橫說竪說皆驪江
如我自讀亦齒冷207)	他時詆娬誰得雙
所以東坡詩有名	苦說歸田似不情
人之視已如見肺	頭上蒼蒼天道明
朝饔夕飧固所重	何況身退由功成
讀書萬卷不達理	是亦所謂妄人耳
歸歟歸歟吾黨子	芳草和烟滿槐市208)
河汾209)講學雖區區	光範210)上書終近利

---

207) 齒冷: 비웃음. 恥笑. 웃게 되면 입이 벌어져 이가 싸늘해지기 때문에 이르는 말.
208) 槐市: 學宮 學舍. 그 곳에 괴수나무(槐)를 많이 심어서 얻은 이름.
209) 河汾: 수나라 때 王通이 하수 분수 사이에서 강학을 하여 그 문도가 천여 명 이나 되었다. 그래서 그의 문하를 "河汾門下"라 하였다.
210) 光範: 尊顔의 뜻.

사실의 길잡이
紀事

새벽 빛이 쌀쌀하니 해 돋으려 하고
경쇠 소리 속에 독경 소리도 있구나
다닥다닥 일만 집에 연기 기둥에 뜨니
몇 사람이나 있어 대경과 사정을 잊을까.

曉色蒼凉日欲生　　　磬聲中有誦経聲
鱗鱗萬戶烟浮棟　　　有幾人忘境與情

몸 있어 어느 곳엔들 삶을 경영 않겠나
숲 건너의 베틀 소리가 아스라히 들린다
문득 의아스럽구나, 높은 스님이 내침을 받아서
큰 성 안에서 걸식함이 이것이 참다운 정서인가.

有身何處不營生　　　髣髴隔林機杼聲
却訝高僧還見斥　　　大城乞食是眞情

두보는 농사일과는 자신의 삶을 여의었지만
나는 지금 농가 집에서 여울물 소리와 이웃했다
더디 머물러 가지 않고 특별히 말을 잊었으니
들 홍취가 유유히 세상 속정과 섞였기 때문이다.

工部211) 桑麻斷此生　　　我今田舍傍灘聲
遲留不去殊亡謂　　　野興悠悠雜世情

---

211) 工部: 杜甫를 말함. 杜甫가 工部員外郎을 지냈기 때문에 '杜工部'라 한다.

삼월 삼짇날
三月三日

병 중에서 올해의 봄을 또 보게 되니
산월 삼짇날 하늘 기운도 새롭구나
장안의 즐거운 일은 오래 쓸쓸해졌으니
이는 두보의 처음 모습을 닮았기 때문
당시의 호화 부려가 완연히 어제인듯하니
지금까지도 황제의 친인척으로 상상하다
동쪽 한나라 높고 높은 부소산의
산 아래 푸른 시내 물 소리도 잔잔하고
宣陵 仁陵 일대에 사천이 파라니
따라오르고 세탁할 만해 맑고도 한가롭다
무성한 꽃다운 풀의 성 동남쪽이고
급히 조달된 긴 병은 봄 꿈 사이일세
임금님 궁문은 아홉 겹이라 천지로 막혔고
조상 무덤 아득하게 진강의 구비이다
한식날 청명날을 여러 차례 어겼으니
배꽃도 적막하고 이끼만이 푸르구나
여러 방에 운집하여 은혜 받드는 뜰이고
성군 조상 맞이하여 위엄 신령에 감사하다
제사 뒤에 복으로 마시는 음식 멀리 내리니
늙은 목은이 지금 고독함을 염려하심인가
늘은 목은이 지금 고독함 염려하심이니
한산의 산 아래에는 구름만이 어둑어둑

공자가 당일에 면류관을 벗지 않았다면
東周로 간다한 한 말을 누가 들을 수 있나.

病中又見今年春　　　三月三日天氣新
長安樂事久牢落　　　賴是少陵212)初寫眞
當時豪麗宛如昨　　　至今可想椒房親213)
東韓岧嶢扶疎山　　　山下碧澗聲潺潺
宣仁214)一帶沙川215)碧　　　可濯可沿淸且閑
芊綿芳草城東南　　　急管長甁春夢間
君門九重天地隔　　　墳墓蒼茫鎭江曲
寒食淸明幾虛負　　　梨花寂寞莓苔綠
重房雲集奉恩庭　　　對越聖祖歆威靈
醮餘飮福尙遠下　　　肯念老牧方伶仃
肯念老牧方伶仃　　　韓山山下雲冥冥
宣尼216)當日不稅冕　　　東周一語217)誰其聆

---

212) 少陵: 杜甫가 항상 "杜陵"으로 자신의 조상 고향을 표시하여, 자신을 '少陵野
　　老'라 하여 세상에서는 그를 '杜少陵'이라 했다.
213) 椒房親: 皇帝의 친인척을 말함. 椒房은 황후들의 宮室을 말한다.
214) 宣仁: 顯宗의 능인 宣陵과 宣宗의 능인 仁陵을 지칭한 듯.
215) 沙川: 경기도 양주군 지역에 있었던 縣의 이름.
216) 宣尼: 공자의 시호가 '大成至聖文宣王'이고 자가 仲尼이니, 이를 줄여서 '宣尼'
　　라 함.
217) 東周一語: 동으로 周나라 도를 펴겠다 한 말. 〈論語, 陽貨〉에 "子曰 夫召我者
　　而豈徒哉 如有用我者 吾其爲東周乎(공자 말씀하시기를 대저 나를 부르는 이들
　　이 어찌 공연히 하겠느냐, 만약 나를 써주는 이가 있다면 나는 주나라의 도를
　　동으로 펴겠다)"하였다.

참새 그림자 노래
雀影行

처마 밑 참새 그림자요 그림자는 창에 있어
창 사이 늙은 붓은 길기가 다리와 같구나
펄펄 잠간 왔다가 또 잠간에 돌아가니
저 새 득의로워 내려오기 어려운 줄 알겠다
때로 지저귀는 소리 나의 정적을 깨치니
사물에 따라 계절마다 다시 변역에 참여하다
매화 감상에 방법이 있으니 천연 기틀 빼앗고
안락한 거처 속에서 옳고 그른 시비를 잊는다
천진 다리 위에서 두견새가 울고 있지만
이런 사람이 있지 않으니 누구와 돌아가나
剡藤의 종이에다 짧은 글을 써두었다가
다음 해에 다시 읽게 되면 마음이 망연하겠지.

簷下雀影影在牕	牕間老筆長如杠
翩翩乍來又乍去	知渠得意眞難降
有時噪聲破我寂	因物時時更參易
觀梅有術奪天機	安樂窩中忘是非
天津橋上啼杜鵑	不有斯人誰與歸
寫之剡藤218) 成短篇	他年再讀心茫然

---

218) 剡藤: 剡溪에서 나는 藤나무가 종이를 만들 수 있어, "剡藤"을 종이를 이르는
   말로 쓰인다.

어떤 사실
卽事

샛바람 급히 불고 해 걸음은 더디니
멀리 바라뵈는 풀빛이 바로 좋은 때이다
목은 노인 병 여가에 절구 시도 많으니
기이한 어구 기약 않아도 혹 기이히 이루어져.

東風吹急日行遲　　　　草色遙看正好時
牧老病餘多絶句　　　　不期奇語或成奇

구룡산가
九龍山歌

부소산 동쪽은 다함이 없는 산들
뭇 봉우리 하늘에 꽂혀 돌 댓순이 빽빽하구나
구룡산의 하늘은 그 형세 스스로 존귀하여
뒤에는 시종하는 자이고 앞은 인도하는 듯
성인스런 스님 유적은 아직도 완연한데
바위 형세는 위험스러워 떨어지려 한다
사찰 주변의 숲과 골엔 연기 안개 섞이고
바리대와 석장의 세월은 창고에 쌓였구나
어느 때 긴 휘파람으로 절정의 마루에 올라
만 리의 푸른 하늘에 가을 독수리를 볼까

호경사에서 향을 사루고 두 번 절하며
직분 다하지 못하는 구구한 불민함을 사례하다
우러러 위엄스런 신령께 동해를 조용히 하게 바라고
국가의 종묘 사당에 형세 군색함 보지 말자
군영을 이은 여러 장수들이 전라도로 향하니
남쪽 밭의 밭 갈기를 누가 민망히 보겠나
농사 일 한 번 놓치면 백성은 하늘을 잃는 것
목숨이 벼락에 떨어짐이니 차마 할 수 있는가
귀신이 주판 계략을 잡아주면 싸움 꼭 이기리니
미친 바람을 다시 불려 격동하여 떨어뜨리라
적의 배들 쓸어서 부상의 동쪽으로 향하여
우리 창생의 백성 다시는 근심의 간장 없게 하소
문득 예악 제도로 나라 다스리기 물어보니
비파 버린다면 어떻게 공자의 웃음을 알까.

扶踈以東山不盡	衆峰挿天森石笋
九龍穹窿勢自尊	後如從者前如引
聖僧遺跡尙宛然	石勢傾危將欲隕
招提219) 林壑雜烟霞	瓶錫歲月堆倉囷
何時長嘯上絶頂	萬里靑天見秋隼
焚香再拜虎景祠220)	尸素221) 區區謝不敏

---

219) 招提: 범어 caturadesa의 음역이 "拓鬪提奢"인데, 축약하여 "拓提"라 한 것을
    "招提"로 誤用하게 되었다. 그 뜻은 "四方"으로 사방에서 모인 승려이다. 그래
    서 일반적으로 寺刹을 지칭하게 됨.
220) 虎景祠: 고려 태조 王建의 5대조라 전하는 虎景의 祠堂. 聖骨將軍이라 칭하
    며, 백두산 등지를 유랑하다가 開城 扶蘇山에 정착했다 함.

仰乞威靈靜東海　　不見廟堂方勢窘
連營諸將向全羅　　南畝擧趾[222] 誰見愍
農功一虧民失天　　命墜顚崖其可忍
冥扶籌策戰必勝　　更發狂風激齊賮
賊船掃向扶桑去　　蒼生不復愁肝腎
便將禮樂問爲邦　　舍瑟何知夫子哂

봄 졸음 두 수
春眠 二首

새벽빛이 천지를 진동하더니
밤 기운이 정신으로 엄습한다
숨 소리는 오히려 벽에 숨었고
눈 동자는 먼지로 가린 듯하다
아이들이 알고 손님을 물리고
산 새도 사람을 놀래지 않다
다만 기쁜 것은 졸음 마귀 있어
백두가 응당 새로움으로 면함이네.

---

221)　尸素: 자리에 있으며 급료나 받고 직분을 다하지 못함을 이르는 말. "尸位素
　　餐"의 준 말.
222)　南畝擧趾: 〈詩經, 豳風, 七月〉에 "三之日于耜 四之日擧趾 同我婦子 饁彼南畝
　　田畯至喜(정월 달에 농기구를 수리하고 사월 달에 밭을 가니, 우리 처자식이
　　남쪽 밭에서 함께 새참을 먹고 밭의 농부는 술 밥을 먹다)"함이 있다.

晨光動天地　　夜氣襲精神
鼻息尙隱壁　　目瞳如眯塵
家童解麾客　　山鳥不驚人
只喜魔猶在　　白頭應免新

종래부터 백성의 눈은
난만하여 정신을 평화롭게 해
온화한 기운이 사지를 두루하고
잠잠한 마음은 六塵을 잊었다
나가 놀면 선비 있음 알고
꿈이 없다면 바로 어떤 사람인가
소두인 杜牧으로 평생 족하니
남주에 시구의 법칙이 새롭구나.

從來百姓眼　　爛熳可頤神
和氣徧四體　　冥心忘六塵
出游知有士　　無夢定何人
少杜[223] 平生足　　南州句法新

늦 비

晚雨

대낮 창에 해 그림자가 이미 희미하더니

---

223) 少杜: 杜牧 자는 牧之 호가 樊川. 杜甫와 구별하여 少杜라 한다.

저녁 때 되어 쓸쓸히 비가 사립문에 뿌리다
보리 밭에 비취빛 더해감이 점점 보이니
싹 틔우는 배자나 떡 음식이 달게 도와 살찌다.

午牕日影已稀微　　　向晚蕭蕭雨灑扉
漸見麥田增翠色　　　胚胎餠餌助甘肥

하늘 가 뭇 산이 취미의 푸름으로 가로질러
봄 깊은 동리 어구 사립문을 잠갔구나
조각배로 곧바로 여강을 거슬러 오르니
바람 맞은 부들 돛이 수면에 살찌다.

天際群山橫翠微　　　春深門巷掩柴扉
扁舟直遡驪江去　　　風滿蒲帆水面肥

부질없이 책을 남겨 미세한 이치 발명하려
늙은 나이 병도 많아 홀로 사립문 잠그다
어쩌면 큰 가뭄에 장마비가 내린 적이 있어
홀을 바로 하고 앉아서 천하가 살찌는 것을 보다.

謾向遺書欲發微　　　老年多病獨扃扉
何曾大旱作霖雨　　　正笏坐看天下肥

牧隱詩藁 卷之十六

느낌 있어
有感

흰 옷 입은 신선이 연잎을 밟고 오니
완연히 풍파 속에 있으나 옷 젖지 않아
세상살이 생사의 바다는 끝이 없어서
비 허공을 뿌리니 우는 눈물도 많구나
소리 듣고 괴로움 구하려 모두 현신을 하니
일 찰나 사이에 내닫는 사람들 급하구나
가는 먼지 같은 국토도 밝은 거울 속이라
누대 아래 사는 사람들 초개처럼 줍는다
청정의 원을 가지고 위엄 신령 현현하려니
몇 개가 침상을 적셔 일어나 서 있구나
성 안을 향해 달려 삶의 이치 판별하면
주인의 흰 수연을 혹 뽑을 수 있을까.

白衣仙人躡蓮葉	宛在風波衣不濕
人間生死海無涯	雨洒大空多哭泣
聞聲救苦皆現身	一刹那頃赴人急
微塵國土明鏡中	樓下居人如芥拾

願將淨願現威神　　　數箇霑床起而立
走向城中辦生理　　　主人白鬚容可鑷

어느 사실
卽事

가랑비 아른아른 초당을 어둡히니
복사꽃 터지려 하고 버들 실 누렇다
도롱이 걸치고 조각배 올라 타려 하니
한 구비 여강이 들 별장에 걸쳤구나.

細雨濛濛暗草堂　　　桃花欲綻柳絲黃
披簑欲上扁舟去　　　一曲驪江置野庄

한 보지락의 봄 비가 밭을 갈 만하나
남쪽의 소망은 연래로 생각사록 아득해
병 중이라 문 닫고 다시 깊이 앉으니
행색이 육지로 가는지 배인지 알 수 없다.

一犁春雨可耕田　　　南望年來思渺然
病裏關門更深坐　　　未知行色陸邪船

옛날엔 벼슬 놀이로 경사 서울을 내달아
천하가 한 집이라 여겨 가는 대로 갔었다

늙어 가며 문을 나서도 갈 길이 혼미해
산 남쪽 물 북쪽에서 부질없이 시나 읊어.

昔年游宦走京師　　　天下一家隨所之
老去出門迷所適　　　山南水北漫吟詩

청명절에
淸明節

바람 날씨 청명절을 응당 역서에 써서
온화 기운 두루 흘리는 우주 감사해
늦은 봄에 옷이 되면 어른 애 이끌고
스스로 계절 온화함 오히려 남음 있어.

風日淸明應曆書　　　宣流和氣謝堪輿
暮春成服携童冠224)　　　自比時雍尙有餘

탁트인 놀이에 어찌 옛 기록 두려우랴
때때로 취한 몸 잡아 남여 수레에 있다
답청에 누구 불러야 할 지 알 수 없으나
술을 금한 지 며칠이 되었다고 전해 달라.

---

224) 暮春成服携冠童: 曾點이 孔子의 물음에 대하여 기수에서 목욕하고 기우제터에
　　서 바람 쏘이고 시를 읊으며 돌아오겠다 한 고사에서 유래된 말로 유유자적한
　　의지를 말한다. 「論語」〈先進〉에 "春服旣成 冠者五六人 童者六七人 浴乎沂 風
　　乎舞雩 詠而歸"라 함이 있다.

放曠何曾畏簡書　　　時時扶醉在藍輿
踏靑未識誰招喚　　　酒禁傳言數日餘

몇 년동안 봄 기러기에게 편지를 보내려 하니
장백산의 산 빛이 천자 수레를 비춘다
꿈 속의 한림원엔 꽃다운 풀이 푸르고
상림원의 꽃과 돌은 전란에 불탄 끝일세.

幾年春鴈欲投書　　　長白山光照乘輿
夢裏鑾坡225) 芳草綠　　　上林226) 花石劫灰餘

회포 풀이
述懷

소년시절 무리지어 마신 것도 허공으로 떨어졌고
병이 많아 홀로 읊으며 소활함도 달게 여긴다
꽃과 달 작은 뜰에 촛불 잡기에 마땅하고
버들 안개 평평한 들에 애써 거닐 만하구나
아침 밥 저녁 죽을 그 밖에 무엇을 구하랴
험난에 멈추고 흐름에 뜨는 것 참 여유가 있다
다음 날 여강에 나의 낚시를 용납해 준다면
늘그막의 광경이 스스로 여유가 작작하리라.

---

225) 鑾坡: 한림원의 별칭. 唐의 德宗이 한림원을 金鑾殿 옆에 있는 金鑾坡로 옮긴
　　　뒤로 그렇게 불렀다.
226) 上林: 제왕의 秘苑. 漢 武帝가 세운 것, 東漢의 光武帝가 세운 것 등이 있다.

少年群飲墮空虛　　　多病獨吟甘闊踈
花月小庭宜秉燭227)　　柳煙平野可扶輿228)
朝饘夕粥寧求外　　　坎止流浮229)信有餘
他日驪江容我釣　　　老來光景自藘藘230)

술을 보내다
送酒

봄 깊자 술을 보내는 것도 역시 풍류의 멋
막 피려는 꽃봉오리 의연히 나무 끝에 가득하다
조물주가 왕성 쇠제함이 당연히 의미가 있으니
시절 따라 세월 보냄이 다시 무슨 근심 있으랴
홀로 깨어 있음이 바르면 오히려 친구가 많고
무리로 취하면 도연명이라도 곧 친구가 없다
다만 송곳 같은 붓이 있어서
매양 날리는 비를 맞아 높은 누대에 의지하다.

春深送酒亦風流　　　蓓蕾231)依然滿樹頭
造物乘除當有意　　　順時消遣復何憂

---

227) 秉燭: 秉燭夜遊. 촛불을 밝혀 밤새 노닐다. 李白의 〈春夜宴桃李園序〉에 "秉燭
　　夜遊 良有以也(촛불을 잡아 밤에 노니는 것이 진실로 까닭이 있구나)" 함이
　　있다.
228) 扶輿: 扶輿. 扶於. 이리 저리 노니는 모습. 애써 유지하는 것.
229) 坎止流浮: 坎은 險難이니 험난을 만나면 멈추고 흐름을 만나면 떠간다. 곧 환
　　경의 변화에 따라 進退行止를 확실히 하는 것의 비유. "坎止流行".
230) 藘藘: 悠然自得의 모습.
231) 蓓蕾: 막 피려는 꽃봉오리.

獨醒正則還多侶　　　群醉淵明却寡儔
只有如錐管城子[232]　　每邀飛雨倚高樓

동정 염흥방의 자리에서 취한 노래
廉東亭席上醉歌

내 술은 그릇이 다하지 않고
반쯤 취하면 맛은 더욱 좋아
낙락히 높은 동파의 늙은 이는
빛 불꽃이 일만 길로 강했다
봄 바람은 호호 탕탕 정자 누대에 불고
대낮에도 바로 황금 술잔을 날릴 만하구나
한산의 목옹 늙은 이는 늙고 병이 많지만
비단으로 오장육부에 쌓인 것을 감내 못한다
마시는 중의 여덟 신선에게 항시 손뼉을 치나
붓 끝에서 바람 비 날림을 스스로 웃는다
더구나 지금 진홍 초록이 다투어 봄을 부축이고
우는 새 두어 소리가 정과 흥을 새롭게 함이라
옛부터 술 마시는 자는 삶과 죽음을 달관했으니
흔들거리고 구구함으로야 어떻게 일을 푸나
백이 숙제나 도척이 모두 양을 잃은 격이니
황금 술잔을 꽃 향기 속에서 장차 기울이자

---

232) 管城子: 붓의 의인적 용법. 韓愈가 〈毛穎傳〉에서 붓을 "管城子"라 했다.

꽃 피는 것도 때가 있으니 취하기 사양하지 말라
제비 춤 꾀꼬리 노래도 우연이 아니다
동정의 호걸 기상도 역시 사람 중의 걸물이라
동산에 높이 누워 바람 달을 희롱하도다
바둑이 비록 다시 내기하자는 것 아니지만
손님 맞으면 자주 수레바퀴 빼던짐 꺼리랴
다시 작은 병 때문에 봄 게으름 보여야 하니
나는 이미 제 분수대로 일천 잔을 기울였네
그대 보지 못하나, 취한 마을 천지에는 이제 사람이 없어
목옹 늙은 이 혼자 앉아 누구와 이웃하나.

我飮不盡器	半酣味尤長
落落東坡翁	光焰萬丈强
春風蕩蕩吹亭臺	白日政可飛金觴
韓山牧翁老多病	不耐錦繡堆中腸
飮中八仙[233] 每拍手	自笑毫端走風雨
況今紅綠爭扶春	啼鳥數聲情興新
古來飮者達生死	擾擾區區那解事
夷齊盜跖[234] 俱亡羊[235]	金杯且倒花香裏
花開有時莫辭醉	燕舞鶯歌非偶耳

---

233) 八仙: 唐의 李白, 賀知章, 李適之, 李璡, 崔宗之, 蘇晉, 張旭, 焦遂 등 8인이
　　　다 술과 시를 좋아하여 "飮中八仙"이라 했다.
234) 夷齊盜跖: 夷齊는 周나라의 伯夷와 叔齊로 武王의 혁명에 불가함을 주장하다
　　　거세되었다. 淸廉의 대명사로 일컫는다. 盜跖은 고대 도적의 대표처럼 일컫는
　　　다. 이 두 부류는 善惡의 극과 극을 대비시키는 용예이다.
235) 亡羊: 多岐亡羊. 지름길이 많아 양을 잃듯이, 학문이나 진리에는 방법과 논리
　　　의 多樣性으로 中道를 잃는다는 비유로 쓰는 말. 〈列子, 多岐亡羊〉

東亭豪氣亦人傑　　　　高臥東山弄風月
圍棊雖不更賭墅　　　　對客肯憚頻投轄[236]
莫將微恙示春慵　　　　我已自分傾千鍾
君不見醉鄉天地今無人　牧老獨坐誰爲鄰

술 금함
酒禁

꽃 구경했던 일이 꿈 속에나 기억되니
소년시절 행락이 몇 번의 봄 바람이었나
좋은 술이라 해도 서로 조심해 쫓아도
금수 비단 허공에 떠 있어 두 볼이 진홍일세.

記得看花似夢中　　　　少年行樂幾春風
靑州從事[237]相微逐　　　錦繡浮空兩臉紅

236) 投轄: 漢나라 때의 陳遵이 술을 좋아하여 손님이 와서 술을 마시게 되면, 수
　　레의 굴대(轄)를 빼서 연못에 던져놓고 급한 일이 있더라도 가지 못하게 하고
　　서 술을 마셨다.
237) 靑州從事: 좋은 술을 비유한 말. 南朝 宋의 劉義慶의 〈世說新語〉에 "환공이
　　主簿가 있는데, 술맛 구별을 잘하여 술이 있으면 꼭 먼저 맛보게 하였다. 좋
　　은 술은 '靑州從事'라 하고 나쁜 것은 '平原督郵'라 하였다. 청주에는 齊郡이
　　있고, 평원에는 鬲縣이 있다. 그러니까 청주종사는 '齊'이니 齊는 배꼽(臍)과
　　동일음으로, 술이 좋아 배꼽까지 간다는 뜻이고, 평원독우는 '鬲'이니 鬲은 가
　　슴(膈)과 동일음으로, 술이 가슴에 있어 나쁜 술이라는 뜻이었다.

그릇된 뜻의 서로 간섭을 한 번 쓸어 비우니
청주 땅의 종사가 유독 영웅이라 일컫네
하늘이 우리들을 간장을 타게 했으니
밀어서 진씨 집의 쫓기는 손님으로 몰아넣다.

非意相干一掃空　　　　青州從事238) 獨稱雄
天敎我輩焦肝腎　　　　推入秦家逐客中

꽃 있고 술 있으면 이 몸 한가하니
조물주의 큰 은혜가 세상에 가득하다
네 미경을 다 갖추지 못함이 우리의 일이니
누대 올라 홀로 앉아 남산을 대하고 있다.

有花有酒此身閑　　　　造物洪恩滿世間
四美239) 難幷吾輩事　　　　上樓獨坐對南山

윤 판서의 석상에
尹判書席上

주인은 청수하여 일찍 이름이 알렸으니
매화 한 나무가 눈을 비추어 밝구나
부와 귀의 집안 풍모 감추려도 안돼
비단 발 깊은 곳에 관현악의 소리.

---

238) 青州從事: 앞의 주 237) 참조.
239) 四美: 治, 安, 顯, 榮. 또는 音樂, 珍味, 文章, 言談. 또는 良辰, 美景, 賞
　　　心, 樂事.

主人淸秀早知名　　　一樹梅花照眼明
富貴家風藏不得　　　綉簾深處管絃聲

파평의 드날린 역사에 위엄의 이름 있지만
변개 운용으로 소통시켜 일 처리가 현명해
그윽한 당상을 향하여 감히 붓을 잡아 보지만
목은 늙은 이의 문자는 다만 헛된 소리일 뿐.

坡平歷歷有威名　　　改用踈通處事明
記向幽堂叨秉筆　　　牧翁文字但虛聲

윤씨의 수풀 동산에 옛부터 이름 드날려
은혜 바람 화창하여 사방의 산이 밝도다
선홍빛의 살구꽃과 노란 버들눈이 맞닿아
누가 매화 꽃의 명성이 떨어졌다 말하랴.

尹氏林園舊擅名　　　惠風和暢四山明
猩紅杏對鵝黃柳　　　誰道梅花隆世聲

일찍 일어나
早興

늙은 아내는 내가 술에 병들었다 꾸짖으며
검정 콩의 탕제에다 감초 넣어 다린다

밤 길어 곤한 잠에 온 몸이 절로 평온터니
새벽 추위에 서서히 일어나니 이빨 아직 향내나
살구 꽃 버들 가지에 정원 연못은 고요하고
문창의 햇살 발 바람에 좌석은 썰렁하구나
앉아서 들 매화를 마주하여 시흥이 찾아오니
何遜을 따라가 다시 양주에서 노닐고 싶구나.

老妻嗔我酒膏盲	甘草加煎黑豆湯
夜永困眠身自穩	曉寒徐起齒猶香
杏花柳線園池靜	牎日簾風几席凉
坐對野梅詩興激	欲從何遜240) 更遊揚

봄 놀이
春遊

봄 놀이가 막 끝나지도 않았는데
시의 흥취가 역시 농후하다 한다
버들이 있어 마을 더욱 조용하고
이끼 끼어 동구는 이미 썰렁하구나
산 빛 속에서 문을 잠그고
비 소리 속에 베개 기대다

---

240) 何遜: 梁나라 사람. 문장이 劉孝綽과 맞서서 "何劉"라 일컬어졌다. 何遜이 揚
州에 있을 때, 관사에 매화가 盛開하여 항상 그 아래에서 시를 읊었다. 洛陽
으로 돌아와서도 매화를 잊지 못하여 다시 간청하여 揚州로 가니 마침 매화가
성개하여 관내의 문사를 초청하여 종일 즐겼다.

다만 마음에 거침이 없으니
擊壤했던 노인에게 부끄러움 없어.

春遊方未艾　　　詩興亦云濃
楊柳村逾靜　　　莓苔巷已窮
閉門山色裏　　　欹枕雨聲中
但得心無累　　　何慚擊壤[241]翁

산수 병풍
山水屛風

바다 동쪽 산과 물은 가는 먼지도 사절해
있는 구름 안개마다 그 경계가 진여롭다
문득 병풍을 향해 그윽한 흥취를 기탁했으니
목은 늙은 이가 오히려 가련한 사람이구나.

海東山水絶纖塵　　　在在雲煙境界眞
却向屛風寄幽興　　　牧翁還是可憐人

산 속에 숨은 이가 맑은 먼지를 퍼뜨리며
혼자 믿는 것을 누가 진위를 판별할 수 있나

---

241) 擊壤翁: 擊壤歌를 불렀던 노인. 전설에 堯임금 때 백성의 노래에 〈擊壤歌〉가
　　 있는데, 그 가사가 다음과 같다. "日出而作 日入而食 鑿井而飮 耕田而食 帝力
　　 於我何有哉(해 뜨면 나와 일하고 해 지면 들어가 쉬고 우물 파 마시고 밭 갈
　　 아 먹는데 임금의 힘이 나에게 무엇이 있어)"라 하였다는 것이다.

끝내는 흰 구름은 가두어 둘 수 없을 것이니
이 건곤 사이에 안목 갖춘 사람 어찌 없는가.

山中隱者播淸塵　　　自恃誰能辨僞眞
畢竟白雲藏不得　　　乾坤具眼豈無人

시의 구절은 청신하여 먼지 일으키지 않지만
형상 따라 부여된 사물은 하늘 진여 빼앗다
흰 구름 일천 뫼뿌리 거듭거듭된 곳에다
원숭이 소리 그려낼 사람 몇이나 있을까.

詩句淸新不惹塵　　　因形賦物奪天眞
白雲千嶂重重處　　　寫出猿聲有幾人

산 새를 듣고
聞山鳥

봄 산 깊은 곳에서 일찍이 놀았던 적 기억해
귀 닿는 곳마다 종일 근심 금할 수 없구나
어찌 뜻했으랴, 일만 집 연기 이는 속에
두어 소리가 유유 아득한 꿈을 깰 줄이야.

春山深處記曾游　　　觸耳難禁盡日愁
豈意萬家煙火裏　　　數聲驚破夢悠悠

병든 골격 스산하여 스스로 게을리 일어나니
누가 시상을 자극하여 다시 응집하게 하는가
홀연히 들리는 새 울음에 문득 느낌도 많지만
공을 관하는 진리 즐기는 스님을 배우고 싶다.

病骨酸辛自懶興　　　誰敎詩思更相凝
忽聞啼鳥翻多感　　　欲學觀空樂道僧

봄이 오자 시구 얻어 같이 노니는 이에게 주어
빨리 돌아가자고 환기시키니 이것이 다 수심이지
소리에 들어 마음 달통함이 나의 제 즐김인데
유유자적할 만한 곳이 바로 유유자적함이네.

春來有句贈同游　　　喚起催歸摠是愁
聲入心通吾自樂　　　可悠悠處卽悠悠

밤 늦게 잠들며 다시 일찍 일기 바라니
마음 속 도덕은 어느 때나 결집되려나
한 마디 새 울음에도 마음 곧 움직이니
완연히 오늘날의 소인배 중과 같구나.

夜寢仍須更夙興　　　心中道德幾時凝
一聲啼鳥心還動　　　宛似如今雀鼠242) 僧

---

242) 雀鼠: 소인의 비유. 唐 周縣의 〈博陸侯〉의 시에 "棟梁徒自保堅貞 毀穴難防雀
　　鼠爭 不是主人知詐僞 如何柱石免欹傾(기둥 도리야 다만 굳고 단단함 보존하나
　　구멍을 뚫는 참새나 쥐를 막기는 어렵다 주인이 거짓임을 알아서가 아니라 어
　　떻게 하면 기둥과 초석 기울음 면할 것인가)" 함이 있다.

느낌 있어
有感

깊이 취하면 기름 불 타는 것 모두 잊었다가
깨어나 즐거운 곳에는 문득 또 의연해지다
烏衣巷의 동리 어구에 지는 해가 밝고
綠野堂 다리 가엔 싸늘한 연기 잠기었다
부와 귀의 풍류를 응당 땅에서 쓸려야 해
고금의 비탄 감개가 다시 하늘에 넘친다
정녕히 나아가 취할 것은 꽃 피는 시절이니
촛불잡고 서로 따라 소년시절을 배우자.

沈醉都忘膏火煎　　　　醒來樂處却依然
烏衣巷243) 口明斜日　　　綠野244) 橋邊鎖冷烟
富貴風流應掃地　　　　古今悲嘅更滔天
丁寧趁取花時節　　　　秉燭相從學少年

우물 길어 새로운 차를 산 불에 다려
개인 창에 한 번 마시니 의기 시원하다
표표히 나부껴도 밝은 달을 안기 어렵고
호호 탕탕하나 마치 자색 연기 싸늘하듯
한가한 속 시 읊음은 대경에 부딪기 때문
병난 끝의 가고 머물음은 다 하늘의 소관

---

243) 烏衣巷: 지명. 南京의 秦淮河의 남쪽. 東晉시대 謝氏 王氏 등의 望族들이 살
　　아 著名해 짐.
244) 綠野: 唐의 裵度의 별장 綠野堂을 말함.

붓을 뽑는 것도 다만 정과 흥에 매이니
봄 빛이 바야흐로 무르익는 또 한 해이다.

汲井新茶活火煎　　　晴窓一啜意脩然
飄飄難得抱明月　　　蕩蕩却如凄紫烟
閑裏吟哦由觸境　　　病餘行止惣關天
抽毫只管紓情興　　　春色方濃又一年

영매의 시권에 쓰다
題嶺梅卷

기러기 돌아가는 봉우리에 눈이 처음 날리니
한 점의 꽃다운 마음이 천기를 뚫으려 한다
봄 광채를 누설함이 응당 우연이기는 하나
홀로 시의 안목에 공교한 평론이 가련하다.

鴈回峯頂雪初飛　　　一點芳心欲透機
漏洩春光應偶爾　　　獨憐詩眼巧評譏

묘봉의 시권에 쓰다
題妙峯卷

평지에 우뚝히 묘한 봉우리가 꽂혔으니
흰 구름이 흰 구름으로 봉해버렸네

의당 절정의 정상에서 휘파람을 불며
뭇 산의 일천일만의 중첩을 내려본다.

平地巍然揷妙峯　　　白雲封了白雲封
會當絶頂舒長嘯　　　俯視衆山[245]千萬重

어느 사실
卽事

제비 돌아오니 기쁨을 알 수 있고
발 앞에서 이르는 말에 해는 옮겨간다
주인은 병이 많아 오히려 옛날과 같고
자그마한 당 안에는 거미 줄만 걸렸다.

燕子歸來喜可知　　　簾前致語日將移
主人多病還依舊　　　多少華堂蛛掛絲

깊숙한 거처
幽居

병 끝의 몸과 세상은 경영을 끊었으니

---

245) 俯視衆山: 뭇 산을 내려보다. 두보의 〈望嶽〉시에 "會唐凌絶頂 一覽衆山小(응
　　당 정수리에 올라 앉아서 뭇 산의 작음을 한 번 바라보다)"함이 있으니, 이
　　두 구의 시구는 이를 원용한 것이다.

새 여름의 깊숙한 거처 일일이 맑구나
잎에 가린 쇠잔한 꽃 바람 속에 떨어지고
섬돌에 오른 이끼는 비 뒤에 돋았구나
여러 손자들 거처 달리하나 다 탈은 없고
두 아들이 조정에 나아가 다 이름이 있다
말을 대신할 붓이 있음으로 해서
늙은이는 깊이 술병의 성 사모함 경계한다.

病餘身世絶經營　　　新夏幽居事事淸
翳葉殘花風裏墜　　　上階蒼蘚雨餘生
諸孫異處皆無恙　　　二子隨朝摠有名
賴是代言毛穎[246]在　　老夫深戒慕瓶城[247]

　　사월 초파일 저녁에 가랑비가 있더니,
　　밤 들자 비바람이 크게 일다
　　四月初八日旣晩　有小雨　入夜風雨大作

우산 받고 관등한다 기롱 당할까 두려워
지는 꽃 깊은 골에서 사립문을 닫았다
처음엔 가랑비가 장막에 침범함 보더니
점점 미친 바람이 휘장 투과함을 듣다
올 해는 지난 해 좋았던 것만 못하여

---

246) 毛穎: 붓의 寓言. 唐의 韓愈가 〈毛穎傳〉에서 붓을 의인화했다.
247) 瓶城: 병의 성이라 하여, 술병을 가탁한 것이 아닐까 한다.

늙은 나이에 바야흐로 소년의 잘못 알겠다
옛 사람들 촛불 잡은 놀이 누가 배울 수 있나
즐거운 일의 감상하는 마음 자주 어기게 되다.

持傘觀燈恐取譏　　落花深巷掩柴扉
初看小雨將侵幕　　漸聽狂風欲透幃
今歲不如前歲好　　老年方識少年非
古人秉燭誰能學　　樂事賞心頻見違

여름 날의 어느 사실
夏日卽事

한 여름의 산의 거처 일 일이 그윽하여
백년의 정과 경계 담담히 시름을 잊다
검은 구름이 해를 가리니 비가 예상되고
푸른 나무 바람 머금어 가을을 미리 빌리다
종놈은 게을러 땔감 주워 밥 짓기 더디고
아이는 교만해 단장 날려 자주 다락에 오르다
한가한 속에 다만 시 읊는 힘을 허비하니
나의 삶이 부질없이 흰 머리 됨을 믿겠구나.

仲夏山居事事幽　　百年情境淡忘憂
黑雲遮日商量雨　　碧樹含風探借248)秋

---

248) 探借: 미리 빌리다. 宋, 陸游의 〈夏日湖上〉 시에 “迊風枕簟平欺暑近水簾櫳探借
　　秋”라 함이 있다.

僕倦拾薪遲煮飯　　　兒驕拖杖數登樓
閑中只費吟詩力　　　自信吾生枉白頭

하늘 땅 호호 탕탕하여 내 삶에 순응하니
사물 만나 기미 잊으니 기운이 스스로 평안
가랑비와 좋은 바람은 병골을 소생시키고
푸른 그늘 꽃다운 풀은 시의 정서 상쾌히 하다
해가 세 길이 높아도 누워 일어나지 않고
나이는 쉰이 넘어도 공력 이룸이 없다
남은 힘이 오히려 억제 경계 노래할 만하니
다시 이 세월을 가지고 술병 성에다 부치자.

乾坤蕩蕩順吾生　　　遇物忘機氣自平
微雨好風蘇病骨　　　綠陰芳草快詩情
日高三丈臥不起　　　年過五旬功未成
餘力尙堪歌抑戒　　　更將歲月寄甁城

물건 욕심은 참으로 죽의 표면 짙은 것 같으니
白珪의 시편에서 다시 南容을 배움이 당연하다
한가로이 가랑비 맞으며 처음 약밭을 매고
늙어 쇠잔한 볕을 향해 소나무 심으려 한다
쇠퇴한 덕에 누가 공자의 봉황을 노래하며
마음 수고로우면 다만 제갈공명의 용에 비긴다
때로는 크고 큰 담력을 쓰려 하나
문득 여름 악률인 黃鍾으로 동짓달을 대응함이지.

物欲眞如粥面濃　　白圭249)當更學南容
閑乘細雨初鋤藥　　老向殘陽欲種松
衰德誰歌仲尼鳳250)　勞心只擬孔明龍
有時欲寫輪困251)膽　却似黃鍾252)應仲冬

사물의 관찰
觀物

크도다, 사물을 관찰하는 곳에
형세를 돌려 보면 서로 제 모습
흰 물도 깊으면 검은 빛 되고
누런 산은 멀수록 청색을 보낸다
지위 높으면 위엄이 절로 무겁고
집 누추할수록 덕은 더욱 향내나
목은 늙은이는 오래 말을 잊었으니
이끼 흔적이 작은 뜰에 가득하구나.

---

249) 白圭: 원래 〈詩經, 大雅, 抑〉의 시구로, “白圭之玷 尙可磨也 斯言之玷 不可爲
也(흰 구슬의 흠은 오히려 갈아낼 수가 있지만 이 말의 흠은 어찌할 수도 없
다)”하였다. 공자의 제자 南容이 이 시구를 하루에 세 번씩 반복하니, 공자
가 조카사위로 삼았다.
250) 仲尼鳳: 공자를 봉황에 비유함. 〈論語, 微子〉에 “楚狂接輿歌而過孔子曰 鳳兮
鳳兮 何德之衰(초나라의 광인 접여가 노래하며 공자 앞을 지나며 ‘봉황이여
봉황이여 어찌 덕이 그리 쇠했나’)”하였다.
251) 輪困: 盤曲의 모습. 또는 대단히 큰 모습.
252) 黃鍾: 樂律의 12律 중에서 제1의 音律, 계절로는 늦여름(季夏)에 해당한다.

大哉觀物處　　　回勢自相形
白水深成黑　　　黃山遠送靑
位高威自重　　　室陋德彌馨[253]
老牧忘言久　　　苔痕滿小庭

반가운 비의 노래
喜雨行

금년은 봄이 일러 누런 먼지가 넘쳐나니

남쪽 밭 늙은 농부가 공연히 서글프다네

위로 구중궁궐의 임금님 깊은 마음에 알리니

국가의 종묘에 즐겁지 못함 마음 상하도다

은의 탕왕이 제사하되 6 가지로 자책하니

하늘의 뜻이 잠간 사이에 되올리게 되었다

파란 구름의 신통한 술법 빠르기 우뢰 같고

청사의 주문을 밤에 아뢰니 그 소리 화창하다

늦저녁 물방울이 잠시 적셔 뿌리더니

밤 들자 처마의 고드름이 등잔 앞에 매달리다

병든 이 일어 앉아 기뻐 미치려 하니

녹을 먹어 한가한 삶이라 은총 빛을 입다

하늘에 빌어 영원한 천명으로 우리 임금 받들고

네 계절이 고르고 화창하여 백성의 재물 넉넉하네

---

253) 室陋德彌馨: 唐의 劉禹錫의 〈陋室銘〉에 "斯是陋室 唯吾德馨(이 누추한 집은 나의 덕이 오직 향기롭다)" 함이 있다.

보리 언덕의 누런 구름은 땅에 깔려 멀고
벼 밭의 파란 물결은 하늘에 이어 흔들린다
누가 아나, 하느님은 깊은 생각을 가지고 있어
끝내 억조창생에게 처음과 끝을 보존하게 함을
작은 시 읊어 기쁜 비 노래로 늘어 놓으니
의당 늙은 목은의 잊지 못하는 정 가엾게 알라.

今年春早黃埃漲	南畝老農空悵惘
上徹九重軫淵衷	廟堂不樂心忡忡
成湯爲牲責六事254)	天意爲回俄頃裏
碧雲神術疾如雷	綠章255) 夜奏玄關關
晚來滴點乍霈洒	入夜簷溜燈前掛
病夫起坐喜欲狂	食祿閑居叨寵光
祈天永命奉我后	庶調玉燭256) 民財阜
麥壟黃雲匝地遙	稻田翠浪連天搖
誰知天公有深意	竟使蒼生保終始
微吟排比喜雨行	當憐老牧難忘情

---

254) 六事: 殷나라 초기에 가뭄이 심하니, 湯王이 桑林에서 기우제를 하며, 6 가지
   사실로 용서를 구함. 1. 정치가 잘못됐나. 2. 백성을 잘못 동원했나. 3. 궁실
   이 호화스러운가. 4. 妃嬪의 알현이 심한가. 5. 뇌물이 성했나. 6. 아첨하는
   이가 많은가. 함이었다.
255) 綠章: 靑詞. 도가에서 하늘에 제사할 때 아뢰는 주문. 朱砂의 글씨로 靑藤紙
   에다 쓴데서 유래.
256) 玉燭: 사계절의 기후가 화창하여 천하가 태평함을 이르는 말.

어느 사실
卽事

어린 시절 시구를 杜牧에게서 배웠으니
옷깃 소매에 좋은 바람이 시원하게 불다
늘그막엔 몸 한가로워 마음 절로 쾌활하나
장편 글에는 기가 약해 말 온전키 어렵다
개인 구름이 해를 희롱하니 밝았다 어둡고
꽃다운 풀 연기에 섞여 끊겼다 다시 이어져
누추한 재주가 꼭 두보 같을 필요야 없지만
갓 거꾸로 쓰고 佩印 떨어짐 누가 가련히 여겨.

少年詩句學樊川　　　襟袖好風吹颯然
老境身閑心自快　　　長篇氣弱語難全
晴雲弄日明還晦　　　芳草和烟斷復連
未必麤才似工部　　　倒冠落佩[257] 有誰憐

진강에 있어 즐거이 노닐 때를 기억하니
배 창에서 회를 자를 때 은 실이 얼었다
눈이 파란 시골에서 서로 마주하고 쫓고
머리 흰 바람 먼지에는 이별에 익숙해져
바다 가에 돛을 달고 길이 꿈으로 들고

---

257) 倒冠落佩: 갓을 거꾸로 쓰고 佩印이 떨어지다. 곧 벼슬을 버리고 숨는 것을
　　말함. 唐 杜牧의 〈晩晴賦〉에 "若予者則爲何如 倒冠落佩兮 與世疎闊(나와 같은
　　이 어떻게 된 것인가 갓 거꾸로 쓰고 패인이 떨어져 세상과 성글어지다)"함
　　이 있다.

산 언덕 나막신으로 시 읊기 좋아했다
병상에 누워 어떻게 달려 갈 수 있을까
뜬 구름은 어디로 가는가 서글피 바라보다.

憶在鎭江行樂時	船牕斫膾凍銀絲
眼靑鄕里相徵逐	頭白風塵慣別離
海岸揚帆長入夢	山崖着屐好吟詩
病床安得奮飛去	悵望浮雲何所之

강의를 끝내고
輟講

힘써 달려 궁전으로 나아가
내 삶이 요행히 흰머리 되다
책 방에 앉아 있기 평안치 않고
좋은 음식은 보내옴이 많구나
송산의 길을 되돌아 바라보고
돌아와 유항의 누대에 오르다
초청에 사돈 진척이 있으니
미리 두려워 땀이 흐르듯하다.

力疾趨丹陛258)	吾生幸白頭
書房坐未穩	玉食賜來稠

---

258) 丹陛: 宮殿의 계단.

回望松山路　　　歸登柳巷樓
招呼有姻婭　　　預怕汗如流

흥을 달래며
遣興

陳元龍의 호기는 넓어 앞이 없으니
헛된 이름 혹 전할 수 있을까 자신한 것인가
어린 시절 추천을 한 번 받은 적도 있지만
늙은 나이에는 누에 잠박에 이미 석 잠을 자다
진리가 요순이 아니라면 입을 열기가 어렵고
학문은 감히 안연 증자와 견줄 수 있겠는가
붓을 잡아 때로는 마음 스스로 토로하니
다시는 가는 안개만큼도 청천에 막힘이 없다.

元龍豪氣259) 浩無前　　　自信虛名或可傳
少日鶚書260) 曾一薦　　　老年蠶箔已三眠261)
道非堯舜難開口　　　學與顏曾敢比肩
把筆有時心自露　　　更無纖靄隔靑天

---

259)　元龍豪氣: 東漢의 陳登의 자가 元龍이다. 許汜가 劉備에게 "陳元龍湖海之士
　　　豪氣不除"라 하였다.
260)　鶚書: 인재를 추천하는 글.
261)　蠶箔已三眠: 누에가 성장하여 고치를 지으려면 세 번을 자야 한다. 여기서는
　　　이미 집을 지을 정도의 늙음을 비유한 말이다.

홀로 앉아서
獨坐

적적히 조용하게 긴 대낮에 의관을 게을리 하고
호로 앉아 시를 읊기에 한 글자가 어렵구나
나무 그림자 발에 가득하여 시선 밑에 흔들리고
산 빛은 문을 밀쳐 들어 붓 끝에 올랐구나
부상 동해에 해가 뜨니 徐福을 생각하게 하고
요동 바다에 하늘이 나즉하니 幼安을 바라보다
고금의 어제 오늘이 유유하기 촛불 타듯 하니
거울 속의 쇠하고 흰 모습 점점 자주 보인다.

寥寥長晝懶衣冠　　　獨坐吟詩一字難
樹影滿簾搖眼底　　　山光排闥入毫端
扶桑日出思徐福262)　　遼海天低望幼安263)
今古悠悠如轉燭　　　鏡中衰白漸頻看

조용히 앉아
靜坐

고요히 앉으니 몸은 점점 쾌적해지고

---

262) 徐福: 秦의 術士. 秦始皇의 명에 따라 童男 童女 3천명을 데리고 불사약을 구
　　하러 동해로 가서 돌아오지 않았다.
263) 幼安: 三國 魏의 管寧의 字. 黃巾賊의 난을 피하여 遼東에 살아 배우러 오는
　　이가 많았다.

말이 많으면 기운은 절로 손상된다
살아감이 달팽이 뿔의 싸움이고
세상 진리는 오만한 복희황제이다
여름 나무에 서늘한 바람 불어오고
연기 마을에 석양 볕이 기울어간다
담담히 늙은이 경계를 잊고 있으니
아득하고 아득히 요순을 상상하다.

靜坐身彌適	多言氣自傷
生涯戰蠻觸264)	世道傲羲皇
夏木生凉吹	烟村下夕陽
澹然忘老境	渺渺想虞唐265)

잠부의 노래 전편
蠶婦詞 前篇

새 누에고치가 황금과 같아서
살갗이 들어날 것을 걱정 않는다
뽕을 따러 아침 저녁으로 분주하니
어렵기도 하다, 작은 계집 종이여
눈 서리처럼 하얗게 매달려도

---

264) 蠻觸: 〈莊子, 則陽〉에 "달팽이의 왼쪽 뿔에 있는 나라가 '觸氏'이고, 오른 쪽
　　에 있는 나라가 '蠻氏'인데, 서로 영토를 가지고 싸우다가 시체 수만 구가 쌓
　　였다" 함이 있다. 그래서 "蠻觸"을 작은 일에 다투는 것의 비유로 쓰인다.
265) 虞唐: 堯舜의 나라 이름. 堯의 나라가 唐이고, 舜의 나라가 虞이다.

너에게는 바지 저고리가 없건만
지금 조정의 혁혁한 어른들은
말 수레가 네 거리에 넘친다
나라 은혜 어찌 두텁지 않으랴만
은밀한 방에만 담요가 펼쳤구나
거기다가 두꺼운 갖옷을 더하고는
취기를 틈타 곧 노래를 불러댄다
가벼운 비단으로 봄 옷 기워 입고
즐거이 다시 구슬 땀을 흘리는구나
사라살이 정한 분수가 있다기에
감히 관가의 조세 충당 원망하랴.

新繭如黃金	不愁露肌膚
採桑走朝夕	艱哉小女奴
懸知霜雪中	爾獨無袴襦
當朝赫赫者	車馬溢通衢
國恩豈不厚	密室敷氍毹
加之以重裘	乘醉仍歌呼
輕羅剪春服	肯復流汗珠
人生有定分	敢怨充官租

후편
後篇

시경의 빈풍이나 홍 아 송엔
누에 기르기 농사 일의 반이네
비단 짜 주황색 크게 밝으니
저 공자님이 입기를 원한다
은은히 온화한 기상이 있어
임금께 충성으로 보이기 족하다
오 독실했던 公劉여
마음을 미루어 백성과 함께 하여
그 아들 손자에게서 천하를 얻어
온 세상이 당시의 화평을 이룬다
군자는 다만 근본을 힘쓰는 것이니
한 가정이 괴롭고 궁함 없다
기이한 재주나 음난한 기교 지으면
하늘의 녹이 아마 오래 가겠는가
누에의 시가 비록 비속 야비하여도
어쩌면 신하의 정성으로 알려질까.

豳風興雅頌　　　桑蠶半農功
載績朱孔陽266)　　願被公子躬

---

266) 載績朱孔陽: 〈詩經, 豳風, 七月〉에 "七月鳴鵙 八月載績 載玄載黃 我朱孔陽 爲
　　公子裳(칠월에 떼까치 우니 팔월에 비단을 짜다 검붉고 누러니 우리 주황색이
　　밝아 공자님의 옷이로다)"함이 있다.

靄然有和氣　　　　足見於君忠
於戱篤公劉[267]　　推心與民同
子孫得天下　　　　擧世臻時雍
君子但務本　　　　一家無困窮
奇技淫巧作　　　　天祿其永終
蠶詩雖鄙俚　　　　或可告臣工

비를 읊다
詠雨

가랑비가 푸른 뫼를 가리고
빈 뜰엔 파란 이끼 젖는다
하느님이 막 은택을 내리니
가뭄 귀신이 감히 재앙 되랴
시내 거리엔 옷 소매 적시고
숲 정자에선 술잔을 당기다
늦 저녁에 개여 다시 좋으니
남쪽 밭으로 돌아가려 한다.

微雨遮靑嶂　　　　空庭濕綠苔
天公方降澤　　　　早魃敢爲災

---

267) 公劉: 古代 周의 領袖. 后稷의 증손이라 함. 처음 豳에 이거하여 덕치를 쌓아
　　뒷날 文王의 선정과 武王의 천하 통일의 기틀을 다졌다. 후세에 聖君의 모범
　　으로 삼았다.

朝市沾衣袂　　　　林亭引酒杯
晩來晴更好　　　　南畝欲歸來

낮 닭
午雞

낮 닭 우는 소리에 앉아 시를 쓰다가
붓이 떨어져 내 옷을 더럽힘 깊이 꾸짖다
어느 겨를에 샘물 길어 깨끗이 씻기 꾀하랴
바로 의당 글귀를 다듬어 정미함으로 들어야지
저문 구름 한 잔 술에 논의 의당 상세해 지고
봄 풀 연못의 옛 시구에는 꿈도 희박하다
오묘한 곳은 원래가 傳授나 受取가 어려운 것
생각에 사특함 없은 후에나 기틀 잊기 요하지.

午雞聲裏坐題詩　　　　筆墜深嗔汚我衣
豈暇汲泉謀洗滌　　　　政當鍊句入精微
暮雲樽酒論應細　　　　春草池塘268)夢亦稀
妙處由來難授受　　　　思無邪269)後要忘機

---

268) 春草池塘: 봄 풀과 연 못. 南朝의 宋 謝靈運의 〈登池上樓〉의 시에 "池塘生春
　　草 園柳變鳴禽"이라 함이 있고, 전해지는 이야기로는 이 구절이 謝靈雲의 절
　　창이라 한다.
269) 思無邪: 공자가 詩經을 편집하여 3백 수로 요약하고는 "詩三百 一言蔽之 思無
　　邪"라 했다.

흥을 달래다
遣興

바쯤 개였다 반쯤 흐린 것 산 빛이 곱고
이은 봉우리 잘린 산자락 높은 재실 옹립하다
흰 머리에 병든 나그네 서 있으되 홀로이니
푸른 눈의 옛 친구와는 함께 하기 어렵구나
초나라 춤 오나라 노래 유독 적막하지만
요님금 해 순님금 날이 절로 안배되다
다락 올라 흥이 있음을 누가 이해하랴
맑은 바람에 움직이는 괴수나무 앉아서 보다.

半晴半陰山色佳　　聯峯斷麓擁高齋
白頭病客立於獨　　靑眼故人難與偕
楚舞吳歌殊寂寞　　堯年舜日自安排
登樓有興誰能會　　坐見淸風動綠槐

일가 친척 화합 돈목엔 며늘아이 가상하니
동녘 바다 봄 바람은 목은의 재실이로구나
어려서 이미 태어나기 너무 늦은 것 탄식했고
쇠해 가는 나이에 비로소 늙어 함께 함 믿겠다
꽃은 筍令君이 향을 처음 사르는 것 같고
산은 樊噲가 궁문을 밀치고 드는 것 같구나
옛부터 자신의 행동에는 책임 보답 있어야 하니
裵度의 당 아래에는 세 괴수나무를 심었구나.

親姻和睦婦兒佳　　東海春風牧隱齋
少日已嗟生太晚　　衰年始信老方偕
花如荀令270) 香初炷　　山似樊侯271) 闥可排
自古躬行能責報　　晉公272) 堂下植三槐

늙어가며 회포마저 잊어야 경개 절로 아름다워

바다 산 깊은 곳에 하나의 서재일세

긴 문장 짧은 시구들이 원래 뒤섞였고

밝음 달 맑은 바람도 원래 서로 어울려

흥을 달래기는 붓에다 의탁함 만한 것이 없고

잡귀를 물리치기는 방패나 군병을 쓰는 것 같다

종국에 가서는 세상사가 하늘 뜻에 달려 있으니

어찌 꼭 구구하게 애써 높은 벼슬 바라랴.

老去忘懷境自佳　　海山深處一書齋
長篇短韻由來雜　　明月淸風本自偕

---

270) 荀令: 荀令香. 荀令君인 荀彧의 字는 文若인데, 그는 특이한 향기를 얻어 옷
　　에 뿌리어 그 향기가 3일동안 가시지 않는다 한다. 晉의 習鑿齒의 〈襄陽記〉에
　　"荀令君至人家 坐處三日香"이라 하였다.
271) 樊侯: 樊噲를 말함. 漢 高祖가 병이 있다하여 신하를 보지 않음이 10여 일이
　　되자, 樊噲가 앞서서 궁문을 밀치고 들어가니 대신들이 뒤따라 들어갔다. 이
　　때 고조는 宦官의 팔을 베고 누워 있었다. 번쾌가 "폐하가 천하를 통일할 때
　　는 그리도 웅장하더니 천하를 평정하고 나니 어찌 그리 나약하여 하나의 환관
　　과 절친합니까" 하였다. '樊噲排闥'이라 한다.
272) 晉公: 唐의 裴度의 封號가 晉公임. 배도가 國家에 공을 세우고, 만년에 물러
　　나 별장인 綠野堂을 짓고 화초 만 그루를 심었다함. 槐樹남무 세 그루를 심었
　　던 것은 宋의 王祜가 자신의 후손에 3정승이 태어나리라는 상징으로 심었는
　　데, 그 아들 旦이 재상이 되었다. 그래서 그 집안을 三槐王氏라 한다.

遣興無過托毛穎[273]   却邪還似用彭排[274]
到頭世事關天意   何必區區强觸槐[275]

절구
絶句

엷은 구름 비를 머금어 저녁 볕 되려하고
깊은 나무 누런 꾀꼬리에 객은 당에 가득하다
늙은 경계 회포 열어 지기들 몇이 있으니
한 술잔으로 서로 마주하여 창천에 감사하다.

薄雲含雨欲斜陽   深樹黃鸝客滿堂
老境開懷知有數   一樽相對謝蒼蒼

비가 개어
雨晴

띠 처마에 날마다 방울지니
버들 동리가 몇 해나 궁했나

---

273) 毛穎: 붓의 寓言的 用例. 韓愈가 붓을 의인화하여 〈毛穎傳〉을 썼다. 이것이
    가전체 소설의 시초이기도 하다.
274) 彭排: 방패. 李氏王朝 때는 軍兵의 일종이기도 하였다.
275) 觸槐: 괴수나무에 부딛다 하니, 槐樹는 재상의 상징으로 높은 벼슬을 바라는
    뜻인 듯.

낙조는 높은 나무에 나즉하고
경쾌한 우뢰 먼 하늘 은은하다
우는 새 의기를 얻은 듯하고
개미 싸움은 이미 성공을 했다
조회에서 물러나 답답함 없으니
붓 끝으로 조화의 공을 대신하다.

茅簷連日滴　　柳洞幾年窮
落照低高樹　　輕雷殷遠空
鳥啼如得意　　蟻戰已成功
朝退閑無悶　　毫端代化工

국화 다 심기 전에 또 비가 와서 단가를 짓다
種菊未訖 雨又作 作短歌

목은 늙은 이 국화 사랑이 이제는 괴벽이 돼서
화원에서 옮겨 온 것이 두어 가지가 파랗구나
재배 마치기도 전에 사라날 것을 염려하는데
문득 뜰 안에 비가 와서 방울 지고 있구나
흙이 윤택하니 누런 정성에 깊이 정성을 쏟고
가을 바람에는 황금의 잎이 산처럼 쌓이겠지
진의 도연명은 천 년의 한 높은 선비이지만
취한 중엔 붓을 뽑아 계절 세월을 쓰고 있었다
누구인가 돌아와 남긴 풍류 사모하는 자는

동해 바다 성난 물결은 아직도 쉬지 않는데
보배 근원일 郭橐駝씨에게 답신으로 알리노니
바람 서리 늦 경치에는 당연히 어떠해야 하나요
이런 유래로 백 리 안의 반은 구십리가
국화를 대한 강개로움이 시와 노래가 되었다.

牧翁愛菊今成癖　　移自花園數枝碧
栽培未竟念生成　　便見庭中雨來滴
土潤黃祇用意深　　秋風金錢276) 似山積
淵明千載一高士　　醉裏抽毫書甲子
誰歟歸來慕遺風　　東海怒濤猶未已
寄謝寶源郭橐駝277)　　風霜晚景當如何
由來百里半九十　　對菊慷慨成詩歌

절구
絶句

북쪽 창의 맑은 바람은 파란 나무에서 일고
남쪽 창엔 가랑비가 푸른 산을 비추어 온다
흰 머리 병든 나그네의 아득한 심정 깊으니
巢許의 은자나 夔龍의 양신이 백중의 사이이다.

---

276) 金錢 누런 나무 잎. 宋 黃庭堅 시구에 "黃金滿地無人費"라 함이 있다.
277) 郭橐駝: 植樹에 도가 통한 사람. 柳宗元의 〈種樹郭橐駝傳〉에 나오는 주인공인
　　데, 그는 나무의 생리를 잘 알아 植樹의 名人이다. "橐駝"는 나무 잘 심는 사
　　람의 대명사가 되었다.

北牖淸風生碧樹　　　南窓細雨映靑山
白頭病客悠悠甚　　　巢許278) 夔龍279) 伯仲間

스스로 속세엔 즐거운 낙토가 없나 의심하고
사람들은 바다 밖에는 신선 산이 있다 한다
누가 알랴, 몸마저 잊은 곳을 실천할 줄 알면
의지 기개 호연하여 둘 사이에 꽉 차는 것을.

自訝塵中無樂土　　　人言海外有仙山
誰知踐得忘形處　　　志氣浩然盈兩間

병 앓음 속 삶이라 해와 달의 세월도 모르니
한가한 중의 흥미를 강이나 산에 기탁하다
다음 날 나의 시 속 언어를 점검해 보면
설흔도 넘은 햇 수가 하나의 꿈 속일 것.

病裏生涯忘日月　　　閑中興味寄江山
他時點檢吾詩語　　　三十餘年一夢間

---

278) 巢許: 堯舜時代의 隱士. 舜임금이 정치에 참여해 달라 하니, 듣기 싫은 소리
　　를 들어 귀를 더럽혔다 하여 귀를 씻었다(洗耳)는 유명한 일화가 있다. 隱士
　　의 代稱으로 쓰인다.
279) 夔龍: 舜의 두 신하. 夔는 樂官이고 龍은 諫官이다. 唐 杜甫의 〈奉贈蕭十二使
　　君〉시에 "巢許山林志 夔龍廊廟珍"이라 함이 있다. 후세에 왕을 보필하는 良臣
　　으로 引喩된다.

살구를 읊다
詠杏

牽牛의 농가에서 보내온 살구가 동글 동글
잘게 씹는 늙은 이는 이빨이 절로 시리구나
씨를 쪼개 알맹이 얻어 석청 꿀에다 섞고
더운 날씨에 양의 젖이 황금 소반에 가득하다.

牛郎家送杏團團　　　細嚼衰翁齒自酸
劈核得仁調石蜜　　　暑天羊酪滿金盤

빛깔은 황금을 빼앗고 겉 모습은 동글 동글
자연은 특아한 맛을 내어 달콤새콤 섞었네
꽃다운 잔치 자리 날이면 날마다 포도주이나
누추한 집에는 해년마다 목숙의 잡초 소반이네.

色奪黃金露作團　　　天敎異味雜甘酸
華筵日日葡萄酒　　　陋室年年苜蓿280) 盤

비단 부채에 바람 일고 파란 달은 둥글구나
정신도 서로 화창하니 시고 쓴 괴로움 씻다
소갈증의 병세가 사람의 병 됨이 걱정 없구나
절경이 뛰어난 은하의 뜰에 이슬 받은 소반일세.

---

280) 苜蓿: 식물명. 콩과 식물. 원산지가 大宛인데 말의 사료로 쓰이고, 간혹 식용
　　 으로 이용하기도 했다.

執扇風生碧月團　　　精神交暢洗辛酸
不愁消渴爲人患　　　絶勝漢庭承露盤

어느 사실
卽事

아기 울음 소리에 비 오는 소리 섞이니
흰 머리 늙은 이의 한 없는 정이로구나
천 년 전의 도연명의 한 잔의 술은
유유히 흐른 하늘의 운수 끝내 밝히기 어렵다.

兒啼聲裏雨來聲　　　白髮老翁無限情
千載淵明一盃酒　　　悠悠天運竟難明

어린 시절 누군들 명성 세우려 하지 않으며
늙은 경지에는 응당 성정 함양을 필요로 하지
처마의 낙숫물 사방에 드리워 사람 자취 끊기니
담담히 잊는 생각은 스스로 텅 비어 밝구나.

少年誰不立名聲　　　晚境應須養性情
簷溜四垂人迹絶　　　淡忘移念自虛明

소나무 소리 절벽에 샘물 소리 걸렸으니
귀에 부딪쳐 시원하게 진리 정서 돋아나다

부질없이 산 속을 향하여 그윽한 흥을 부치니
때때로 새벽 밥을 먹으며 하늘 밝기 기다려.

松聲絶壁掛泉聲   觸耳爽然生道情
漫向山中寄幽興   時時蓐食²⁸¹⁾候天明

청허한 초당이 적적한데 새 울음 소리
오뚝이 앉아 유연히 세상 정은 잊는다
장마 비가 열흘을 이어 그쳤다 또 오고
작은 창은 종일토록 어둡다가 이내 밝아.

虛堂寂寂鳥啼聲   兀坐悠然忘世情
淫雨彌旬止還作   小窓終日晦仍明

마음이 영통하여 귀에 들어 여유 있는 소리
사리를 만나면 이유 없이 스스로 정에 맞아
이 목 구 비 청소하여 찌꺼기 다 없애니
우리의 놀이가 밝은 하늘 밝음 알겠다.

心通入耳有餘聲   遇事無端自適情
六鑿²⁸²⁾掃除查滓盡   始知游豫²⁸³⁾昊天明

---

281) 蓐食: 새벽에 일어나기도 전에 이불 속에서 먹는 이른 음식.
282) 六鑿: 耳 目 口 鼻 등의 여섯 구멍.
283) 遊豫: 즐거운 놀이. 〈孟子, 梁惠王〉에 "吾王不遊 吾何以休 吾王不豫 吾何以助 一遊一豫 爲諸侯度"라 함에서 유래.

앵도를 읊다
詠櫻桃

또렷또렷한 원형의 구슬이 검은 소반에 가득하니
붉은 빛을 서로 쏘며 달아나 평안치가 않구나
하느님이 사물을 부여함이 참으로 기기 교묘하여
이미 약간의 단맛을 띠고 또 신맛도 띠어있구나.

的的圓珠滿漆盤　　　赤光相射走難安
天公賦物眞奇巧　　　旣帶微甘又帶酸

牧隱詩藁 卷之十七

고풍
古風

하늘과 땅이 한 번 열리더니
바람 기운이 태허에 생겼구나
묵은 조짐이 아직 혼돈할 때
광대하면서 곧 요동하기도 하더니
누가 알랴, 주나라의 문화가
찬연히 다시 여유가 있음을
별과 은하는 저절로 깜박거리고
풀과 나무는 어쩌면 저리 번성한가
상도를 베풀어 백성 원리 세운
아득한 상상은 황제 왕국의 처음이다.

玄黃一開闢	風氣生太虛
朕兆尙混芒284)	磅礴仍扶輿
誰知周之文	粲然還有餘
星河自耿耿	草木何與與285)
陳常立民極	緬想皇王初

---

284) 混芒: 混沌蒙昧, 상고시대 인류가 아직 개화되지 않은 상태. 또는 廣大無邊한
　　　경계.
285) 與與: 번성한 모습. 〈詩經, 小雅〉에 "我黍與與 我稷翼翼"이라 함이 있다.

세상 길은 날로 말로를 쫓아가고
소박함 버리고 사치 호화 다투다
화려한 비단이 우주를 빛내고
구슬과 황금이 연못에서 난다
누가 알랴, 은나라의 바탕에는
완연히 조금도 거짓 없음을
아름다운 옥은 당연 쪼을 것 없고
물로 대신한 술이 참으로 아름답다
색채 칠하는 일은 흰 바탕의 뒤이니
내 지금 다시 무엇을 서글퍼 하랴.

世道日趨末　　斲朴競奢華
組綉耀宇宙　　珠金出淵沙
誰知殷之質　　宛然無少訛
美玉當不琢　　玄酒誠可嘉
繪事必後素[286]　吾今復何嗟

문장이란 하나의 작은 기능이나
역시 시세에 따라서는 좇기도 해야
아름답고 곱기 무늬 있는 비단이요
바탕 소박함은 마른 나무의 그루
누가 알랴, 각기 적당한 이용으로

---

286) 繪事後素: 〈論語, 八佾〉에 "子曰 繪事後素(공자 이르기를 그림 그리는 일은
흰 바탕이 있은 이후의 일이다)"함이 있다. 먼저 흰 바탕이 있은 이후에 색
채를 가하여 그림을 그리는 것과 같이, 사람은 먼저 좋은 바탕이 있고 거기에
재능을 겸비하면 금상첨화라는 것이다.

빨리 내닫다가 곧 온화하고 부드러워
복희씨는 팔괘를 그림으로 족하고
공자는 그것을 글 말로 부연했지
아득하게도 천 년의 이 아래에서
우리들은 참으로 구구하게 하네.

文章一小技	亦從時尙趍
綺麗似文錦	質樸如枯株
誰知各適用	奮迅仍煦嫗
庖犧畫卦足	仲尼文言敷
遼哉千載下	我輩誠區區

흥을 풀어
遣興

離騷나 大小雅는 서로 멀리도 있지만
강과 산은 유독 가기가 어렵구나
구름 보며 형상과 그림자가 위로하고
글귀 가다듬어 마음 속 토해내다
초여름 장마에 일천 숲이 어둡고
소나무 바람에 유월달도 싸늘하구나
점점 야인이 멋이 많음을 알게 되니
손님이 와도 의관 정제 게을리하다.

騷雅相承遠　　　江山獨往難
看雲弔形影287)　　琢句嘔心肝
梅雨288)千林暗　　松風六月寒
漸知多野趣　　　客至懶衣冠

훤히 밝게 천 년을 거울삼으니
만사 모든 일을 형평하려 해도 어려워
직언 사랑하기 매미 날개처럼 가볍고
간사함 주살하기 말 간의 독기라 해서야
가의가 귀신을 설명한 宣室宮의 밤이고
范雎에게 須賈가 준 비단 도포의 추위일세
누가 알겠나, 한산 사람 목은이
바야흐로 벼슬 버릴 근심 있음을.

昭然千載鑑　　　萬事欲平難
愛直如蟬翼289)　　誅奸託馬肝290)
賈生291)宣室夜292)　　范叔綈袍293)寒

---

287) 弔形影: 形影相弔. 자신의 모습과 그 그림자가 서로 위로한다. 곧 외로운 자
　　신을 말함.
288) 梅雨: 초여름의 비교적 긴 장마비. 이 때 梅實이 익어갈 때이기에 이 때의 절
　　기를 黃梅天이라 하고 장마를 梅雨라 한다.
289) 蟬翼: 매미 날개. 극히 가볍고 작은 사물의 비유. 〈楚辭, 卜居〉에 "蟬翼爲重
　　千鈞爲輕(매미 날게 무겁다 하고 천 근을 가볍다 한다)" 함이 있다.
290) 馬肝: 말의 간. 전하는 말에 말의 간에는 독이 있어서 잘못 되면 사람을 죽음
　　에 이르게 한다 함.
291) 賈生: 漢의 賈誼. 20세에 문제에게 불려 博士가 되었으나, 대신들의 시기로
　　축출되어 長沙王의 太傅가 되기도 하고, 뒤에 梁의 懷王의 太傅가 되기도 했
　　으나, 33세에 죽었다. 그래서 '賈長沙' '賈太傅'라 하고, 소년의 수재라 하여

誰識韓山子　　　　　方憂倒履冠

신륵사의 주스님이 둥근 부채를 보내오다
神勒珠師 以團扇見遺

접은 종이 차례차례 물에 파문이 일어나듯
물가 가까이 연꽃 갈매기 먼 산의 구름이듯
스님이 요술로 맑고 서늘한 경지 펴냄 알고
바람 난간에 의지해 앉아 석양에 이르다.

皺紙鱗鱗水起紋　　　　近汀荷鷺遠山雲
知師幻出淸涼境　　　　坐倚風櫺到夕曛

　　　'賈生'이라 한다.
292) 宣室夜: 宣室은 漢의 未央宮의 宣室殿이다. 孝文帝가 天祭를 지낸 음식을 받
　　아 신실에 앉아 있어, 귀신의 감응을 느끼며 귀신의 근본을 물으니, 賈誼가
　　그러한 이유에 대해 설명한 일이 있다.
293) 范叔綈袍: 范叔의 비단 도포. 전국시대 魏의 范雎의 字가 叔이다. 魏의 大夫
　　須賈와 함께 齊나라에 사신으로 갔다 돌아오니, 須賈는 范雎가 齊나라와 내통
　　했다는 혐의로 재상에게 무고하였다. 재상이 范雎를 태형으로 쳐 갈비가 부러
　　지고 이가 빠지는 가혹한 고문을 가하나, 범저는 죽은 척하여 면해냈다. 숨어
　　서 성명을 張祿으로 바꿔 秦나라로 도망하여 秦昭王에게 정책을 건의한 것이
　　昭王의 마음을 사, 마침내 秦의 宰相이 되었다. 魏나라가 秦이 주변 나라를
　　치려 한다는 소문을 듣고, 須賈를 시켜 화해하도록 하였다. 이에 張祿으로 변
　　성명한 范雎가 초라한 옷차림으로 須賈의 처소로 찾아가니, 그가 재상인 張祿
　　인 줄을 모르고 깜짝 놀라 "范叔은 잘 있는가, 그런데 어찌 그리 빈한한가(范
　　叔一寒如此哉)" 하고는 두터운 비단 도포(綈袍) 한 벌을 주었다. 須賈가 곧
　　진의 재상 張祿이 范雎임을 알고는 무릎으로 기면서 사죄하니, 범저가 "네 죄
　　가 세 가지가 있지만, 나에게 비단 도포를 준 것이 아직 친구로서의 뜻이 있
　　다" 하고는 석방하였다.

책상 위 맑은 바람 홀연히 품에 가득해
둥글둥글 구슬 달이 책상의 거문고에 비춘다
어느 때나 나에게 외로운 배에 오르게 되어
더위 피하는 스님 창에서 깊은 밤 앉아 있을까.

榻上淸風忽滿襟　　　團團璧月照床琴
何時着我孤舟去　　　避暑僧窓坐夜深

마음 속 열기 뇌심 하늘도 불사를 듯한데
하물며 깊은 병 오래되어 낫지 않음이겠나
또한 묻건대, 주스님 나에게 나누어 줄 것인가
뜰 앞 잣나무의 조사선 말이요.

心中熱惱欲燒天　　　況是沈痾久不痊
且問珠師分我否　　　庭前栢樹祖師禪[294]

한가한 거처
閑居

버들 마을 柳洞은 중심이 한적하고
솔 산 松山을 왼팔이 이엇구나
북쪽 언덕에 과수 나무가 많고

---

294) 庭前栢樹祖師禪: 禪宗의 話頭. 어떤 선승이 趙州스님에게 “어떤 것이 조사가
　　서쪽에서 온 뜻입니까(如何是祖師西來意)”하고 물으니, 조주스님은 “뜰 앞의
　　잣나무니라(庭前栢樹子)”하였다.

남쪽 고개에는 외 밭이 반일세
거칠고 게을러 머리 빗질도 잊고
버티고 의지하기 의자 자리 있네
지금 이 멋 없는 곳을
다음 날 누가 있어서 전해 줄까.

柳洞中心寂　　松山左臂連
北崖多果木　　南嶺半苽田
疎懶忘巾櫛　　支持有几筵
卽今無味處　　異日有誰傳

시를 읊어 통쾌한 의기 갖어보고
붓을 잡아 문득 정을 잊어보기도
살림살이 괴롭다 믿지를 않으면
시원하게 분수 밖이 맑아져
구름 산온 어둠 밝음으로 잇고
들 길은 이리 저리 에워있다
날이 다하도록 지날 곳도 적으니
조용한 거처에 이름이 필요 없다.

吟詩將快氣　　把筆却忘情
未信生涯苦　　居然分外淸
雲山連暗淡　　野逕遶縱橫
盡日経過少　　幽居不用名

날마다 솔 가즈런한 松齊路 밟고
때로는 버들 골 柳巷樓에 오른다
맑고 담담해 비속 인색 사라지고
묵은 덕기로 풍류를 상상해 보다
얼음 눈은 시 안에서 싸늘하고
산 숲은 자리로 올라 그윽하다
때로는 노인들의 기로회 있어
모로 마주 앉아 흥이 유유하구나.

日踏松齊路　　　時登柳巷樓
淸淡消鄙吝　　　舊德想風流
氷雪詩中冷　　　山林座上幽
有時耆老會　　　隅坐興悠悠

고양이 새끼를 낳다
猫生子

고양이와 사람은 가축으로도 가장 가까워
타고난 자질도 경쾌 유순하게 길들여진다
홀연 밤중 되어 나의 꿈을 놀라게 하더니
새끼 낳아 곧 핥아주니 인자함 알겠구나.

猫人畜也最相親　　　質稟輕柔性又馴
忽向夜中驚我夢　　　子生便舐可知仁

비록 호랑이라도 괴로이 친할 수가 없는데
그래도 대문 안 뜰에는 개와 말이 길들여
어찌 유독 영주 땅에만 쥐떼가 많으랴
탐악 폭도를 몰아내면 곧 인정이 되리라.

雖然豹虎苦難親   也有門庭犬馬馴
豈獨永州多鼠輩   驅除貪暴便爲仁

지극히 공정하면 어느 곳에나 가까운 혐의 없어
악을 버리면 착한 자로 길들여 질 수가 있지
다만 하나의 고양이에게 천리가 명백하게 하면
추방하는 유배도 원래 제왕의 인정인 것을.

至公無處避嫌親   去惡能敎善者馴
只就一猫天理白   放流元是帝王仁

베 짜는 노래 두 편
織布吟 二篇

무명베 너무 조밀하게 짜지 말라
너무 조밀하면 담요와 같아진다
무명베 너무 성글게 짜지 말라
너무 성글면 살결 피부 드러난다
여름에는 갈포이고 겨울은 가죽옷
적절한 용도에 물성은 굳이 달라

가늘고 가늘어 서늘한 바람 삼켜
얼음 봉우리 좌석 구석에 비꼈다
땀 흐른다고 벌게 벗은 몸이라면
홑 적삼에 어찌 거친 것을 이용하랴
여자의 공든 일은 세월을 쌓아야지만
그렇다고 소매 껌도록 시키지 말라
다행이구나, 저 넓은 무명베는
유독 필부의 옷감이겠으니
필부가 얼어 죽지 않아야
세상 길이 요순시대로 간다.

織布莫太密	太密如氈毹
織布莫太踈	太踈露肌膚
夏葛冬則裘	適用物固殊
細細含凉風	氷峰橫座隅
汗流或裸體	單衫寧用麤
女功積歲月	勿令袪袖烏
幸哉彼太布	獨爾資匹夫
匹夫不凍死	世道歸唐虞295)

삼을 가꾸어 마을 안이 꽉 차고
삼을 빨으려 냇물을 가두어두다
부녀자들은 참으로 힘써 짓느라
계절 벌레들 베 짜는 가을일세

---

295) 虞唐: 虞는 舜의 나라이고, 唐은 堯의 나라이다.

대낮은 점점 짧아져 가고
청정한 밤은 바야흐로 유유하다
규방의 문 안에서 다정히 앉아
문득 이 여름을 마칠 생각들 하니
주인 남편 복식들을 아름다이 꾸며
밝게 들어난 곳에서 몸을 쉬게 하네
자손들에게 玉笋의 영재 많아서
벼슬살이 관개가 서로 좇아 놀리라
남루히 초라함도 야비할 수 있지만
호사 화려함도 요구할 바가 아니다
군자는 진실로 진리에 뜻이 있으니
헤어진 옷에는 子路를 스승삼아야.

藝麻翳村巷	漚麻潴川流
婦女政力作	候蟲機杼秋
白日漸漸短	淸夜方悠悠
燕坐閨門中	却懷終歲夏
主夫美服餙	顯奕身處休
兒孫森玉笋296)	冠盖相追游
襤褸固可鄙	奢麗非所求
君子苟志道	縕袍297)師仲由

---

296) 玉笋: 玉笥. 많은 英才들을 비유하는 말. 앞의 주 83) 참조.
297) 縕袍: 거친 삼베의 옷. 가난한 자가 입는 것. 〈論語, 子罕〉에 "衣蔽縕布 與衣
　　狐貉者立 而不恥者 其由也與(다 헤어진 옷을 입고서 여우 가죽 옷을 입은 이
　　와 함께 서 있으면서도 부끄러워하지 않는 자는 아마도 유(子路)일 것이다)"
　　함이 있다.

비 속에 홀연히 연꽃 구경의 흥이 있어
말에 오르기 어려워 세 수를 읊다
雨中忽有賞蓮之興 難於上馬 吟得三首

애써 의지해 가보려 하나 다만 종놈 하나
말에 올라 오히려 병든 몸 흔들려 꾸짖다
비 속에 연꽃 구경하려니 다만 비 줄기 뿐
흰 머리에 어찌 차마 진흙 길을 밟으랴.

欲扶輿去只長鬚 298)　　　上馬還嗔撼病軀
冒雨賞蓮唯雨脚　　　白頭何忍踏泥塗

흰 머리에 맨발로 걸었던 杜甫공이
사물 읊는 기이한 재주라 조화의 공을 빼앗아
한 구절의 연꽃이 깨끗하기 씻은 듯하여
성근 비 담담한 안개 속에 아스라하구나.

白頭徒步拾遺299)公　　　賦物奇才奪化工
一句荷花淨如拭　　　依稀踈雨淡煙中

---

298) 長鬚: 사내 종. 당 韓愈의 〈寄盧仝〉 시에 "玉川先生洛城裏 破屋數間已而矣 一
　　奴長鬚不裹頭 一婢赤脚老無齒"라 함이 있다. 그 후로 "長鬚"는 사내종으로,
　　"赤脚"은 계집종을 이르는 말이 되었다.
299) 拾遺: 唐의 官名. 여기서는 杜甫를 말한 듯. 두보가 安祿山의 난에 蜀으로 가
　　있는 肅宗을 배알하고 右拾遺가 된 적이 있다.

연못 위의 정갈한 집은 쇠잔하기에 이르나
연꽃의 오묘한 말은 삼한 땅에 진동하다
우리 집엔 저절로 濂溪의 노인이 있어
청정하게 맑은 향을 심어 천지가 너그럽다.

池上精廬屬懶殘	蓮花妙語動三韓
吾家自有濂溪300)老	淨植淸香天地寬

제노래
自詠

바다 산 깊은 곳에 전장 농원이 있어서
벼슬 끈 던지고 돌아와 흥미도 많구나
비오려다 개려하니 병든 뼈마디 시고
겨울이나 여름 없이 쇠잔한 창자의 번뇌
바람 높으니 스스로 띳집을 노래하고
달 싸늘해 누가 옥당 꿈꿈을 알겠나
목은의 한 평생을 크게 자랑하는 곳에
箕子의 사당 안의 향기를 입어 훈훈하다.

海山深處有田莊	投紱歸來興味長
欲雨欲晴酸病骨	無冬無夏惱衰腸
風高自擬歌茅屋	月冷誰知夢玉堂
牧隱壬生誇大處	衣熏箕子廟中香

---

300) 濂溪: 周敦頤의 號. 주돈이가 愛蓮說을 지어 연꽃을 군자에 견주었다.

풍류 넘쳐나는 들 구름의 별장
푸른 물 넘치는 연못 벼 이삭이 자란다
글귀 잇는 대답 소리 자주 입을 벗어나고
잔 들어 맛보다가 곧바로 창자에 흘러들어
옛날 놀이 적막한데 누가 피리를 들으며
끼친 업도 쓸쓸한데 내 당을 자랑하랴
천고의 세월 화산이요 화산엔 달이 있고
龍淵에서 춤추는 소매에는 아직도 향내 나네.

風流張相野雲莊　　綠灩池塘稻穟長
聯句應聲頻脫口　　舉杯嘗味卽澆腸
舊游寂寞誰聞笛　　遺業蕭條我肯堂
千古華山山有月　　龍淵舞袖尙生香

용화지에서 연꽃을 감상하려 하나 꽃이 핀 것이 없다
將賞蓮龍化池 花無開者

우산과 나막신으로 산에 올라 연꽃 구경하려 하니
푸른 물결 거울 같고 가벼운 안개 살포시 깔려 있다
늙은 용은 분명히 무정하기가 매우 심하구나
꽃은 피도록 내버려 두지 않고 졸음만 관장해.

傘屐登山欲賞蓮　　綠波如鏡曳輕烟
老龍的是無情甚　　不放花開只管眠

비 개어
雨晴

흰 머리 병든 나그네 저 혼자 길게 읊지만
누가 그 유유한 사물 밖의 마음 알겠는가
구름은 모여 열리지 않으니 아침 저녁 어둡고
산은 밝다가 곧 어두우니 개임 흐림 농락하다
못의 연꽃 지려 하니 가지고 온 우산 생각하고
뜰 풀이 막 깊으니 윤기 어린 거문고 애석하다
더위 식히려 다시 사막의 변방 밖이 들리니
바다 서쪽 천리가 바로 소나무 숲이로구나.

白頭病客自長吟　　誰識悠悠物外心
雲合不開迷早晚　　山明還晦弄晴陰
池蓮欲落思持傘　　庭草方深惜潤琴
消暑更聞沙塞外　　海西千里是松林

짧은 노래
短歌行

하루살이는 어찌 그리 번성하며
사람들도 한 언덕에 함께 하네
바삐 바삐 아침 저녁 지나며
누가 친하고 누가 또 원수인가

아미타불은 극락의 정토에 환생하고
옛 신선 廣成子는 무극의 문으로 들어
그래서 이 두 분께서는
초연히 뛰어나 다 높임 받다
나는 지금 백발로 시서를 사랑하면서
누에 실이나 소의 털에 그 본원을 더듬고 있다
담담한 한 맛으로 스스로 즐기기에 만족하고
도와 의리로 본성이 되어 스스로 존재하다
요임금이라 해서 어찌 넉넉하며 桀은 인색하랴
마디 마음은 혁혁히 밝아 하늘 땅과 같은 걸.

蟻蠓何其繁	人生同一原
擾擾度朝夕	誰親復誰寃
彌陀幻出極樂國	廣成301)去入無窮門
所以此二氏	超然並自尊
我今白髮耽詩書	蠶絲牛毛探本原
淡然一味足自娛	道義成性聊存存
堯何豐兮桀何嗇	方寸赫赫同乾坤

---

301) 廣成: 廣成子. 고대 전설 속의 신선. 葛洪의 〈神仙傳〉에 "廣成子는 옛날의 신
     선이다. 崆峒山 石室에서 살고 있는데, 黃帝가 듣고 찾아갔다."하였다.

비 속의 느낌
雨中有感

비바람은 쓸쓸한데 닭은 어지러이 울어
새벽의 등불은 창을 밝혀 밝는다
사람 사람이 절의 지켜 시대 의리 아니
세상 진리 어찌 태평을 잃은 적 있으랴.

風雨蕭蕭雞亂鳴　　　五更燈火照窓明
人人守節知時義　　　世道何曾失太平

더위 비라도 추위 느끼니 사람 원망 자자하고
서민들이란 옛부터 참으로 소란스럽구나
달이 별을 따르는 곳에 하늘 상태 관찰하나
좋음 그름 화와 복이 원래 절로 때가 있다네.

暑雨祈寒人怨咨　　　小民從古信嗤嗤
月從星處觀天象　　　休咎由來自有時

쇠가 녹아 흐르고 옥이 녹고 하늘도 타려하니
공작새도 날고 날아 목말라 샘물 마시다
이것은 빗 소리가 더운 기운을 녹이지 못하니
세상에는 더위 먹어 죽는 이 널리 끝 없겠다.

金流玉爍欲燒天　　　孔雀飛飛渴飮泉
不是雨聲消暑氣　　　人間暍死浩無邊

　　지후 민안인이 제가의 시문을 모아서 최졸옹의 동문 속
　　편을 내려한다 하기에 단가를 지어 그 성공을 돕고자
　　한다
　　閔祗候安仁[302]　集諸家詩藁　將續拙翁東文　予喜之甚　作短
　　詞　以勗其成

동방엔 마음이 활달한 영웅이 많아
문장의 기개 불꽃이 파란 하늘을 어루만진다
남긴 꽃다움 넉넉한 향기 뒷 사람을 무적시나
발톱자욱 진흙에 남기고 날아간 기러기 같구료
이름 난 이의 전집을 쉽게 얻을 수가 없으니
좋은 금과 아름다운 옥이 모래나 돌 속에 묻힌 듯
최고운 이래로 작자들이 많아서
붓 끝의 싸움이 마치 용이 들에서 싸우는 듯하여
중국에서도 작은 중화라 하여 부러워 마지 않아
해와 별들이 밝은 빛을 발하여 쏘아 올렸구나
더구나 익재 이제현의 집대성한 성공은
천백의 오언 칠언 시가 모두 精一 雄麗하고
사륙문의 변려체도 역시 체제를 터득하여
진정표나 송덕의 글은 온화하며 공평하구나
졸옹의 호방한 기상이야 저절로 대적할 이 없어
삼한의 높은 격률을 다 주위 모았지만
같은 시대의 모든 현자들이 선발에 들지 못했으니

---

302) 閔安仁: 고려의 문신(1343-1398). 자는 子復, 驪興君 閔漬의 증손.

들은 것 중히 여기고 목격한 것은 경히 한듯하다
만년에 여강에 머물러 있는 늙은 이는
다만 강 물과 더불어 흘러 한이 없다네
늙은 이는 신선으로 가고 젊은 이가 이어서
나는 閣門이 옛 풍모를 따름 사랑하다
각문의 학문의 힘에는 남은 여력이 있어
몸은 좀벌레 같아서 문자에 기탁해 있다
옆으로 찾고 널리 채집하여 구름처럼 모여드나
놀랍게도 나의 늙은 눈은 같고 다름에 혼미하다
나는 지금 병든 나머지 마음의 힘도 쇠진해서
보리나 콩도 구별 못하는 백치가 되어 있구나
감히 댓통 속으로 호표의 무늬를 살피려 하면서
숨 기운이 겨우 실을 뽑아 내듯 끊기지 않다
장차 가을 바람 서늘히 하늘 가득하기 기다려
정신이 상쾌히 맑으면 그 여흥으로 편히 있어
문득 붓을 잡아 간략히 비판의 평점을 더하여
그대 집에 다시 즐겨 유전을 도모하게 하리.

東方磊落多英雄　　　文章氣熖摩蒼穹
遺芳賸馥霑後人　　　爪留泥上如飛鴻[303]
名家全集不易得　　　良金美玉沙石中
孤雲以來多作者　　　筆戰有如龍鬪野
中原歆羨小中華　　　日星晃朗光相射

---

303) 留泥飛鴻: 雪泥鴻爪와 같음. 기러기 발자취를 진흙이나 눈 위에 남김. 모든
　　사실이 자취도 없이 쉽게 사라짐을 비유함.

況有益齋304)集大成　　千百五七皆精英
騈驪四六亦得體　　陳情頌德和而平
拙翁豪氣自無敵　　拾盡三韓高律格
同時諸賢不入選　　似重耳聞輕目擊
晚年留與驪江翁　　直與江水流無窮
老者仙去少者繼　　我愛閣門305)追古風
閣門學力有餘地　　身如蠹魚306)寄文字
旁求博采如雲屯　　驚我老目迷同異
我今病餘心力衰　　不分菽麥307)成白癡
敢從管中窺豹斑　　氣息不絕如抽絲
且待秋風凉滿天　　精神爽快興居便
便當執筆略批點　　君家更肯謀流傳

---

304) 益齋: 李齊賢(1287-1367)의 호. 자는 仲思. 저서에 〈益齋亂稿〉〈櫟翁稗說〉 등
　　이 있다.
305) 閣門: 관청의 이름. 고려시대, 조회나 의례를 맡아보던 관청. 使 副使 祗候를
　　두었으니, 이 때 閔安仁이 이 閣門祗候로 있었던 것이다.
306) 蠹魚: 좀벌레. 옷이나 책을 갉아 먹음. 唐 白居易의 〈傷唐衢〉의 시에 "今日開
　　篋看 蠹魚損文字(오늘 상자를 열어보니 좀벌레가 문자를 손상시켰더라)"함이
　　있다.
307) 菽麥: 콩과 보리. 극히 구별하기 쉬운 불건의 비유. "不分菽麥"은 이렇듯 쉬운
　　일도 구별 못하는 어리석음을 말함.

서쪽 이웃에서 초청을 했으나 더위가 괴로워
가지 못하고 상당군 한수에게 올림
西隣見招 熱困不能赴 呈韓上黨308)

서쪽 이웃은 손님을 좋아함이 바로 집안 풍속
참답고 수수한 의관들이 서울 장안에 가득하다
높은 나이인 지금도 아직 왕성함 가장 기쁘니
즐거운 일이란 저절로 무궁함을 깊이 알겠다
두어 그루 늙은 버들이 출입하는 길에 당했고
일백 척이나 될 큰 소나무 반 공중에 의지하다
괴롭고 한스러움은 병 끝에 몸 아직 피곤함이라
뜰 아래 나아가려 해도 구슬 땀만이 흥근하네.

西隣好客是家風　　　眞率衣冠滿洛中
最喜高年今更盛　　　深知樂事自無窮
數株老柳當三徑　　　百尺長松倚半空
苦恨病餘身尙困　　　欲趨庭下汗珠融

유항 선생 한수는 백옥에 비친 얼음이고
길창군의 집안 문호로 대대로 이어지다
반쯤 산의 비 점찍어 구름 처음 엷고
땅에 가득한 이끼 흔적 해는 이미 올랐다
시는 소동파인 듯하다가 황산곡 같기도 하고
술잔은 북해 바다 같다가 또 작은 澠水 같애

---

308) 上黨: 上黨君으로 봉해진 韓脩(1333-1384), 字는 盟雲 호는 柳巷.

동리 인자함이 아름다움 우리 선택할 수 있으니
누가 쇠잔한 나이엔 도도 옅다고 말하는가.

柳巷先生玉暎氷　　　吉昌門戶世相承
半山雨點雲初薄　　　滿地苔痕日已升
詩似東坡還似谷[309]　　樽如北海又如澠
里仁爲美[310]吾能擇　　誰道殘年道不凝

가랑비
微雨

엷은 구름 비낀 해에 비가 솔솔
나무 그림자도 어슷비슷 물은 시내를 넘친다
한 줄기 서늘 바람이 병골을 소생시키니
오히려 길 비켜라 하며 모래 둑을 향하는 듯하다.

薄雲斜日雨凄凄　　　樹影參差水漲溪
一陣涼風蘇病骨　　　還如喝道向沙堤

---

309) 谷: 宋의 黃庭堅을 말함. 호가 山谷임.
310) 里仁爲美: 동리의 인자함이 아름다움이다. 〈論語, 里仁〉에 "里仁爲美 擇不處
　　仁 焉得知(동리의 인자함이 아름다움이니 거처를 선택하되 인자함이 아니라면
　　어찌 지혜롭다 하랴)"함이 있다.

팥죽
豆粥

불 구름이 해를 찌니 불꽃 타들 듯하니
비지땀이 흘러 흘러 두 눈이 어둡다
곧 콩을 끓여 더위 독을 삭히려 하지만
소나무 아래의 물 흐르는 문만 못하구나.

火雲蒸日熾如焚　　　潘汗交流兩眼昏
直把豆湯消暑毒　　　不如松下水流門

궁궐 집은 어둑어둑 더운 기운이 약하나
모시고 서 있는 뭇 신하 땀으로 옷이 젖다
콩 국의 푸른 대접에 석청꿀을 섞으니
문득 얼음 추위가 살갗을 뚫으려 함 알겠다.

禁宇沈沈暑氣微　　　群臣侍立汗霑衣
豆湯翠鉢調崖蜜　　　便覺氷寒欲透肌

스님들의 창이 옛날과 같은가 아닌가 묻다
그 당시의 팥죽 부드럽기 우유와 같았기에
순채 국 양의 우유 두루 맛보아 왔지만
흥미는 의연히 산과 못에서 여위어 살자.

借問僧窓似舊無　　　當時豆粥軟如酥
蒪羹羊酪嘗來遍　　　興味依然山澤癯

어느 사실
卽事

맑은 새벽 향을 사루어 시 한 편 얻으니
반쯤 개인 산 빛이 바로 짙은 때이구나
두어 소리 우는 새에 뜰 이끼가 푸르니
나와 같은 청정 한아한 이 다시 누구인가.

淸曉焚香得小詩　　　半晴山色正濃時
數聲啼鳥庭苔綠　　　似我淸閑更有誰

사물 접촉 연래로 흥미도 새로워져
바람 소리 비 기운이 정신을 상쾌히 하다
찌는 더위에도 저절로 서늘한 연못 있어
하나의 흰 머리로 일 없는 늙은 이.

觸物年來興味新　　　風聲雨氣爽精神
炎蒸也有淸凉地　　　一箇白頭無事人

강이나 산 일만 리에 돌아가지 못하고
흰 머리 붉은 먼지에 술이 한 잔일세
또한 묻건대, 형태도 잊음 참인가 아닌가
세상 이르는 곳마다 바로 봄 누대인 것을.

江山萬里未歸來　　　白髮紅塵酒一盃
且問忘形眞箇未　　　人間到處是春臺

동갑인 허정당을 축하하며
賀同甲許政堂

불가의 반열에세 일찍이 군중에게 뛰어났고
우리 쪽에서는 책상을 지고 연경의 구름에 내닫다
먼저 재상부에 오른 것은 자못 부끄러운 일이고
함께 정당에 오른 것은 어찌 다시 말하랴
다섯 나무 가을을 만나면 열매 있다 칭찬하고
삼한의 우리나라 자고로 斯文을 중히 여겼도다
근년 이래로 회갑의 모임이 비록 소활하더라도
축하 자리의 황금 술잔이야 십분 권해야지.

鴈塔311) 蛾班早出群	吾方負笈走燕雲
先登宰府頗爲愧	同拜政堂何更云
五木逢秋稱有實	三韓自古重斯文
年來甲會雖疎闊	賀席金盃勸十分

---

311) 雁塔: 탑명. 인도의 마갈타국 제석굴산 동족 절에 보살이 당해 절의 스님을
　　　인도하기 위하여 기러기로 화신하여 공중으로부터 어느 스님 앞으로 떨어졌
　　　다. 스님들은 두려워하여 그 자리에 탑을 세워 "雁塔"이라 했다. 또 唐의 玄奬
　　　이 大慈恩寺塔을 안탑을 모방하여 세워 속칭 大雁塔이라 한다. 여기서는 佛敎
　　　를 代稱해서 사용한 것 같다.

군자
君子

군자가 무슨 즐거움이 있는가
몸이 맞도록 온화한 모습인데
우뚝히 기개 외모 장대하여
범속한 무리를 혐오할 만하다
근원 없는 물이
날씨 개이면 홀연히 마르는 것과 다르다
웅덩이에 차면 사면의 바다로 흐르니
발원이 곤륜산의 머리에서 시작되다
서글프다 저것이 무슨 마음이기에
통하지 않는 항구에 배를 가게 하나.

君子有何樂　　　　終身自油油[312]
巍然氣像大　　　　足以厭凡流
非如無源水　　　　天晴忽焉收
盈科[313]放四海　　　發自崑崙頭
嗟哉彼何心　　　　斷港[314]將行舟

---

312) 油油: 온화하고 부드럽고 삼가는 모습. 和悅恭謹貌.

313) 盈科: 科는 웅덩이, 물이 웅덩이에 차다. 〈孟子, 離婁下〉에 “源泉混混 不舍晝
夜 盈科而後進 放乎四海(근원의 샘은 출렁이어 밤낮을 쉬지 않고 흘러 구덩이
에 찬 뒤에 사면의 바다로 흘러 내린다)”함이 있다.

314) 斷港: 물길이 서로 달라 통하기 어려운 항구. 唐 韓愈가 〈送王秀才序〉에서 楊
墨老莊의 이단적 학문과 儒家의 斯文을 斷港으로 견준 바가 있다.

보광 형에게 올림
奉寄普光兄

봉화 불이 강과 바다로 이어
바람 먼지 시장 거리가 어둡다
어찌하면 등불에 함께 대화할까
내 귀밑머리는 희어 쓸쓸한데.

烽火連江海　　　風塵暗市朝
何當共燈話　　　我鬢白蕭蕭

이
虱

꿰맨 옷이 참으로 하늘 땅처럼 헐렁하니
평생에 마음대로 왔다갔다하기에 넉넉하다
몸은 평안하나 다만 몸 숨길 방법 모자라니
옥같이 가냘픈 손 끝을 피하기 문득 어려워.

衣縫眞如天地寬　　　平生得意足盤桓
安身只欠藏身術　　　玉手纖纖避却難

벼룩
蚤

일찍이 옷이나 이불 향해 이 생명 기탁하여
펄쩍펄쩍 뛰어다녀 한 몸이 경쾌히 가볍다
민첩하고 빨라 도망갈 수 있다 자랑 말라
끓는 물 불이 때때로 소리 내 끓는다.

早向衣衾寄此生　　　躍然跳躑一身輕
休誇捷疾能逃害　　　湯火時時沸有聲

닭
雞

살아 산림에 있지 않고 동리 여염에 있어서
시간을 알아 의리 지켜 세월을 보내는구나
가장 사랑스러운 것은, 비바람에 하늘 캄캄해도
한 시각이라도 적거나 많게 틀린 적 어찌 있었나.

生不山林在里閭　　　知時守義送居諸315)
最憐風雨天沈黑　　　一刻何曾有欠餘

---

315) 居諸(거저): 시간의 흐름 세월을 말함. 〈詩經, 邶風〉에 "日居月諸 胡迭而微
　　(해와 달이여 어찌 빠르면서 이그러지나)"함에서 해와 달빛의 교차인 세월로
　　인용되다.

개
犬

말 건장하고 소 호걸스러워 각기 시행할 이 있고
문 지키고 도적의 예방은 개가 적의 마땅하구나
편지 전하고 불도 구해 줌은 인과 의를 앎이니
죽은 개가 남긴 교훈이 만고에 드리워 지고 있구나.

馬健牛豪各有施   守門防盜犬爲宜
傳書救火知仁義   弊盖316)遺謨萬古垂

이미 이 벼룩 닭 개를 읊고서 스스로 천지 생물의 많음
에 감탄하면서, 받고 태어남이 이와 같으니 어떻게 하
면 봉의 울음을 듣고 기린의 발자국을 보아 내 마음을
유쾌히 할 것인가. 이에 봉명 인지 두 편을 읊다
旣賦蚤虱鷄犬 自嘆天地生物之衆 而稟賦如此 安得聞鳳鳴
見麟趾 以快吾方寸邪 於是吟得鳳鳴麟趾二篇

봉황이 와서 춤추니 순임금 음악 이루어지고
봉황의 울음에는 주나라의 덕이 밝구나
순임금의 문화 멀어져 저 하늘 아득하고

---

316) 弊盖: 개의 죽음을 말함. 〈禮記, 檀弓下〉에 "弊帷不棄 爲埋馬也 弊盖不棄 爲
埋狗也(헤어진 장막을 버리지 안는 것은 말을 묻기 위함이고, 헤어진 포장을
버리지 않는 것은 개를 묻기 위함이다)" 함이 있어서, "弊盖"가 '개의 죽음'을
의미하게 되었다.

올빼미 날아 울어 비 그늘도 많구나
비 구름도 많음이여 사람 마음 수심스러워
때로는 옥돌도 녹이고 인해 쇠도 흘러내린다
어떻게 하면 오동을 얻어 다시 무성하게 하여
곧바로 봉황으로 하여금 와서 노닐게 할까.

鳳之儀317) 虞之樂成   鳳之鳴318) 周之德明
舜文遠矣天沈沈   梟獍319) 飛鳴多雨陰
多雨陰 愁人心   有時爍玉仍流金
安得梧桐更萋萋   直敎鳳鳥飛來棲

기린의 발자국의 시는 오직 공자의 덕이고
기린의 노님인 길상은 오직 주라의 정치다
조공 공자가 다시 나시지 않기에
천하가 어지러이 여기 저기 내닫다
춘추가 파탄되었다 하루 아침에 알려지니
주나라를 예로 여기던 여섯 나라에 음모가 생기다
어떻게 남풍을 불려 만물이 저절로 풍성케하여
곧바로 기린으로 하여금 교외 숲에서 노닐게 할까.

---

317) 鳳之儀: 〈書經, 益稷〉에 "簫韶九成 鳳皇來儀"라 함이 있다. 韶는 虞舜의 음악
    이니, 순의 음악이 이루어지니 봉황이 와서 춤춘다는 뜻이다.
318) 鳳之鳴: 〈詩經, 大雅, 卷阿〉에 "鳳凰鳴矣 于彼高岡 梧桐生矣 于彼朝陽(봉황새
    의 울음이여 저 높은 언덕이로다 오동나무의 삶이여 저 아침 햇살이로다)"함
    이 있다. 이 시는 賢才들이 시대를 만나 일어남을 읊은 것이다.
319) 梟獍: "梟鏡"이라고도 함. 전설에 梟는 惡鳥이니 태어나 그 어미를 잡아먹고,
    獍은 惡獸이니 태어나 아비를 잡아먹는다 함. 부모의 은혜를 잊는 자나 포악
    한 이에 대한 비유.

麟之趾[320] 惟公之子　　麟之游[321] 惟周之治
周孔不再生　　　　天下貿貿馳從橫
春秋破爛一朝報　　周禮六國陰謀成
安得南風物自阜　　直敎麟也游郊藪

여름의 냉기
夏凉

새벽에 빈 당을 바라보며 홀로 나뭇가지 엿보니
녹음의 그늘 바람도 가늘고 새 소리 많구나
누가 삼복이면 모두가 찐 더위라 말하나
뼈끝 서늘하고 혼도 맑아 절로 사기는 끊긴다.

曉向虛堂獨眄柯　　綠陰風細鳥聲多
誰言三伏皆蒸潯　　骨冷魂淸自絶邪

군자는 자득으로 만족하나 길이 탄식하고
현자로서 악관으로 숨어 있음이 가련하다
시끄러움 등진 처마 아래 마음 달게 먹는 곳
남해의 계해에 얼음 생기니 참으로 춥겠다.

---

320)　麟之趾: 公子의 미듬직한 행적을 칭송함. 〈詩經, 周南〉에 "麟之趾 振振公子
　　于嗟麟兮(기린의 발자국이여 신후한 공자로다 오 기린이로구나)"함이 있다.
321)　麟之遊: 吉祥의 징조를 말함. 〈淮南子, 南冥訓〉에 "昔者黃帝治天下…鳳凰翔於
　　庭 麒麟遊於郊(옛날 황제가 천하를 다스릴 때에 봉황이 뜰에서 날고 기린이
　　들에서 놀다)"함이 있다. 그 뒤로 "麟遊"가 吉祥의 징조로 인용되었다.

君子陽陽每永嘆　　　可憐賢者隱伶官322)
負喧簷下甘心處　　　桂海323)氷生政苦寒

한 몸으로 천지 사이에 스스로 검고 누렇게
중화를 기를 수가 있어 멋이 많구나
여름 베옷 겨울 갖옷에 애오라지 만족하니
얼음 숯을 가져다 내 오장에 둘 이유야 있나.

一身天地自玄黃　　　養得中和324)氣味長
夏葛冬裘聊足用　　　肯將氷炭置吾腸

혼자 노래　세 수
獨吟　三首

홀로 읊자니 감정은 다시 적절하고
높은 흥은 늙을수록 깊어진다
지나는 세월엔 몇 줄기의 터럭이고
자연의 강산엔 마디만한 마음이라

---

322) 伶官: 樂官. 〈詩經, 邶風〉에 "衛之賢者 仕於伶官(위나라의 현자여 영관인 악
　　관으로 벼슬하다)" 함이 있다.
323) 桂海: 고대 남방 먼 지방. 江淹의 〈雜體〉시에 "文軫薄桂海 聲敎燭氷天"이라 함
　　이 있다. 그 주에 "南海有桂 故云桂海"라 했다.
324) 中和: 천지의 근본 원리. 〈中庸〉에 "中也者 天下之大本也 和也者 天下之達道
　　也 致中和 天地位焉 萬物育焉(중이란 것은 천하의 큰 근본이고 화는 천하의
　　통달하는 진리이니 중화를 이루면 천지가 제자리 서고 만물이 자라느니라)"
　　하였다.

글을 짓는 것이 비단을 짜는 것 같고
글귀 다듬기는 쇠부치를 다듬는 듯
부질없이 한가한 중의 힘을 소비하니
천재로서 한림에 부끄럽구나.

獨吟情更適   高興老來深
歲月數莖髮   江山方寸心
屬文如織錦   揀句似淘金
枉費閑中力   天才愧翰林

바람 달을 읊을수록 괴롭고   ·
강과 산에 앉아 있음이 깊구나
나는 먼지가 바깥 외모를 가리고
절승한 경지는 마음 속으로 든다
티 없는 옥이라고 스스로 자부하나
오히려 쇠를 불리려 뛰는 듯하다
회포를 알리기 끝내 옅지 않으니
하늘 땅이 책의 숲을 에워싸다.

風月吟來苦   江山坐更深
飛塵遮外面   絶境入中心
自負無瑕玉   還如躍冶金
寄懷終不淺   天地繞書林

대체적 형편이란 공교 졸렬로 나뉘고
정서 회포에는 깊고 옅음이 있다

꼭 많은 힘을 허비할 필요야 없지
다만 마음을 논의함이 중요한 것을
소나무 늙어 우산으로 기울려 하고
달이 밝으니 오히려 황금을 부수는 듯
단청의 그림으로도 이르지 못할 곳이라
그윽한 흥취가 산림에 기탁하다.

體勢分工拙　　　情懷有淺深
不須多費力　　　祇是要論心
松老欲傾盖　　　月明還碎金
丹靑所未到　　　幽興寄山林

어느 사실
卽事

고요히 앉아 있으니 마른 나무의 오똑함이고
깊이 생각하자니 백일의 대낮이 길구나
거미들이 때로는 창호 문에 걸리고
참새떼 어쩌다 침상까지 오른다
궁벽한 땅이라 산은 비취 색으로 눕고
찌는 더위에 비가 청량제를 보낸다
늙은 나이의 참다운 사업이란
까마득히 당우의 요순을 상상함이지.

靜坐枯株兀　　　沈思白日長
蜘蛛時掛戶　　　鳥雀或登床
僻陋山橫翠　　　炎蒸雨送凉
老年眞事業　　　渺渺想虞唐

점심 밥
午飡

흰 국수에 향내의 탕이 매끄러워
쇠잔한 창자에 서늘한 기운 감돈다
외도 시원하니 잘게 씹기에 적당하고
부추 연하니 약간 데쳐 끓였구나
다섯 가지 맛 오미는 날 것이 단데
세끼 덥히는 것도 하늘에서 태어나
맹광 같은 아내 늙은이 병 가련하여
스스로 점심 찬이 편타함 깨닫다.

白麪香湯滑　　　衰腸冷氣纏
苽凉宜少嚼　　　韭軟且微煎
五味甘生稼　　　三時熱稟天
孟光325)憐老病　　　自覺午飡便

---

325) 孟光: 東漢의 은자인 梁鴻의 妻. 梁鴻이 일을 할 때, 孟光은 밥상을 눈썹에
　　 닿도록 들어 바쳤다. 그래서 후대인이 賢妻의 전형으로 삼는다. 擧案齊眉.

牧隱詩藁 卷之十八

유두일의 세 노래
流頭日 三詠

上黨君 집 삶고 끓임이 맛이 더욱 참스러워
눈이 살갗이 되어 달고 신 맛이 섞였네
동글 동글하기에 이빨 사이 끼울까 걱정이더니
살살 씹으니 맑고 찬 기운이 온몸에 퍼진다.

上黨烹煎味更眞　　　雪爲膚理雜甘辛
團團祗恐粘牙齒　　　細嚼淸寒自遍身

물은 참 근원에서 나와 스스로 끝이 없어
비록 백 번을 꺾여도 끝내 동으로 간다
어느 누가 흐르는 머리에서 마시게 하여
첫 마음 보존하여 곧바로 종착에 가게 해.

水出眞源自不窮　　　雖然百折竟趨東
何人創立流頭飮　　　欲保初心直到終

피리 소리 맑게 울려 바람 쫓아오니
어느 곳에 꽃다운 자리 종일 열렸나

귀를 막아 세상 일 잊지 못함 한스러워
소년의 미친 흥을 스스로 자제키 어렵다.

笛聲淸亮逐風來　　　何處華筵盡日開
恨不塞聰忘世事　　　少年狂興自難裁

매미를 듣다, 이 날이 입추
聞蟬　是日立秋

매미 높은 나무에서 울어 나그네 머리 긁히는
또 이 오동나무 한 잎의 가을이구나
순채 국 농어회에 돌아갈 흥이 미동하는데
진강의 강물이 마을을 안아 흐르고 있구나.

蟬鳴高樹客搔頭　　　又是梧桐一葉秋[326]
蓴菜鱸魚歸興動　　　鎭江江水抱村流[327]

호연히 돌아갈 흥이 몇 차례나 머리에 떠 있고
만리의 강과 산엔 푸른 나무의 가을일세

---

326) 梧桐一葉秋: 오동잎이 지면 가을 됨을 안다. 오동나무가 일찍 떨어지고 또 크
    기 때문에 그 한 잎이 상징하는 의미가 바로 천하의 가을을 의미하게 된다.
    "梧葉一落 天下知秋"란 말이 있다.
327) 抱村流: 강 물이 마을을 안아 흐른다. 杜甫의 〈江村〉시에 "淸江一曲抱村流 長
    夏江村事事幽(맑은 강 한 구비가 마을을 안아 흐르니, 긴 여름 강 마을엔 일
    마다 그윽하구나)"함이 있다.

곳곳의 매미 소리는 나그네 귀를 놀라게 하나
고향 시골의 물고기 벼 이삭은 절로 풍류인데.

浩然歸興幾回頭　　　萬里江山碧樹秋
處處蟬聲驚客耳　　　故鄕魚稻自風流

초구옷을 짝해 깊이 한스러운 상인의 머리
홀로 산림을 향해 끊는 가을을 점치고 있다
가리는 잎과 숨는 가지가 隱士와 같고
바람을 먹고 이슬 마시니 淸流 무리 닮다.

伴貂深恨上人頭　　　獨向山林占斷秋
翳葉藏枝如隱士　　　飡風吸露似淸流

청도의 신임 태수 문익점이 간다 하기에
淸道新太守文益漸告行

연경의 도읍 꿈 속에서 옛날 치단을 때
얼굴 가득한 누런 먼지에 스스로 비애해
어렵게 돌아와 그 의지는 의리를 따랐고
태평의 노래 말을 시로 삼아 썼구나
조정에서의 도포 홀기는 장차 삼품인데
고개 밖의 강과 산에서 또 한번 지휘하네
병의 자리에 누워 있어 오고감이 적었으니
벼슬살이 드날림 이미 많았음 알지 못했네.

燕都夢裡昔驅馳	滿面黃塵只自悲
辛苦歸來志從義	太平歌詠錄爲詩
朝中袍笏將三品	嶺外江山又一麾
偃臥病床來往少	不知歲歷已多時

연꽃 감상의 여흥을 끝낼 수가 없어서 한 수를 읊다
賞蓮餘興 不能自已 吟成一首

사람 마음이 어떻게 사사로움 아주 잊을 수 있을까
조용한 가운데 중도에 이를 때가 없겠구나
부귀와 공명을 누가 정했다 빼앗았다 하랴
노래하고 춤추는 것을 내가 가다 옮기다 하다
보내 오는 아름다운 달에 긴 바람은 멀어지고
맑은 향을 사루고 나니 백일의 대낮도 더디더디
연꽃의 참 면목을 알려고 한다면
다음 날에 목은 늙은 이의 시를 점검해 보라.

人心那得頓忘私	未到從容中道時
富貴功名誰定奪	謳吟舞蹈我行移
送來佳月長風遠	炷罷淸香白日遲
欲識蓮花眞面目	他年點檢牧翁詩

아침 노래
朝吟

밤에 누우면 시린 뼈가 심하고
아침에 읊으면 마음이 상쾌해져
번열이 나니 옷을 끼여 입은 듯
괴로이 애쓰는 것은 한가한 시기이다
가시나무가 소나무 길에 돋아나고
이끼는 초가집에 가득하구나
쇠잔한 나이 할 일 없음이 괴로워
그럭저럭 세월을 보내게 된다.

夜臥骨酸甚　　　　朝吟心快初
煩敲如什襲　　　　辛苦在三餘328)
荊棘生松逕　　　　莓苔滿草廬
殘齡苦無賴　　　　袞袞送居諸329)

---

328) 三餘: 한가한 시간. 겨울은 한해의 여분이고 밤은 낮의 여분이고 비는 일할
　　 시간의 여분이다(冬者歲之餘　夜者日之餘雨者時之餘)하여 농경시대의 공부할
　　 수 있는 여가를 말함.
329) 居諸: 날자나 시간의 지남. 곧 세월. 〈詩經, 邶風〉에 "日居月諸(저) 胡迭而微"
　　 라 함에서 유래함.

천수사 서쪽 봉에 오르니 사방으로
보이는 것이 모두 명산이다
登天水寺西峰 四望名山

나무 벗겨 쓰는 시구는 글자가 새로운 듯하고
나무 아래에는 이미 더위를 피해 온 사람이 있다
부질없이 평상시 병든 시선을 놀렸던 곳을 향하고
우연히 오늘은 쇠잔한 육신에 입혀 따른다
일천 바위 다투어 빼어나고 구름은 국경에 이었고
두 물이 함께 흐르는 곳에 비는 먼지를 씻긴다
늙어가며 감히 하나라 사직을 말할 수 있으랴만
이름난 산의 사면에는 밝은 신령이 있구나.

白書330) 詩句字如新   樹下曾來避暑人
謾向平時遊病目   偶從今日著衰身
千巖競秀雲連塞   二水同流雨洗塵
老去敢言夏社稷   名山四面有明神

설곡의 시권에 쓰다
題雪谷331)卷

한 떨기 백옥 부용꽃이
밝히 통하여 어쩌면 그리 쇄락한가

---

330) 白書: 나무 껍질을 벗겨 흰 줄기 위에 쓰는 글씨.
331) 雪谷: 鄭誧(1308-1345)의 호. 자는 仲孚. 저서에 〈雪谷集〉이 있다.

스님들이 깊이 간직하는 것이고
나무군들도 역시 본받으려 한다.

一朶玉芙蓉　　　瑩徹何洒落
衲子所深藏　　　樵夫亦踏着

고풍　세　수
古風　三首

왕도의 풍격은 어찌 그리 잠잠하고
선비들의 풍습은 어찌 악착같은가
전국시대는 서로 먹히고 배앝으니
애닯구나, 도도한 사세들이여
물이 아래로 흐르듯 이윤을 쫓고
무기의 교접에 마음이 달다 하네
魯仲連이 동해에 빠졌으니
천 년에 순의 음악 詔릴 들은 듯.

王風何寥寥　　　士習何膠膠
戰國互吞吐　　　哀哉勢滔滔
趨利水就下　　　甘心兵刃交
仲連蹈東海³³²⁾　　千載如聞詔³³³⁾

---

332) 仲連蹈海: 戰國時代 齊의 魯仲連이 秦이 자신의 조국을 합병하여 천자가 되었
　　다 소리를 듣고는 동해에 빠져 죽었다.
333) 聞詔: 순임금의 음악을 듣다. 좋은 음악을 듣다. 〈論語, 述而〉에 "子在齊聞詔

한의 시조는 참으로 하늘이 주었으니

법률 세 가지로 인심을 얻었구나

비록 그렇지만 시운이 비색한 중인데

뼈에 스민 은혜가 왜 깊었을 것이며

어째서 군자의 무리들이

은총을 입은 것이 숲같이 많았나

管寧의 강석은 요동에 있어서

의식의 흰 모자 지금껏 전한다.

漢祖信天授	三章334) 得人心
雖然運中否	入骨恩何深
奈何衆君子	冒寵森如林
管寧335) 在遼東	白帽336) 傳至今

三月不知肉味曰 不圖爲樂之至於斯也(공자가 제나라에 있으면서 소(순의 음악)를 듣고서는 3달 동안 고기 맛을 모를 정도로 즐거워하며 말하기를 음악이 이렇게까지 될 줄은 생각하지도 못했다)" 함이 있다.

334) 三章: 漢의 高祖가 천하를 통일하고 父老에게 약속한 법률 3가지. 살인한 이는 죽이고. 사람을 상해하거나 도적은 죄에 저촉되고, 나머지는 모든 진의 법률을 제거한다(殺人者死 傷人及盜抵罪 餘皆悉除去秦法)

335) 管寧: 魏의 사람, 字는 幼安. 친구 華歆과 동석하고 공부하다가, 고관이 문 앞을 지나게 되니, 華歆은 책을 덮고 나가 구경하나, 管寧은 태연히 책만 읽고서는 앉았던 좌석을 그으면서 "너는 내 친구가 아니다" 하였다. (管寧豁席). 황건적의 난리에 遼東에 가서 태수 公孫度와 만나 오직 경전 이야기만 하고 세사에 대한 대화가 없었고, 바다를 건너 피난 온 이들이 한달여만에 시가지를 이루어 드디어 講席을 열게 되었다.

336) 白帽: 흰 모자, 손님을 대접하거나 경조의 의식이 있을 때, 예의를 갖추는 형식.

유순히 나아가는 신하는 그리 많지 않고
나신의 장수는 송조의 조정에 있다
집안 세상이나 종묘 국가나
일체가 되면 같고 다름이 없는 것
그러므로 팽택령인 도연명은
벗어 던지기를 기러기 날 듯했다
유유한 천 년의 뒤에도
북쪽 창에는 맑은 바람이 온다.

晉臣337) 麗不億　　　裸將宋廟中
家世與宗國　　　一體無異同
所以彭澤令　　　脫去如飛鴻
悠悠千載下　　　北牖來淸風

더위 심해 자위삼아
熱甚自慰

춘추를 쓴 성인의 필법엔 기강에 얼음이 없는데도
내가 어려서는 오히려 재앙 기운 비등함에 올랐다
덕스런 정치에 기강이 있다면 어찌 난리가 있으며
음기 양기 궤도를 순히 한다면 감히 서로 침릉하랴

---

337) 晉臣: 승진하는 신하. 〈周易, 晉卦〉에 "晉進也 明出地上 順而麗乎大明 柔進而
　　上行(晉은 나아감이다 태양의 밝음이 지상으로 돋았으니, 순종하여 大明의 明
　　德 있는 군주를 섬기면 유순하게 전진하여 위로 오르리라)"함이 있다.

소나무 가지에 구름이 옅으니 푸른 빛 이에 빛나고
시내 물 바람 잔잔하니 녹색에다 다시 청징하구나
병든 몸을 섭생하기가 어렵다 걱정하지 말고
다함께 금년에는 모두 풍년이라고 들레어 보자.

春秋聖筆紀無氷　　我少猶驚沴氣騰
德政在綱寧有亂　　陰陽順軌敢相凌
松枝雲薄靑仍秀　　溪水風微綠更澄
不患病軀難攝養　　共喧今歲儘豊登

가을 곡식 구름처럼 먼 하늘에 닿아 있으니
우리 백성 춤추는 가락이 모두 기뻐하도다
나누어주는 얼음 미치지 않아도 무엇 해로우며
두려운 더위 더욱 심하니 스스로 가련하다
연한 살갖에 땀이 많으니 삼복이 걱정스럽고
병든 골격이 두루 시려 몇 해를 누웠나
다만 서녘 바람 시원한 한 줄기를 얻었으니
목은 늙은 이 다시는 마음 끓일 곳 없다.

秋稼如雲接遠天　　吾民舞蹈儘欣然
頒氷不及庸何害　　畏熱尤深自可憐
曼膚多汗憂三伏　　病骨偏酸臥幾年
只得西風凉一陣　　牧翁無處更心煎

다시 광제원 연못을 읊다
再賦廣濟蓮池

서로 찾자니 곧바로 서로 소원할까 염려되어
연못 갓으로 향하려다가 초가집을 상대하다
바람 멎으니 맡는 향기 응당 쇄락할 것이고
달 밝아 보는 그림자에 다시 여유가 있구나
원공인 주무숙은 우리 도를 밝혔고
지자선사인 智顗는 불서를 강연한다
다행히 이 마음에 속된 적이 없었다면
소리나 빛이 나의 첫 마음을 더럽히겠나.

相尋直恐或相疎　　　欲向池邊對結廬
風定聞香應洒落　　　月明看影更紆餘
元公茂叔338)明吾道　　智者禪師339)演佛書
幸是此心曾不俗　　　肯敎聲色累吾初

---

338) 元公茂叔: 宋의 周敦頤, 元公은 시호이고 茂叔은 자이다. 그는 宋代 儒學을
　　개창하였고, 〈太極圖說〉과 〈愛蓮說〉이 유명하다.
339) 智者禪師: 隋나라의 승려 智顗(538-597)의 법호가 智者大師이다. 天台宗의 開
　　祖이다.

박연폭포의 노래, 더위가 심하기에 노래하니
물 소리가 귀와 눈에 접하기 때문이다
朴淵瀑布歌, 熱甚故歌之 所以接水聲於耳目焉耳

비취 바위 벽으로 서 있어 일 천 길이 넘고
그 위에 작은 연못 있어 거울 빛과 같구나
가운데 안치된 반석에 외로운 솔이 돋았더니
소나무 지금 보이지 않고 이끼 흔적만 파랗다
하늘 닿는 북쪽 언덕엔 모든 골 물이 모이어
내달아 흘러 여기에 이르니 마치 나루길 같다
넘쳐서 하래로 떨어지니 은하수가 달려 있어
사방으로 뿌려 넘치니 마치 장마비 내리듯
노니는 이 잠시만 서 있어도 머리털이 쭈뼷
돌에 부딪치면 은은하기 악어의 울음 같다
유월달 찌는 더위에도 감히 접근할 수 없어
땀난 피부에 좁쌀이 돋아 인해 어루만질 수밖에
내 예전에 사왕사로 불공드리려 간 적이 있어
낮 예불 여가 틈에 산 언덕을 올랐었다
흐름에 다다르니 흥이 저절로 뛰어 넘치니
곧바로 이태백이 짧은 노래 부르듯이 하다
아래로 천천히 살펴도 족히 셀 수가 없으니
오늘 깊은 병의 수심에 싸였음 누가 알랴
엎드려 누워 때때로 전날 발자취를 상상하는데
하물며 이 괴로운 열기에 어찌할 수 없음이랴
누가 나를 폭포수 가에다 놓아 둘 수 있겠는가

물 소리 귀에 들고 앉아서 달빛 아스라이 옴을 볼 수 있도록.

翠巖壁立千丈强	上有小淵如鑑光
中安磐石生孤松	松今不見苔痕蒼
天磨北崖衆壑水	奔流到此如津梁
溢而下墜懸銀河	濺沫四迸如雰霈
游人小立毛髮竪	觸石隱隱如鳴鼉
六月炎蒸不敢逼	汗膚生粟仍摩挲
我昔行香四王寺	午梵餘隙登山坡
臨流狂興自發越	直如太白歌短歌340)
下視徐凝不足數	誰知今日愁沈痾
偃臥時時想前躅	況此苦熱無奈何
誰能置我瀑布側	水聲入耳坐見月色來婆娑

　　서경의 대동강에는 사시사철 물고기가 있어서 손님이 오면 겨울에는 언 고기이고 여름에는 말린 고기를 대접한다. 말린 고기를 이시민의 집에서 맛본 적이 있는데, 30여년을 잊지못했다. 병 중에 구해봤지만 얻지 못하다가 지금 승제의 집에 있는데 어데서 구한 것인지 알지 못한다. 가져오라 하여 먹었더니 완연히 옛 맛이 있지만 전날의 입맛을 따를 수 없음이 분명하다. 인하여 단편을 짓다

---

340) 李白歌短歌: 唐 李白이 〈望廬山瀑布〉란 시를 이름이다. 시는 다음과 같다.
　　"日照香爐生紫煙 遙看瀑布掛前川 飛流直下三千尺 疑是雲漢落九天"

西京大東江有魚四時 及賓而冬有凍魚 夏有乾魚 乾魚於李
時敏處 曾知其味 三十餘年不能忘也 病中求之不得 今承
制家有之 不知所從來也 命治而食之 宛有舊味 然不及前
遠甚 因作短篇

조천석 바위 아래 유리 같은 물에
비단 비늘이 하늘 빛 무늬에 노닌다
사시사철 호화로운 배 안의 노래 춤 속에
소반 가득한 시고 매운 맛에 실 살이 날린다
섣달 날씨엔 얼어 한 조각 눈이 되고
여름 되면 어포로 이용하니 참으로 별미이네
온전한 제사거리는 봉주성에서 나오고
서경에 벼슬살이 하는 것은 모두가 열렬하다
홀로 남은 책편들을 연구하여 옛 풍모 잇고
절개 의리 비단 문장으로 공교함만 아니다
내 어렸을 때 기꺼이 서로 따랐으니
좋은 정리가 蛩蛩과 蚷虛일 뿐만 아니다
철동산 남쪽의 당사의 북쪽에
무반집으로 더부살이간 늙은 할미가
우리 자제들을 기뻐하여 혹 밤에 자기도 하며
술 덧따르고 등불 돋어 해가 동쪽에 떴으니
그 때 아침 밤을 처음 한 번 맛본 것이
지금 30여년이 번개 빛 지난 것 같구나
병이 들어 입맛이 써 잘 먹지를 못하여
앉아 준수한 맛 상상에 심장만이 타는데

소문만으로 청탁해도 끝내 얻기 어려우니
꺾이고 쇠함이 이미 그렇거늘 내 무얼 상심하랴
저것을 이루게 해주니 역시 다행이기에
의지와 육체 기르기가 종내 다르지 않다
비록 씹어봐도 전날을 따르지 못하지만
그래도 아직 혀와 이가 남은 것을 기뻐한다.

朝天石341)下琉璃水	錦鱗游泳天光裡
四時歌舞畫船中	辛辣滿盤飛縷膩
臘天凍成一片雪	當夏用鱐眞味別
全齋出自鳳州城	世仕西京皆烈烈
獨究遺編繼古風	節義不獨文章工
我少之時喜相從	情好不啻如蛬蚷342)
鐵洞山南唐寺北	入贅武家老婦翁
喜我子弟或夜宿	添酒挑燈日出東
其時朝飱始一嘗	今三十年如電光
病來口苦不能啖	坐想雋味焦心腸
因風請托竟難得	摧頹已矣吾何傷
渠能致此亦幸矣	養志養體終不異
雖然咀嚼不及前	自喜猶存舌與齒

---

341) 朝天石: 平壤의 麒麟窟 남쪽에 있는 바위 이름. 전하는 말에 고구려의 시조
　　 東明王이 이 바위에 올라 기린을 타고 하늘로 올랐다 한다.
342) 蛬蚷: 전설 중의 이상한 짐승인 蛬蛬과 蚷虛(蚷는 踞로도 씀). 공공과 거허는
　　 생김새가 비슷하면서 그림자도 서로 떨어지지 않는다 함.

구재를 생각하며
有懷九齋343)

괴로운 더위에 어디도 서늘함 얻을 수 없어
주루룩 흐르는 피부의 땀 쇠 녹이는 창자
자하동 안의 푸른 소나무 밑의
바위 샘 맑은 물은 싸늘한 눈과 서리일세.

苦熱無從得一凉　　　潘流膚汗鐵融腸
紫霞洞裡靑松下　　　石隙淸泉冷雪霜

여름 공부의 당 안에는 바람 이슬 서늘하나
괴로이 읊는 어려운 운에 숯이 창자에 쌓인다
선생님의 부르는 방에 제자들이 따르더니
적적히 고요한 뜰에는 달이 서리처럼 싸늘하다.

夏課堂中風露凉　　　苦吟强韻炭堆腸
先生唱榜諸生應　　　寂寂空庭月似霜

매미 소리는 또 새로운 냉기를 알리여 하니
뜬 구름의 인생은 애끊기에 족하다 생각하네
오늘의 일 옛 놀이가 다 보이지 않으니
거울 속의 탄식에 귀밑머리가 서리 같구나.

---

343) 九齋: 고려 문종 때 崔冲이 설립한 아홉 學齋. 또는 고려 중엽이후 成均館에
　　두었던 五經齋와 四書齋를 아울러 이르는 말.

蟬聲又欲報新凉　　　坐念浮生足斷腸
當日舊游皆不見　　　鏡中堪嘆鬢如霜

어제 구재에 이르러 솔 아래 앉았으니, 솔 그늘은 엷고 해는 한낮이 되어 더위가 더욱 심했다. 이에 학생들에게 말하기를 "자하동에 가서 서늘한 곳에서 시를 짓는 것이 어떻겠느냐" 하니, 학생들은 뛸 듯이 앞서서 안심사 앞 시끄러운 물로 가서 남쪽 언덕에 앉아 촛불을 가져다 시제를 냈다. 촛불이 반도 타지 않아서 소낙비가 갑자기 내려 학생들을 데리고 절로 들어가니 옷이 다 젖어 특수한 운치가 있었다. 세 가지 시를 짓게 하니, "솔 바람"은 내가 명한 것이고, "재상의 노래"는 광양군 이선생이 명한 것이고, "소나기"는 상당군이 명한 것이다.

처음 말을 가지고 나를 대접한 것은 민지후 안인이고, 나를 따른 것은 민지후의 자제 중리와 우리 집 아이 종학이었다. 상당군을 따라온 것은 그의 자제 상경과 사위인 안경검이고, 우연히 만난 이는 전교령 김가구와 전법총랑 임헌과 전교부령 염연수였다. 돌아와 비스듬히 피곤해 누우니 참으로 꿈과 같았음을 깨닫겠다. 노래로 기록하니 해가 이미 높았더라

昨至九齋坐松下　松陰薄日將午　熱尤甚　於是告諸生曰　入
紫霞洞　就凉冷處賦詠如何　諸生踊躍導行　至安心寺前亂水
坐南岸　刻燭出題　燭未半　雨驟至　引諸生走入寺　衣巾盡濕
殊有佳致　賦三詩曰松風　予所命也　曰宰相行　光陽君李先

生所命也 曰驟雨 上黨韓先生所命也 初持馬報僕者 閔祗
候安仁也 從僕者 閔令中理 豚犬種學也 從上黨者 乃子尚
敬 壻安景儉也 其邂逅者 典校令金可久 典法摠郎任獻 典
校副令廉延秀也 旣歸 頹然困臥 及覺眞如夢中 歌以錄之
日已高矣

국가가 문치를 중시하여 교육도 여러 가지인데
크게 대학을 세우니 바위산처럼 높구나
인해 구재를 열어 각기 학생을 가르치니
성실하게 푸른 옷깃의 학생 나라에 가득하구나
여름 날에는 모두 소나무 산록에 모이어
책 읽고 시 쓰기에 모름지기 촛불을 새긴다
전편이 사람 놀랠 구절은 세상이 아는 바이고
토의 논평 강의 학습에 연해 부지런하다
옛 성현의 남긴 자취를 발양 칭송하고
풍속을 바꾸고 세태를 변화시켜 서로 격려하다
지금처럼 성리학의 가르침 처음 유행하여
노래와 시들도 곧바로 성정에서 구하려 한다
바람 꽃 달 이슬은 제도 밖으로 놓아 두고
다시 산으로 달리고 바다로 내달아 보자
글귀 다듬고 뜻 다듬음 아는 이 누구일까
사실의 사용 어구의 인용도 스승삼은 바 없다
허물이나 실상이 나에게 있어 안으로 부끄럽지만
남을 모방하는 배움 길이 지금 가장 어려울 때

성균관에는 뜰에 가득히 꽃다운 풀이 돋아나니
흰 머리는 병으로 누워 그 감정을 잊기가 어렵다
구재에서의 짓고 읊음이 또 이와 같으니
어떻게 나의 평일 옛 의지를 보상할 것인가
다행히도 솔 바람이 내 얼굴에 불어 서늘하니
대낮의 비가 홀연히 내 시의 광기를 재촉하다
어깨 나란히 한 임들에게서 내가 가장 병들었고
우연히 만난 같은 풍격들 백옥으로 서로 비춘다
조용히 읊은 재상 노래의 몇 수는
임금을 요순으로 만들어 태평을 열자 함이네
내가 늙음 믿어서 스스로 과대하는 것이 아니라
감히 여러 생도에게 권하니 다시 서로 가까이 하라
이 놀이의 기이 절묘가 평상시와는 아주 으뜸이니
다행하구나, 동지들이 나의 시를 보아주게 되었기에.

國家崇文敎多術	大作泮宮[344] 高碑砆[345]
仍開九齋各授徒	侁侁靑衿[346] 盈國都
夏天都會松山麓	讀書賦詩須刻燭
全篇警句世所知	討論講習仍孜孜

---

344) 泮宮: 西周시대 제후들이 세운 大學. 〈詩經, 魯頌, 泮水〉에 "旣作泮宮 淮夷攸
　　服(이미 반궁을 지으니 변방 오랑캐도 복종하다)"함이 있다. 이후로 學宮을
　　'泮宮'이라 했다.
345) 碑砆: 바위가 높이 솟은 모습. 唐 李白의 〈明堂賦〉에 "挲金龍之蟠蜿 挂天珠之
　　碑砆(황금 용이 서린 것을 매만지고 하늘 구슬에 걸려 높이 솟았다)"함이 있
　　다.
346) 靑衿: 푸른 깃이 달린 학생의 옷. 〈詩經, 鄭風, 子衿〉에 "靑靑子衿 悠悠我思
　　(푸릇푸릇 저 학생의 옷깃이여 아득히 나의 생각에 있구나)"함이 있다.

昔賢遺跡可對越[347]	風移世變成挑撻[348]
如今濂洛[349]教初行	謳吟直欲求性情
風花月露置度外	肯復馳山兼走海
煉句煉意知者誰	用事用語無所師
咎實在我內自愧	邯鄲學步[350]今爲最
成均滿庭芳草生	白頭臥病難忘情
九齋賦詠又如此	何以償吾平昔志
幸哉松風吹面凉	白雨忽爾催詩狂
聯翩封君我最病	邂逅同風玉相暎
沈吟數首宰相行	致君堯舜開太平
非吾恃老自誇大	敢請諸生更傾盖[351]
玆游奇絶冠平時	幸我同志觀吾詩

---

347) 對越: 相對 發揚함. 感謝 稱誦함. 〈詩經, 周頌, 淸廟〉에 "濟濟多士 秉文之德 對越在天 駿奔走在廟(씩씩하게 많은 선비여 문왕의 덕을 잡아 하늘에 계심에 칭송 발양하고 날래게 뛰어 조정에 있구나)"함이 있다.

348) 挑撻: 挑達. 서로 오가며 결려함. 〈詩經, 鄭風, 子衿〉에 "挑兮達兮 在城闕兮 一日不見 如三月兮(오며 가며 성궐의 높은 곳에 있도다 하루를 보지 못함이 석달 된듯하구나)"함이 있다.

349) 濂洛: 北宋 性理學의 두 학파. '濂'은 濂溪 周敦頤의 학파, '洛은' 洛陽의 程顥 程頤. '濂洛關閩'은 이 밖의 '關은' 關中의 張載와 '閩'은 福建의 朱憙를 말한다.

350) 邯鄲學步: 〈莊子, 秋水〉에 "且子獨不聞夫壽陵餘子之學行於邯鄲與 未得國能 又失其故行矣 直匍匐而歸耳(또한 그대는 듣지 못했나, 서릉의 어린 학생이 한단으로 학문의 길을 떠났는데, 그 나라에서도 능력을 인정받지 못하고, 또 모국의 학행도 잃고는 기어서 되돌아왔다네)"함이 있다. 곧 "이것으로 저것을 모방하다 둘 다 잃는다"는 뜻으로 쓰인다.

351) 傾盖: 수레의 포장을 기울여 가까이 대화한다. 〈孔子家語, 致思〉에 "孔子之郯 遭程子於途 傾盖而語終日 甚相親(공자가 담땅에 가다가 길에서 정자를 만나 일산을 기울여 종일토록 이야기 하니 심히 친하더라)"함이 있다.

근래에 높은 벼슬아치들이 사고로 패하는 자가 많다.
병 끝에 홀로 앉아 애오라지 올챙이 노래를 짓다
近來達官 以事敗者多矣 病餘獨坐 聊述蝌蚪吟

형체를 타고 남이 작아 어찌 그리 구구하냐만
하늘 땅의 정기로 오히려 활기 넘치는구나
연못 속에 잠겨 있어도 비 이슬을 받고
물 위를 이리저리 움직이기 평지처럼 하다
사람 마음 옛부터 양주자사에다 돈과 신선을 바라
언덕에 올라 촉나라 바라보듯 두 눈이 뚫어진다
자신을 가지고 변화함이야 어찌 위대하지 않으랴만
혹시 오늘의 꼬리로 이해할까 두렵구나.

稟形眇末何區區　　　天地精氣猶昭蘇
沈潛池沼沐雨露　　　搖蕩水面如平途
人心自古鶴州錢[352]　　得壟望蜀[353] 雙眼穿
將身變化豈不偉　　　恐或理會今日尾

---

352) 鶴州錢: 양주군수와 학과 돈. 4인이 각기 자신의 소원을 말하게 되었다. 한
　　사람은 양주자사가 되겠다 하였고, 한 사람은 재물이 많았으면 했고, 또 한
　　사람은 학을 타고 하늘로 올랐으면 했다. 나머지 한 사람이 나는 허리에 십만
　　관의 돈을 차고 학을 타고 양주로 가겠다 하였다. 그 뒤로 모든 일이 여의하
　　게 이루어지는 비유를 '揚州鶴'이라 한다.
353) 得壟望蜀: 登壟望蜀. 높은 곳에 올라가 시선이 닿는 데까지 모든 이윤을 취하
　　려는 생각. 〈孟子, 公孫丑〉에 "有賤丈夫焉 必求龍斷而登之 以左右望而罔市利
　　(천한 장부 하나가 있어 반드시 언덕을 찾아 올라 좌우를 바라보며 시장의 이
　　윤을 그물질하려 한다)"함에서 유래한 말.

비 뒤에 쭈구리고 앉아
雨餘縮坐

연꽃 향기 은은하게 꿈 속에 맑아
천태로 향하려다 다시 눈이 뜨인다
한 줄기 비가 동이로 부어 나그네 꿈을 놀래고
뭇 냇물은 병으로 흘러 사람의 걸음을 끊는다
비록 사물의 완상이 의지를 손상한다 하지만
다만 이는 마음 바르는 공부 정일치 못함이다
흰 머리도 다한 나의 머리가 오히려 맹랑하구나
알 수 없다만, 군자들이여 함께 연맹해 줄 것인가.

蓮香細細夢中淸　　欲向天台更目成
一雨盆傾驚客夢　　衆川瓶瀉斷人行
雖然玩物志不喪　　祗是正心功未精
白盡我頭猶孟浪　　未知君子肯同盟

큰 비
大雨

큰 비가 밤새도록 하늘이 새려고 하는지
처마 소리는 사방의 벽 한 등잔 앞일세
웅장하기 일만 말이 칼과 창을 가는 듯하고
가늘 때는 외로운 난새 관현악으로 드는 듯

감히 뭇 흐름을 막아 큰 바다야 이루랴만
다만 많은 곡식 평 밭으로 수몰될까 걱정
조화 공력의 마음 씀이란 참으로 알기 어려워
장차 나의 곤궁함을 지켜 더욱 견강해야지.

大雨通宵欲漏天　　簷聲四壁一燈前
雄如萬馬磨刀槊　　細似孤鸞入管絃
敢遏衆流成鉅海　　祗憂多稼沒平田
化工用意眞難料　　且守我窮當益堅

칠석
七夕

다만 하늘 여인 북실 멈추지 않는 소리 들려
큰 무명 거친 비단에 두 귀밑머리 희어지다
공교함을 얻는다 해서 어디에 쓸 것인가
재롱으로 졸렬함이 되면 기롱을 많이 받아.

徒聞天女不停梭　　大布麤繒兩鬢皤
乞得巧時將底用　　弄來成拙取譏多

수정포도
水精葡萄

누대 난간에 주렁주렁 수정 구슬이 엮어 있어
살갗이 영록하게 통하여 씨가 분명히 보인다
누가 일만 되의 신맛 단맛을 감추어 두어서
이빨 사이 혀 사이에 좋은 액체 맑게 했나.

樓朶離離綴水精　　　肌膚瑩徹子分明
誰藏萬斛酸甛味　　　齒中舌間瓊液淸

수풀 밑 포도는 검은 빛의 수정구슬
급암의 늙은 붓글씨 벽 사이 분명하구나
의연히 산사의 절로 향불 불공 간 곳에서
시의 연구로 씹어 맛보니 뼈에 스미게 맑구나.

林下葡萄黑水精　　　及庵354)老筆壁間明
依然山寺行香處　　　咀嚼詩聯徹骨淸

한 줄기 맑은 얼음과 수정의 구슬이
조그마한 각질을 형성하여 허공의 밝음 같다
흰 눈을 높이 노래하며 처음 맛보는 곳에
달 아래의 황금 술잔이 다시 지극히 맑다.

---

354) 及庵: 閔思平(1295-1350)의 호.

一段淸氷與水精　　　　結成微質似空明
高歌白雪初嘗處　　　　月下金樽更至淸

여의주인지 수정 구슬인지 구별하지 못하고
수슬 역고 구슬을 차서 임금 받들어 분명하구나
누가 아나, 절벽의 바위에 긴 넝쿨 걸어서
걸은 머리엔 원숭이도 풍격이 심히 높은 것을.

未辨驪珠與水精　　　　綴旒環佩奉王明
誰知絶壑拖長蔓　　　　掛頭獼猴格甚淸

수정구슬이라 해야하나 아니라 해야 하나
동굴동굴한 낱낱이 다시 투명토록 밝은 것을
가장 사랑스러운 것은, 중화의 맛을 얻음이니
얼음 지조라도 다만 쓰고 맑음만 자랑한다.

是水精耶非水精　　　　團圓箇箇更通明
最憐獨得中和味　　　　氷蘗徒誇苦與淸

일백 사십 개의 수정 구슬은
손안에서 구르고 눈에는 밝아
목은 노인의 마음 바탕 지금 삭막한데
이를 대하자 곧 한 점의 청정함 생기다.

一百四十箇水精　　　　掌中圓轉眼中明
牧翁心地今茅塞　　　　對此俄生一點淸

7월 15일
七月十五日

스님들 여름 안거 끝내고 석장이 날아가듯
일만 물 일천 산으로 그림자 끌고 돌아가다
다만 겨울 지날 입에 풀칠할 계교를 위하여
항상 먼지 흙에서 참선의 옷을 더럽혀서야.

浮屠解夏³⁵⁵⁾ 錫如飛　　萬水千山携影歸
只爲過冬糊口計　　每敎塵土汚禪衣

해마다 여름 결제를 하여 안거를 얻고서는
민간의 집으로 쌀을 구걸함 모두 여유가 있다
서녘 바람에 앉아 비를 불려 가게 하고는
또 물병과 석장을 이끌고 여염집을 향하다.

年年結夏得安居　　乞米民間儘有餘
坐到西風吹雨去　　又携瓶錫³⁵⁶⁾ 向閭閻

시장거리의 악소배들이 제 스스로 과시하더라도
큰 몸을 절며 구부리기를 대마 꺾듯 하도다
봉은사의 뜰 아래에서 뵌 적이 있었는데
흰 머리 된 오늘에는 눈이 어두운 꽃일세.

---

355) 解夏: 여름 안거의 制를 끝냄. 90일의 安居를 끝내는 것. 음력 7월 15일에 夏
　　安居가 종료되고 그 制를 푼다. 解制라고도 함.
356) 瓶錫: 瓶은 물을 담는 용기, 錫은 나들이 때 사용하는 錫杖. 비구의 18 가지
　　물건의 대표로 쓰임.

市中惡少自相誇　　　躪倒長身似折麻357)
曾向奉恩庭下見　　　白頭今日眼昏花

홀로 앉아서
獨坐

쓸쓸 적적한 빈 당에는 대낮이 긴 시간이니
하늘 땅이 한 조각으로 달게 자는 꿈나라
두어 소리 우는 새에 침상의 바람 섬세하니
몸과 자연은 유연히 아득한 곳에 떨어지다.

寂寂虛堂白晝長　　　乾坤一片黑甛鄕358)
數聲啼鳥床風細　　　身世悠然墮渺茫

크도다
大哉

한 조각의 공간 중의 땅덩어리가
밀고 당겨서 저절로 계절 바뀐다

---

357) 折麻: 〈楚辭, 九歌, 大司命〉에 "折疏麻兮瑤華 將以遺兮離居(성근 대마를 꺾어
　　　도 구슬 꽃으로 여겨 장차 떠나는 이에게 주도다)" 함이 있어, 이별의 정에
　　　비유하여 쓰는 말이다.
358) 黑甛鄕: 꿈 나라. 달게 자는 잠을 黑甛이라 한다. 宋 蘇軾의 〈發廣州〉詩에
　　　"三盃軟飽後 一枕黑甛餘(석 잔 술로 배불린 뒤에 베개 하나로 달게 자는 여
　　　유)"라 함이 있다.

동쪽 서쪽 나뉘어 한계가 있고
남쪽 북쪽에 이르기도 기한이 있다
바다 새는 날아서 서로 따르지만
뱃 사람은 누워서 알지 못한다
크도다, 사물 관찰하는 곳에는
자세한 짐작을 누구를 따라야 하나.

一片空中地	推移自趂時
東西分有限	南北至爲期
海鳥飛相及	舟人臥不知
大哉觀物處	商確欲從誰

조용히 앉아 있다가 고양이와 개가 맞서려는 것을 들었는
데, 하인이 마침 보고서 구해 주었다. 마음 속으로 생각하
기를, 둘 다 사람이 기르는 가축인데 어찌 서로 좋아하지
않음이 이와 같은가. 하고는 <묘구투> 한 편을 짓다
靜坐聞猫狗將接 赤脚適見而救之 心語曰 皆人畜也 何不
相悅如是哉 吟得猫狗鬪一篇

개는 서방의 금과 불의 기운을 타고나서
몸이 건의 자리에 있어 어쩌면 굳세고
고양이는 비록 범 같으나 심히 유약해서
질투 오기 일면 털을 세워 고슴도치 같다
문을 지켜 도적 막아 재물 금전 풍요케 하고

창고 관리 쥐를 잡아 창고의 곡식을 완전케 하니
한 집안의 공을 논하면 형 아우라 하기 어려운데
서로 구제 서로 따르지 왜 편치 못한 것인가
개가 가면 도적은 자신의 욕심을 펼 것이고
고양이 가면 쥐는 제 뜻대로 할 것이니
주인은 앉아도 편치 않고 졸음도 이룰 수 없게 되니
영화 호위가 사라져 어떻게 생활을 연장할 것인가
개여 고양이여 어찌 날마다 마음 같이 할 수 없겠나
흰 머리의 목은이 바야흐로 깊이 읊노라니
긴 바람이 쌀쌀히 높은 숲에 불린다.

狗稟西方金火氣　　身居乾位何剛毅
猫雖如虎甚柔脆　　嫉惡竪毛奮如蝟
守門司盜豊錢財　　管庫捕鼠完廩餼
論功一家難弟兄　　相濟相須胡不平
狗去也盜肆其欲　　猫去也鼠縱其情
主人坐不安睡不成　　榮衛消耗何以延其生
狗兮猫兮曷日能同心　　白頭牧隱方沈吟
長風颯颯吹高林

:

까치 울음
鵲鳴

까치 서쪽 집 가지 끝에서 울고

비 기운도 처음 개이니 천지는 가을일세
흰 머리 늙은 서생은 막 기쁨이 돋아
우연히 읊는 시구도 역시 풍류의 멋이지.

鵲鳴西宅樹枝頭　　雨氣初收天地秋
白髮老生方喜動　　偶題豕句亦風流

장군 노래
將軍行

장군의 한 몸엔 나라에서 운명을 맡겨
산처럼 억센 것 깎아내 바다 거울이 깨끗하다
천운이 두 진영에 임해 큰 북을 치게 되면
장군의 한 번 지휘로 군사 위용 정숙해진다
담력 펴고 눈 부릅뜨면 머리털이 관을 찌르니
기개는 칼날 화살이 어지러운 사이를 덮는다
내 앞이나 내 뒤로 정이 오고 가더라도
오뚝히 홀로 섰음이 마치 높은 산과 같다
용감하도다, 장군은 옛날에도 대적할 이 없어
초상화 혁혁히 빛나 능연각에 그렸도다
곧바로 마음 조용히 伊尹 呂商을 사모하니
어찌 입을 열어 衛靑 霍去病 말한 적 있나
원래 병난의 전화는 자신의 불사름 경계하니
서로 해침이나 잔학함을 어찌 다시 말하랴

가장 가련함이 안장에 기댄 늙은 伏波장군이니
눈 속의 솔개가 남쪽 구름에 떨어지다
돌아올 때 가져온 율무가 문득 비방을 불렀었지만
운명이란 옛부터 모두가 현명한 군주가 있었다네.

將軍一身國司命	剗平崛强海鏡淨
天臨兩陣伐大鼓	將軍一麾軍容整
張膽怒目髮衝冠	氣盖鋒鏑紛紛間
我前我後敵出入	巍然獨立如高山
勇哉將軍古無敵	圖形赫赫凌烟閣359)
直欲潜心慕伊呂360)	何曾開口談衛霍361)
由來兵火戒自焚	相害相殘奚復云
最憐據鞍老伏波362)	目中鳶墮南方雲
歸來薏苡却招謗363)	命也自古皆明君

---

359) 凌煙閣: 唐의 太宗이 공신 24인의 초상을 그려 걸어 놓은 누각.
360) 伊呂: 商나라의 湯王을 도와 통일한 伊尹과, 周 武王을 도와 통일한 太公望呂
　　商을 말함. "伊呂"는 국가 보필의 중신을 이르는 말이 됨.
361) 衛霍: 漢의 衛青과 霍去病을 말함. 둘이 다 武帝를 도와 匈奴를 정벌한 공이
　　있다.
362) 伏波: 漢의 장군의 칭호. 西漢의 路博德과 東漢의 馬援이 무두 이 伏波將軍의
　　호를 받았다.
363) 薏苡之謗: 後漢의 馬援이 交趾에 있을 때, 항상 율무를 먹어 몸을 경쾌히 하
　　고 욕심을 없앴다. 임무를 마치고 돌아올 때 율무 열매를 종자 삼으려 수레에
　　가득 싣고 돌아왔는데, 당시 사람들이 그것이 곡식의 열매인 줄을 모르고 진
　　귀한 구슬로 알았다. 마원이 죽으니, 당시 그 율무의 씨앗이 구슬의 보배라
　　하여 국가에 상서하여 헐뜯는 이가 있게 되었다. 그 후로 '억울한 무고'를 "薏
　　苡之謗"이라 하게 되었다.

제 노래
自詠

세월이 물 흐르듯하여 흰 빛이 머리를 다해
병 중의 몸과 세상이 모두가 유유하구나
정신을 잘 기름은 시 읊음에서 경험하고
명리에 치달음은 죽은 후에나 쉴 것인가
曹參은 재상으로 들어가리라 자부하였고
사람들은 李廣이 후작으로 봉해지지 않음 시비한다
다시 어느 곳을 따라 긴 휘파람을 불려고 하면
다만 원룡 陳登이 눕겠다 한 百尺樓만 있다.

歲月如流白盡頭　　　病中身世儘悠悠
精神頤養吟餘驗　　　名利驅馳死後休
自負曹參364)當入相　　　人譏李廣365)不封侯
更從何處舒長嘯　　　只有元龍百尺樓366)

---

364) 曹參: 漢나라 사람. 蕭何와 함께 高祖를 도와 천하를 통일하여 平陽侯로 봉
　　함. 소하가 죽자 자신이 재상이 될 것을 예감하고 집 사람에게 행장을 차리게
　　하니 곧 조정의 소명이 있었다. 이 사실을 "曹參趣裝"이라 한다.
365) 李廣: 漢의 문제 때 흉노를 쳐 공이 있어 郎騎常侍가 되고, 무제 때에는 北平
　　太守가 되니, 흉노들이 두려워 피하면서 飛將軍이라 칭찬하였다. 대소 70여
　　차례나 흉노를 공격했으나 끝내 侯爵으로 봉해지지 않았다.
366) 元龍百尺樓: 元龍은 三國 魏의 陳登의 字이다. 許汜가 진등을 찾아가니, 자신
　　은 백척루 위에 자지만 그대는 땅에 자야 한다 해서, '웅장한 회포를 푸는' 뜻
　　이나 '객에게 오만한 자세'를 말할 때 쓰는 말이 되었다. "元龍高臥" 또는 "元
　　龍豪氣" 등으로 쓰인다.

우연히 쓰다
偶題

써낸다는 것이 마음은 오히려 괴롭고
읊어 본다는 것은 음률이 더욱 엄격해
짙은 그늘은 버들 마을에 나즉하고
성근 비는 띠 처마에 방울진다
마음은 석달 봄의 기러기 같고
몸은 초엿새의 달과 같구나
누가 알랴, 외로이 앉은 곳엔
다만 귀밑머리에 서리만 더해감을.

題出心猶苦　　　吟來律轉嚴
窮陰低柳巷　　　踈雨滴茅簷
心似三春鴈　　　身如六日蟾367)
誰知危坐處　　　只得鬢霜添

팔월 초하루, 광암사에 노닐다가 밤 늦게 돌아와 잠에 들어 쓰러진 채 아침이 되다
八月初一日 游光巖 夜歸就枕 頹然達旦

비스듬히 베개에 들어 새벽 닭이 우니

---

367) 六日蟾: 蟾이 달을 지칭한다. 두꺼비와 토끼가 달의 정기가 되었다 하여, "蟾宮"은 달의 月宮을 말한다. 여기서 六日蟾은 초엿새의 달이니 초승달의 작은 모습으로 비유된 말이다.

아득한 광암사를 꿈 속에도 거닐고 있다
흰 머리 깊은 가을에 마음은 다시 괴롭고
푸른 산 지는 해에는 자취 더욱 맑구나
제갈공명의 부탁은 어찌 그리 아득하며
도정절 淵明이 돌아오니 이미 태평일세
봉화 불의 강 마을 지금은 적막하니
졸음 하나로 평생을 만족할 길이 없네.

頹然就枕曉鷄鳴　　渺渺光巖夢裡行
白髮高秋心更苦　　靑山落日跡逾淸
孔明付托何寥闊　　靖節歸來已太平
烽火江鄕今寂寞　　無從一睡足平生

매미 소리
蟬聲

가는 샘에 흐르는 달이고 잎에 우는 바람처럼
끊기려다 다시 이어지며 잠시 같다가 달라진다
나그네 길에서 머리 긁으며 섰던 적 기억하니
산에 가득한 붉은 나무가 지는 석양 속일세.

細泉流月葉號風　　欲斷還連乍異同
曾記客程搔首立　　滿山紅樹夕陽中

가을 바람 두루 두루 하늘 땅 사이로 불리니
반드시 매미 소리가 곳곳에 같을 필요야 없지
원망하는 첩 쫓기는 신하 머리는 다 희어지고
큰 벼슬아치의 호기 의협은 얼굴 붉은 빛 띠우다.

秋風吹遍地天中　　　　未必蟬聲處處同
怨妾逐臣頭盡白　　　　大官豪俠面浮紅

목은 늙은 이 긴 휘파람은 하늘 땅을 떨치니
산은 높은 누대를 둘러싸고 버들은 문을 가리우다
귀로 들리는 매미 소리 물에 돌을 던지는 것인가
마음이 식은 재와 같으니 홀로 말은 잊는다.

牧翁長嘯振乾坤　　　　山擁高樓柳擁門
入耳蟬聲水投石　　　　心如灰冷獨忘言

붓을 달려 민지후가 보낸 송이버섯에 감사해
走筆謝閔祗候惠松茸

소나무 산의 바람 이슬이 중추에 가까우니
구슬 액인 영약이 형태 갖추어 흐르듯 매끄러워
늙은 병객의 입맛은 오히려 감소하지 않아
스님 찾아 곧바로 다시 높은 놀이 하고 싶어.

松山風露近中秋　　　瓊液³⁶⁸⁾成形滑似流
老病口饞猶不減　　　尋僧直欲更高游

해마다 이것을 맛보면 가을은 깊으려 하니
빛과 그늘의 세월 물 흐르듯 빠른 것 감내치 못해
늙은 경지는 바로 입이나 배를 도모함이 필요해
표연히 가서 赤松子와 더불어 놀 것인가.

年年嘗此欲深秋　　　不耐光陰迅似流
老境政須謀口腹　　　飄然往與赤松³⁶⁹⁾游

청주의 북쪽 들엔 기러기 소리의 가을이니
말을 내린 산 언덕은 푸른 흐름을 곁에 두다
노인들 국을 끓여 와서 후히 먹이니
지금도 오히려 그 당년의 놀이 기억하다.

淸州北野鴈聲秋　　　下馬山崖傍碧流
父老作羹來厚餉　　　至今猶記是年游

---

368) 瓊液: 도교에서 말하는 玉液으로 복용하면 장생한다 함.
369) 赤松: 상고시대의 신선이라 일컫는 赤松子.

牧隱詩藁 卷之十九

참새 소리
雀聲篇

짹짹 짹째 다시 짹짹 짹짹
나무 머리 참새 지저귐 그 소리 짹짹
창 사이 거미는 긴 줄을 늘이고 있어
위아래가 바로 향불 연기 비낀 것 같구나
주인은 흰 머리로 옷깃 여미고 앉아 있어
마음 바탕 밝고 깨끗해 생각에 사가 없다
나이 아직 예순이 되지 않음 꾸짖으면서
귀 어둡고 시선도 걷혀 순임금 생각하다
생각하면 홀연히 기쁘고 또 기뻐지지만
조금 있자 녹아버려 공연히 탄식할 뿐
세상살이 하늘 작위가 상대 없는 귀함이니
舜帝의 밝은 명명 있어 나에게 더해주다
쇠잔 영화 한 평생 이용해도 마르지 않아
기쁨 노여움은 놓아두고 중화에 참여하자.

査査復査査　　　樹頭雀噪聲査査
牎間喜子抽絲長　　上下政與香烟斜

主人白髮整襟坐	心地皎潔思無邪
唯嗔年未至耳順	塞聰收視思重華370)
思之忽成喜又喜	俄頃泮渙空嘆嗟
人間天爵貴無對	帝有明命於我加
衰榮一生用不竭	且置喜怒參中和371)

가을날
秋日

가을 빛은 여기 저기 살피다 바야흐로 깊어
작은 뜨락에 지팡이로 서 있는 쇠약한 노인
석류도 열매를 맺어 진홍빛이 햇살로 뜨고
배나무에도 꽃이 피어 흰 빛이 하늘에 비친다
하느님의 마음 씀을 누가 헤아릴 수 있으랴
세상 길에 마음 가지니 내 스스로 궁색하구나
곧바로 谷神의 변화로 사물 밖 노닐려 하니
형상 잊어 이른 곳이 바로 천지 형성 이전일세.

秋色方深顧眄中	小庭扶杖立衰翁
石榴結實紅浮日	梨樹開花白映空

---

370) 重華: 舜임금. 舜이 堯의 文德의 光華를 거듭(重)이었다 하여 이르게 됨.

371) 中和: 천지 자연의 중심 사상. 〈中庸〉에 "喜怒哀樂之未發謂之中　發而皆中節謂
　　之和　致中和　天地位焉　萬物育焉(희 노 애 락이 아직 들어나지 않음을 중이라
　　말하고, 들어나 절도에 맞는 것을 화라 한다 중과 화를 이루면 천지가 제자리
　　잡히고 만물이 길러진다)" 하였다.

天公用意誰能料　　世道關心我自窮
直欲谷神[372] 游物表　　忘形到處是鴻濛[373]

홀로 읊다
獨吟

동물 식물이 비록 성글고 멀지만
서로 필요함이 절로 방법이 있다
눈먼 거북이 뜬 나뭇가지를 만나고
가려운 말이 마른 버들가지 얻는다
나라 보답엔 마음이 대낮 같지만
전원의 복귀로 귀밑머리 서리 되다
어떻게 하여 묵은 소원 보상할까
쓸쓸히 흐르는 세월 보내고 있는데.

動植雖疎闊　　相須自有方
盲龜值浮木　　疥馬得枯楊
報國心如日　　歸田鬢欲霜
何當償宿願　　瀟灑送流光

---

372) 谷神: 谷은 山谷, 神은 渺茫 無形의 물건. 따라서 곡신은 空虛 無形의 變化 無窮함을 이르는 말.
373) 鴻濛: 鴻蒙으로도 씀. 우주 형성 이전의 혼돈 상태.

금강산 중이 와서 말하기를 올 가을에 금강산에는 선생
이 꼭 올 것이라고 모두가 말한다하기에 한 번 웃고서
3수를 짓다
金剛山釋來言 今秋山中皆言先生必至 一粲之餘 吟成三首

아버지 稼亭 당일에는 관동에서 취하셔서
하늘을 찌른 설색의 빛이 한 눈에 들었거늘
가장 한스러운 일은, 병든 몸 그 자취 잇지 못하고
헛되이 지내는 쉬흔 두해의 가을 바람일세.
(선친께서 52세에 이 산을 유람하셨는데, 나도 금년 52이기에 말한 것이다)

稼亭當日醉關東　　　　雪色攪天一覽中
寂恨病軀難繼跡　　　　虛過五十二秋風
(先君 年五十二遊是山 穡今五十二故云)

아득하고 아득한 한산의 이씨가 해동에 있어
이름은 전 왕국의 경주 계림 안에 있었네
군호로 봉해지고 녹을 먹기 조용히 더한데
다만 높은 놀이 아버지 풍모 잇지 못함 흠일세.

渺渺韓山在海東　　　　題名上國桂林中
封君食祿從容甚　　　　只欠高游繼父風

들건대, 강남 땅에서 절동까지 가는 길에는
나그네가 笋輿 수레에 앉아 휘파람만 불고

중을 찾는 곳곳마다 큰 소나무의 비이고
친구 찾는 집집마다 버들 바람 드리웠다 하네.

聞說江南至浙東   行人坐嘯笋輿中
尋僧處處長松雨   訪友家家垂柳風

가을 밤
秋夜

가을 바람 밤마다 높은 숲에서 울리니
갑자기 나그네 마음 요동함 알지 못하네
공업은 이루기 어렵고 머리는 흰 눈 같으나
돌아가 쉬기 미결이고 손에는 돈도 없어.
풀 벌레 달을 동반하여 길이 베개 의지하고
변방 기러기 서리 끌어와 홀로 이불을 안다
해 돋아 일거리 생기면 오히려 멋이 있어
세속 따라 놀이 마당에 뜨고 잠길 만하네.

秋風夜夜拂高林   不覺儵然動客心
功業難成頭似雪   歸休未決手無金
草虫伴月長欹枕   塞鴈拖霜獨擁衾
日出事生還有味   逢場作戲374)可浮沈

---

374) 逢場作戲: 세속에 따라 만나는 곳마다 열띤 놀이를 하다.

농아인 어린 아이
聾啞小童

총명 지혜 깊어 자랑할 만하나
다만 지휘하기 어려움이 병이다
희고 검은 것도 오로지 눈에 의지하고
허둥지둥대어 오장을 토하려 한다
먼지 쓸면 항상 멀리 피해 달아나고
밤을 주워도 추운 줄을 모른다
입의 풀칠 몸 평안히 하는 계산만은
의연히 이 늙고 간사한 사람 같다.

可誇聰惠甚	只憚指揮難
白黑全憑眼	蒼黃欲吐肝
掃塵恒避遠	拾栗不知寒
糊口安身計	依然是老奸

큰 소리의 탄식
浩歎

나 홀로 큰 소리의 탄식 있으니
유유한 하늘 땅 한 가운데에
동해 바다 가에서 몸을 기대다
풀 향기 가득하여 봄이요 또 가을이고

산 광채 창호에 다달아 저녁이요 또 아침

동파 선생은 산과의 약속이 있었고

반산 王安石은 풀도 미워함이 없다

두 분은 이 천하의 문장의 종주들이기에

내 지금 구름이 용을 따르듯 하고 있다

산이 창호에 다달아 언제 높다 한 적 있으며

풀이 땅 가득히 돋아도 언제 풍성하다 하나

산 마주하고 풀 완상하는 흰 머리 늙은 이는

스스로 주옥의 나무가 바람에 임했다 한다

孟郊의 운명 하늘에 달렸다함 마음으로 알고

북산 신령의 移文을 세속으로 달림 땀이 난다

원래가 연예에 노닌다 함이 세세한 오락이 아니니

앉아서 마음 바탕이 요임금 순임금으로 가기 바라다

크고 큰 탄식이여 탄식에 또 탄식이라

아침 내내 오뚝이 앉아 마치 마른 나무 같구나.

我獨有浩歎	悠悠天地中
側身東海岸	草香滿地春又秋
山光當戶昏復旦	東坡先生山有約
半山³⁷⁵⁾丞相草無惡	二公天下文章宗
我今如雲兮從龍³⁷⁶⁾	山之當戶何偃蹇

---

375) 半山: 宋의 王安石의 號. 神宗 때 丞相이 되어 신법을 주창했으나 실효는 보지 못했다.

376) 雲從龍: 〈周易, 乾〉에 "雲從龍 風從虎 聖人作而萬物睹(용이 숨쉬면 구름이 따르고 호랑이 휘파람 불면 바람이 일 듯이 성인이 나시면 만물이 서로 감동한다)" 함이 있어, '군신이 바람이나 구름처럼 서로 만남'을 비유하는 말이 되었다.

草生滿地何蒙茸　　　對山玩草白頭翁
自謂玉樹臨淸風　　　心知東野377)命懸天
汗出北山移378)馳烟　　　由來游藝非細娛
坐令心地歸唐虞　　　浩浩歎歎又歎
終朝兀坐如枯株

제 탄식
自嘆

산은 청색 물은 녹색 압록강의 동쪽
자그만치 하늘이 내린 골 안에 있다
애처로이 스스로 도가의 골격 없으니
이끼 글씨 어느 곳에서 신선 노인 찾나.

山靑水綠鴨江東　　　小有天臨洞府中
潦倒自憐無道骨　　　蘚書379)何處覓仙翁

---

377) 東野: 孟郊의 字. 맹교가 韓愈와 忘年의 사귐을 가졌는데, 맹교가 좌천되어
　　실의적일 때 한유가 〈送孟東野序〉를 써서 위로하였다. 그 내용이 天時와 人事
　　란 자연의 순리이니, 불평스러울 때가 영화의 계기가 된다는 내용이다.
378) 北山移: 南齊의 孔稚圭가 지은 〈北山移文〉을 말함. 周顒이 세상을 피해 북산
　　에 숨어 살겠다 하였다가 뒤에 국가의 부름을 받아 海鹽縣令으로 가게 되었
　　다. 부임하는 길이 북산을 지나게 되니, 산신령이 이 앞을 지날 수 없다는 내
　　용으로 지은 글이다.
379) 蘚書: 바위에 이끼가 돋아 마치 글자와 같은 것. 宋 蘇軾의 〈送范景仁遊洛中〉
　　시에 "蘚書標洞府 松盖偃天壇(이끼 글씨가 동부임을 표시하고 솔 우산이 천제
　　단에 누웠네)" 함이 있다.

가을날
秋日

가을 바람 불어 멎지 않고
파란 하늘엔 가는 구름도 없다
산과 강은 씻은 듯이 맑아
터럭 끝이라도 분명히 보겠다
내 마음의 사심도 사라지려하니
크도다 요 임금의 치적 생각게 하다
네 흉악 무리도 이미 제거되었으니
三苗족 정도야 어찌 말할 것 있나
아름다운 이욕이란 이욕을 말 않음이니
천하 모두가 바야흐로 동일 문화이다.

秋風吹不休	碧空無纖雲
山川淨如洗	毫釐明可分
我心私欲消	大哉思放勳380)
四凶381)旣已去	三苗382)何足云
美利不言利	天下方同文

---

380) 放勳: 堯임금의 이름. 〈書經, 堯典〉 "曰若稽古 帝堯曰放勳"이라 함이 있으니,
　　　放은 "이르다"의 뜻이고, 勳은 "功勳"의 뜻이니, 요의 공덕이 커서 이르지 않
　　　는 곳이 없음을 말함이다.
381) 四兇: 四凶. 堯舜시대에 악명이 높았던 4 領袖. 舜이 堯를 도와 共工을 幽州
　　　로 유배시키고, 驩兜를 崇山으로 내치고, 三苗를 三危로 귀양보내고, 鯀를 羽
　　　山에서 사형하다. 〈書經, 舜傳〉
382) 三苗: 앞의 주 381) 참조.

내 기운도 가을 되어 맑아
나의 본성은 태양의 밝음
나의 육신은 주옥의 나무
가지 잎이 다 구슬일세
여름 당시는 찌는 더위 괴로워
장마비 개이지 않을 듯하더니
홀연 이 서녘 바람 불어와
더러움이 다시는 돋지 않을 듯
원컨대 잘 보존하고 지켜서
군자는 당연히 진실을 보존해야.

我氣秋之淸　　我性日之明
我身如玉樹　　枝葉皆瑤瓊
當時困蒸溽　　陰雨如不晴
忽此西風來　　垢穢無復生
願言善保守　　君子當存誠

중추가 이미 가까워 흥취 회포로 노래를 짓다
中秋已近 興懷發詠

가을 중추도 이미 가까워 져 파란 하늘이 아득한데
달은 홀로 해마다 이 반백의 늙은 이를 비춘다
고요히 난간 창에 앉아 있자니 마음 가장 괴롭고
옛날 놀던 누대에는 그 기개가 오히려 호기롭다

적선인 李白은 재주 뛰어나 당나라를 울리고
처사는 이름 높아 진나라의 도연명을 계승하다
어느 날 여강의 강 가로 가서
한 소리 긴 휘파람으로 파도를 요동시킬 것인가.

中秋已近碧天遙　　月獨年年照二毛[383]
靜坐軒窓心寂苦　　舊游樓閣氣猶豪
謫仙才逸鳴唐李　　處士名高繼晉陶
何日驪江江上去　　一聲長嘯動波濤

제노래
自詠

복이 지나쳐 천명을 아는 나이이나
병이 깊어 인하여 진실로 곤궁하구나
유연히 높은 흥이 돋아나나
이미 다했구나 孤臣의 충성 다하기란
자취란 까치 앉은 가지 달처럼 싸늘하고
기개는 붕새 나는 바다 바람 삼킬 만하다
평생동안 마음이 움직인 곳을
짧은 글 속에다 써내려 간다.

---

383) 二毛: 흰 머리가 斑白임. 늙음을 말함.

福過且知命384)   病深仍固窮
悠然發高興   已矣效孤忠
跡冷鵲枝月   氣吞鵬海風
平生動心處   寫向短篇中

밤을 읊다
詠栗

터져 열리면 자색 황금 알을 떨어뜨리고
깎아내면 중앙엔 흰 눈 덩이가 숨었다
나무 아래 어느 누가 비위가 손상되어
정력에 의지해 보려해도 문득 싸늘하구나.

折開下墜紫金丸   剝去中藏白雪團
樹下有人脾胃損   欲憑精力卻酸寒

머리 위에서 이미 또렷또렷 드리운 것 놀랐고
손 안에 오히려 둥글둥글 구르는 것 의아하다
푹 삶아도 부자집의 열기를 피할 수 있을까
잘게 씹으면 문득 가난한 집의 추위에 걸맞다.

頭上已驚垂的的   掌中還訝走團團
爛烹肯避朱門熱   細嚼偏宜白屋寒

---

384) 知命: 50세의 나이. 공자가 "五十而知天命(쉰혼 살에는 천명을 알았다)" 하였
다.

햇님의 나는 그림자는 튀는 탄환만큼이나 빨라
누런 국화에 흰 이슬이 단란함을 또 보는구나
지난 해 밤 구워 먹던 곳을 기억해 내니
동산의 달빛이 밤 깊이 싸늘하구나.

金烏385) 飛影似跳丸　　又見黃花白露團
記得去年燒栗處　　東山月色夜深寒

중추에 상당루 위에서 달을 구경하다
中秋翫月上黨樓上

지난 해는 동쪽 누대 아래에서 달을 구경할 때는
버들 숲 비어 있는 곳에 황금 물결이 쏟아지더니
올해는 서쪽 누대 위에서 달을 구경하는데
엷은 구름이 그림자를 농락하여 때로 물결친다
주인의 호쾌한 기상이 한 시대를 덮어서
마시는 그릇 비지 않으면서 오히려 시에 능하구나
내 늙은 병을 어여삐여겨 항상 서로 맞이해 주니
노래 부르다 보면 붉은 얼굴이 말랐음도 모른다
지난 해나 올해나 모두 하나의 숨쉬는 사이이니
술잔 앞의 극심한 이야기엔 소득 손실을 잊는다
어지러운 세상 사이에서 영화 굴욕 만족했지만
희어진 내 머리는 다시 검기가 어렵구나

---

385) 金烏: 태양에는 발 세 개가 있는 까마귀가 있다 함.

달을 대하고도 마시지 않는다면 내 곧 어리석으니
내가 옛 사람을 생각해 보아도 누가 나의 스승인가
일천 섬의 요순이고 일 백 섬의 공자님들
그 욕심을 자극함이 아니라 그 시대를 이엇으면
내 지금 마시지 않으면 달이 응당 웃을 것이니
달아 짐짓 잠시 머무르라 내 휘파람 불면
휘파람은 난새 봉황 같아 하늘 바람 불어
원컨대, 이를 타고 저 봉래의 섬에 노닐어 보자.

去年翫月東樓下	柳林缺處金波瀉
今年翫月西樓上	薄雲弄影時滉漾
主人豪氣盖一時	飮不盡器還能詩
憐我老病每相邀	歌呼不覺朱顔凋
去年今年一瞬息	樽前劇談忘得失
紛紛世間足榮辱	吾髮白兮難再黑
對月不飮吾則癡	我思古人誰我師
千鍾爲堯百斛孔	匪棘其欲維其時
我今不飮月應笑	月且少留吾一嘯
嘯如鸞鳳兮來天風	願言駕此游彼蓬萊中

늙은 할미
老嫗

늙은 할미 세상 나이 여든이 가까운데

말소리는 맑고 밝아 젊을 때와 같구나
할미 손자 4 대가 집안을 떠받쳐
정력이 지금처럼 오히려 여유 있는 것인가.

老嫗行年將八十　　語音淸亮似當初
祖孫四世扶門戶　　精力如今尙有餘

강 마를 시. 정무를 위해 짓다
江村詩 爲鄭襃作

승천 고을 안의 산구의 마을은
정씨의 거지로서 바다 문에 다달았다
바다 어구엔 마리산이 가장 높고
산의 좌우에는 파도가 내닫는다
동쪽은 저강으로 이었고 서족은 예성강
고기 배 소금 배 모두 모여 어쩌면 그리 번성한가
요사이 일본놈들 훔치고 도적하기 좋아해
물 근처 곳곳은 바람 먼지로 혼란하구나
陽坡선생이 학문에 늙으셔
내가 어렸을 때에 살아 다만 일곱 살이었다
판자집 근처엔 십천이 내달았지만
두 귀의 귀한 모습 지금은 문장이 넘친다
당시의 강촌을 鷺峙 고개가 지탱하더니
늙어가며 빛 그늘의 세월 빠름을 보도다

하물며 나는 쇠약한 병으로 또 여러 해이니
항상 옛날 앞 뒤에서 서로 수학했음 기억하다
韋씨 집안 경전처럼 주고 받음이 가풍이 되니
나는 강촌의 효도와 충성을 사랑한다
문과로 세우고 날려 이미 뜻을 이었고
사관의 일 익히 안 것 몸을 위함 아니다
벼슬 한가하자 강 마을 속에 앉은 듯하고
조회 물러나면 곧 강 마을 속으로 향한다
강 마을의 즐거움 말로 전하기 어려워
흥미는 바로 양파의 노옹과 흡사하구나
봄 바람 강을 흔들면 하늘은 막막하고
가을 달 강에 비추면 바람은 살랑살랑
장마 비 강을 이으면 더위 쪄 삼복이고
눈 날려 강에 가득하면 추위 섣달로 습격한다
누가 알랴, 양파 선생은 현명한 자제 있어
감개롭고 민첩 통달하여 선비 관리 겸했음을
그런 속에 소요하여 근심 없음 즐기니
함께 영웅 재질 영웅 의지를 이야기한다
다음 날 말을 나란히 하여 서쪽 교외 나서면
한 조각 강 마을이 화가를 번거로이 할 것이지.

昇天府386)裏山龜村	鄭氏居之臨海門
海門摩利山寂高	山之左右波濤奔
東連阻江西禮成	魚鹽都會何其繁

---

386) 昇天府: 고려시대 경기도 豊德郡의 이름.

邇來日本喜竊盜　　　近水處處風塵昏
陽坡先生老於學　　　我少之時居獨七
板房家近十川濱　　　兩耳387) 至今詞溢
當時江村鸞峙梧　　　老大可見光陰疾
況予衰病又多年　　　每憶前修共軒輊388)
韋經389) 授受是家風　　　我愛江村孝又忠
文科立楊旣繼志　　　吏事諳練仍匪躬
官閑如在江村裏　　　朝退便向江村中
江村之樂難言傳　　　興味酷似陽坡翁
春風搖江天漠漠　　　秋月照江風颯颯
滛雨連江暑蒸伏　　　飛雪滿江寒襲臘
誰知陽坡有賢子　　　慷慨通敏兼儒吏
逍遙其中樂無憂　　　共道雄才與雄志
他年聯騎出西郊　　　一片江村煩畫史

---

387) 兩耳: 두 귀가 어깨까지 오는 귀인의 모습. 〈三國志, 蜀志, 先主傳〉에 "身長
　　七尺五寸 垂手過膝 顧自見其耳(선주의 몸은 크기가 칠척 오촌이고 손은 무릎
　　까지 내려오고 자신의 귀를 볼 수 있을 정도로 길다)" 하여 "兩耳垂肩"을 부귀
　　의 기상으로 인용한다.

388) 軒輊: 앞 뒤에서 서로 살피고 이끌음. 〈詩經, 小雅, 六月〉에 "戎車旣安 如輊
　　如軒(군사의 수레 이미 평안하니 앞수레 숙이고 뒷 수레 뒤로 물러서다)" 함
　　이 있어, "軒輊"를 전후의 정상적 위치를 할한다.

389) 韋經: 漢의 승상인 韋賢의 아들 玄成이 또 재상이 되니, 당시 鄒魯지방에서
　　"遺子黃金萬兩 不如一經(아들에게 황금 만량을 주는 것이 경서 하나를 주는
　　것만 못하다)"는 민요가 돌았다. 그 뒤로 "韋經"이란 말이 韋氏 성 집안의 경
　　전을 지칭하게 되었다.

국화
菊

중추에 이미 국화 가지 누런 것을 보니
목은 늙은 이 바람 맞아 길이 탄식하다
어린 시절 내 벼슬길의 진취에 조급하여서
서리 띠면 조용히 향을 날릴 수 있음과 흡사해.

中秋已見菊枝黃　　　牧老臨風一嘆長
恰似少年吾躁進³⁹⁰⁾　　帶霜能得細吹香

주홍 백색 어지러이 함께 황색에게 양보하여
재배하기도 공교로이 역시 잘 자랐구나
용산의 중양절에 바야흐로 피어났으니
반은 취해 돌아오는 길에 향기 모자에 가득하다.

朱白紛然共讓黃　　　栽培巧矣亦能長
龍山³⁹¹⁾九日開方盛　　半醉歸來滿帽香

중추에 희롱대는 그림자 달은 허공에 흐르고
시월 달 불리는 향기는 눈이 댓숲을 압도하다

---

390) 躁進: 경솔하게 전진한다. 벼슬길에 나가려 열중하다.
391) 龍山:〈晉書, 孟嘉傳〉에 맹가가 桓溫의 참군이 되었는데 온이 매우 사랑했다.
　　9월 9일에 온이 龍山에서 잔치를 베풀었는데 그 때 바람이 불어 맹가의 모자
　　가 날렸으나 맹가는 그것을 모르고 변소에 간 사이에 孫盛이 글을 지어 비웃
　　으며 맹가의 자리에 앉았다. 맹가가 돌아와 그것을 보고는 답으로 글을 지은
　　문장이 유명하여, 그 후로 '龍山落帽'가 중양절의 故事가 되었다.

풍경 광채를 점쳐 얼음이 어찌 이리 넓은가
꽃을 대해 세 번 감탄하는 쇠한 노인 있구나.

中秋弄影月流空　　十月吹香雪厭叢
占得風光何大闊　　對花三歎有衰翁

희롱삼아 쓰다
戲題

흰 머리라 모자를 거꾸로 쓴들 무엇이 해로우랴만
부패한 문인이라서 골격까지도 신산함이 정당하구나
마음이 광기 어려 원래 용을 새기기 쉽다 믿고
발이 병난 뒤에 바야흐로 말 달리기 어려움 알겠다
베를 비는 들 장원에서 종놈 게을음 꾸짖고
책 읽는 산사에서 아이 추위를 염려한다
맑은 가을에 곧바로 높은 데 올라 보려 하나
오랜 비가 처음 개여 길이 아직 마르지 않다.

白髮何妨倒着冠　　酸儒正合骨辛酸
心狂素信鏤龍易　　足病方知跨馬難
刈稻野莊嗔僕倦　　讀書山寺念兒寒
淸秋直欲登高望　　久雨初晴路未乾

높은 곳 으르려 항상 오관산에 가려 생각하나
매달린 언덕에 스스로 발바닥 시끈거림 깨닫다

한가함 사랑해 높이 누우니 유유하기 심하고
비방을 피해 시를 읊으나 삐걱거림이 어렵구나
꿈 속에 원숭이의 노래는 아른한 달이 희고
시선 속에 가는 기러기에는 바다가 싸늘하다
때때로 평생동안의 일을 살펴보며는
한 조각의 강산이 정결하며 건조하구나.

陟巘常思到五冠392)　　　懸崖自覺足心酸
愛閑高枕悠悠甚　　　　避謗吟詩憂憂難
夢裏猿吟蘿月白　　　　望中鴻去海門寒
時時點檢平生事　　　　一片江山淨且乾

회포를 서술하다
述懷

이욕의 형세로 서로 기울어 비와 구름처럼 시끄러워
해마다 세상 일이 다시 분분히 어지럽다
다만 공업을 가지고 높낮이로 싸우니
누가 빛 그늘 잡아 한 치라도 아끼려 하나
오리 다리 짧고 학이 긴 것 원래 종자가 있는 법
소 울음이나 낙타 울음에 각기 무리가 모인다
그칠 줄을 알거든 만족함도 알기를 바란다
마음의 영대를 깨끗이 씻어 대군을 받들자.

---

392) 五冠: 경기도 개풍군에 있는 五冠山.

利勢相傾鬧雨雲　　年來世事更紛紛
但將功業爭高下　　誰把光陰惜寸分
鳬短鶴長元有種　　牛车駝喝各成群
願言知止仍知足　　淨掃靈臺奉大君

승제인 장인이 오셨기에 부부가 술자리를 베풀다
承制外舅至 夫婦設酌

뜰 안이 고요한데 높은 수레 왕림하시니
부부가 정성 기울여 술 잔을 베풀다
저자 머니 소반 안엔 겸한 별미가 적고
날씨 그늘져 상 위엔 두 눈이 혼미롭다
듬성 듬성 가랑비가 높은 나무 비추고
말긋 말긋 지는 볕이 먼 마을을 밝힌다
반쯤 취하여 호연히 세상 일을 잊으니
적은 정성 발함이 어찌 꼭 하늘 언덕 향해.

庭闈闃寂枉高軒　　夫婦傾懷置酒樽
市遠盤中兼味少　　天陰榻上兩眸昏
踈踈小雨映高樹　　淡淡斜陽明遠村
半醉浩然忘世事　　發微何必向天原

법천이 햅쌀을 보냄에 감사함
奉謝法泉送新米

법천은 큰 가뭄을 적시어서
햅쌀이 궁한 집을 비추었소
내 여흥으로 가려고 하니
서로 만남이 응당 여유 있을 거요
용문사에는 밝은 달이 비추고
호계시내엔 파란 허공이 무젖을걸
오고감이야 이미 점칠 수 있지만
흰 머리는 정녕 거칠고 쓸쓸하오.

法泉滋大旱	新米照窮廬
我欲驪興去	相從應有餘
龍門照明月	虎溪涵碧虛
往來已可卜	白髮政蕭踈

홍엽의 시
紅葉詩

병 뒤의 가을 빛은 홀연히 서로 관계되나
붉은 잎을 읊으려 하면 글자 놓기가 어려워
구름 끊긴 석양은 국경 밖으로 나즉하고
바람에 미친 들 불은 숲 끝으로 오른다

쓸쓸한 채찍 그림자에 긴 정자가 멀고
깜박거리는 등잔 꽃에 작은 방이 싸늘하다
다시 기러기 걸음 하늘 끝에 가게 하니
누가 코 구멍에서 신물이 나지 않게 하랴.

病餘秋色忽相干	紅葉吟來下字難
雲斷夕陽低塞外	風狂野燒上林端
蕭蕭鞭影長亭遠	耿耿燈華小屋寒
更遣鴈行天際去	誰能鼻孔不生酸

극일상인이 근친하려 익화현으로 보내며
送克一上人省親益和縣

머리 잘라 이미 세상을 버렸지만
마음은 어버이께 효도하려 보존해
높은 이름은 들은 제 이미 오라고
어지러운 세도는 새로워진다 써내다
붉은 잎은 떨어져 땅에 가득하고
흰 구름은 날아 이웃이 되다
그 당년에 멀리 노니는 나그네가
홀연히 코가 시큰 매콤하다.

斷髮曾遺世	存心欲孝親
高名聞已久	亂道寫來新

紅葉落滿地　　　　白雲飛作隣
當年遠游客　　　　忽爾鼻酸辛

장경법석이 파하던 날
藏經法席罷日

강안전 위에서 설법의 자리가 열려
높은 스님들 분주히 달려 시방에서 모이다
잠시 미세한 소리를 내어도 흑과 백을 구분하고
이미 온화한 기운 돌아 천지에 가득하구나
선의 관문은 우뢰 벼락으로 밤바다 일고
교의 바다 물결 일어 종일 드날린다
칙령 받든 당년엔 觀音讚을 제정했는데
지금에는 오히려 겨우 문장이나 지음 부끄럽다.

康安殿上法筵張　　　　龍象393)奔馳會十方
乍出微聲分黑白　　　　已回和氣滿玄黃
禪關雷電連宵作　　　　敎海波瀾盡日揚
奉勅當年製音讚　　　　至今猶愧僅成章

---

393) 龍象: 용과 코끼리. 물에서는 용의 힘이 가장 크고, 뭍에서는 코끼리의 힘이
　　가장 커서, 불가에서 아라한 중에서 수행능력이 가장 뛰어난 자의 지칭이 됨.
　　뒤에는 고승을 가리키기도 하고, 나한의 불상을 지칭하기도 함.

풍선사를 기다리며
待豊禪師

먼지와 같은 무한한 국토에 붓 끝에 바람 일어
마음 다하자 바야흐로 혜근 나옹을 전하다
여유 있을 때 늙은 목은 찾기에 인색하지 말라
청정한 이름의 방장이야 원래 빈 것이 아닌가.

塵塵刹刹筆生風　　　心盡方傳勤懶翁[394]
莫惜餘閴尋老牧　　　淨名方丈本來空

땔 나무 옮기고 물 긷는 것이 저절로 천연인데
붓을 잡아 글을 쓰면서 어찌 권력을 희롱하랴
이는 우리 스님의 손때를 남길 일이 아니니
태평의 바람 달을 누가 있어 전할까.

搬柴運水自天然　　　染翰操觚豈弄權
不是吾師留手澤　　　大平風月有誰傳

조용히 앉아 우연히 구재에서 모여 촛불을 밝혀 시를 짓던
일을 기억하니, 그 고하의 등수를 먹이는 것도 생도들을
격려하는 것이라 역시 학문을 권장하는 한 방편이었다. 내
나이 16,7 세에 해마다 그 모임에 있어, 첫 해에는 연이어
네댓 차례 장원을 하고, 다음 해에는 20여 차례 했으나 다

---

394) 勤懶翁: 고려 후기의 승려 慧勤(1320-1376), 호가 懶翁 또는 江月軒.

전편의 가작은 없고 한 두 연이 다른 작품들보다 달랐던 것이다. 율과를 제외한 것에도 일등을 얻었지만 지금 생각하면 가소로운 일이다.

<擊瓮圖> 시에서는 "깊은 동이 물 속의 하늘을 쳐 갈라서/ 문득 아이들의 성명 온전함을 본다/ 늠름한 영웅 자질 구하려 한다면/ 구구한 미세한 물건이야 어찌 가엾이 여기랴/ 시종 신하의 복식으로 응양장군의 기대할 날에/ 대 말로 서로 따르고 송아지 내닫는 나이."라 하였으나 끝구는 기억이 나지 않는다. <솔 바람>의 한 연에 "호랑이 휘파람은 몰래 밝은 달을 따라 일고/ 용의 읊음은 흰 구름에 들어 전하다." 하였으니 이른 바 과외의 시이다. <벼루 막이 병풍> 시의 한 연에 "새벽 책상을 굽이 둘린 천 층의 산마루/ 거꾸로 쏟는 개인 창의 한 줌의 샘물"이라 했고, <작은 연못>이란 시련에는 "하늘 개이니 지나는 새의 그림자이고/ 비가 어둑어둑하니 끓는 개구리 소리이다." 하였고, <王昭君> 시련에는 "소매 가득한 향은 궁중 비단에 남아 있고/ 성 안이 기우는 여색은 붓 끝의 황금으로 변했다." 하였고, <강물 넘친다>는 절구에는 이장원 자을이 나를 대신해 쓴 시에 "강은 넘쳐 아득히 멀리 허공을 치니/ 우러러 북두성을 보고서 동서를 알겠네/ 남쪽 마을은 달려와 낚시터 잠긴다 알리니/ 급히 종놈 아이 불러 낚시 통 걸으라 한다." 하였으니, 이 시는 모두 한적한 멋이 있으니, 이공의 필세는 지금도 상상할 만하나 나머지는 다 잊었다.

또 호증연 선생에게서 절구를 배웠는데, 한거에 대해 쓴

시에 "울타리 끝은 아련이 잘린 산을 이웃하니/ 시내 꽃은 반쯤 지고 새 소리 한가롭다/ 고요한 분의 흥미는 하늘에서 주신 것이라/ 밝은 달 맑은 바람을 물리칠 수 없구나." 하였다. 갑신년에 박치암 이월성과 함께 동당의 시험을 관장하였는데, 시부에 古賦의 策文을 인용하는 것을 혁파하자고 주청하면서, 나도 생각하기를 시가 어찌 바람 꽃 눈 달 뿐이겠으며 문장이 어찌 여기에 멈춰야 하나 하여 이에 중지하고 하지 않기로 하였다. 비록 혹 읊는 일이 있다 하여도 아주 드물었다. 요행이 그 뒤로는 직무의 일에 분주하여 여기에 전념할 수가 없었고, 병중에는 스스로 애처러워 때로 시가로 풀기도 하고 혹 구해 오는 이가 있으면 굳이 사양하지도 않아 마침내 동년배들이 시를 즐긴다는 기롱을 받기도 하였지만, 내가 시를 즐겨서가 아니라 애오라지 내 회포를 풀 뿐이다. 어릴 적 작품 두어 연을 추록하여 자손에게 보이고 인하여 한 수를 쓰다

靜坐偶記九齋都會 剝燭賦詩 第其高下 激厲諸生 亦一勸學方便也 予年十六七 連歲在其中 初年得魁四五度 次年二十餘度 皆無全篇佳作 一二聯異於他作耳 其違律科外 亦得一等 今思之可笑也 擊瓮圖詩曰 擊分深瓮水中天 便見兒童性命全 凜凜英姿如欲救 區區微物豈堪憐 金貂395)可竦鷹揚396)日 竹馬相隨牘走年 末句不記 松風一聯 虎嘯暗從明月起 龍吟高入白雲傳 所謂科外詩也 硯屏詩一聯云 曲圍曉榻千層嶺 倒瀉晴牕一

---

395) 金貂: 황제의 좌우에서 모시는 신하의 冠飾. 시종하는 귀한 신하의 지칭.
396) 鷹揚: 위엄 있는 무관의 모습.

掬泉　小池詩聯　天晴過鳥影　雨暗沸蛙聲　王昭君詩一聯　滿袖
香餘宮裡錦　傾城色變筆端金　江漲絶句　李壯元資乙代予筆　江
漲茫茫遠拍空　仰看星斗覺西東　南村走報苔磯沒　急喚家僮卷
釣筒　此詩儘有閑適之趣　李公筆勢　今可想也　餘皆忘之矣　又
於胡仲淵先生處學絶句　賦閑居詩云　籬落依依傍斷山　溪花半
落鳥聲閑　幽人興味須天賦　明月清風不可刪　歲甲申朴耻菴李
月城同掌東堂試　乞罷詩賦用古賦策　予亦念詩風花雪月而已
文章豈止於此哉　於是止不爲　雖或吟哦　亦甚鮮也　僥倖以來
奔走職事　又不得專意於斯　病餘自悲　時發爲歌詩　或有求者
亦不固讓　遂致同輩譏笑以爲嗜詩　予非嗜詩者也　聊以舒吾懷
耳　追錄少作數聯　以示子孫　因題一首

나이 열 예닐곱에
내 이미 시 읊기를 좋아하였으니
대책문에 보조될 말을 익혔고
해를 이어 높은 과거에 올랐다
먼지 묻히면 악기 줄도 끊기려 하고
이끼로 부식하면 칼도 갈기가 어렵다
거듭 구재의 날을 기억하다가
서글피 짧은 시가를 짓는다.

行年十六七	我已好吟哦
對策習助語	連年登顯科
塵埋絃欲斷	苔蝕劍難磨
重憶九齋日	悄然成短歌

연일 싸락눈이 있다
連日有微雪

기양 땅의 싸락눈은 동파의 시에 기록되고
구월 달 송도에도 또 한 때로 남네
공중으로 향해 번득여 떨어져도 자취 없어
저것의 재치 싸움이 국화의 가지임 알겠다.

歧陽微雪記坡詩　　　九月松都又一時
飄向空中落無跡　　　知渠巧鬪菊花枝

소설 절기는 원래 시월 중에 있어
역술가의 인습은 고금이 같거늘
명나라 황제의 대통을 반포함이 적어
다행이 밝히 선포하여 해동에 주심인가.

小雪由來十月中　　　歷家沿襲古今同
帝明大統頒來少　　　幸有宣明授海東

하늘의 원기가 무너질 땐 눈도 재앙이니
흰 머리로 상대하려니 참으로 무료하구나
외로운 배로 곧바로 추운 강에 낚시하려니
거울 속에 밝고 밝히 귀밑머리로 올라 날리네.

元氣乖時雪亦祅　　　白頭相對政無聊
孤舟直欲寒江釣　　　鏡裏明明鬢上飄

산에 노닐다
遊山

신에 노닒이 참으로 본디 소원이라
붓을 잡아 부질없이 높이 읊다
눈 빛이 봉우리마다 솟고
바람 향기 솔 계수나무에 깊다
두려운 길은 위험스러이 떨어지려 하고
복된 땅은 아득히 찾기가 어렵구나
그래도 맑은 경지에 있어
종 소리를 듣는 듯하구나.

遊山眞素願	把筆謾高吟
雪色峰巒聳	風香松桂深
畏途危欲墜	福地杳難尋
髣髴在淸境	如聞鍾聲音

우년히 이속어를 가록하다
偶記俚語

낮 말은 새가 듣고 밤 말은 쥐가 듣는다 하니
담에도 귀가 있어 서로 부탁함 옛날도 그랬다
누가 알겠나, 한 생각 겨우 싹 트는 곳에
찬란한 광명이 이미 하늘을 비추고 있다고.

雀晝傳言鼠夜傳　　　耳垣相屬古猶然
誰知一念纔萌處　　　粲爛光明已照天

더한다고 안 적 없고 감한다고 곧 아나
원래 사람 일이란 나뉠까 두려워 해
손자들 단란한 모임 종신의 즐거움이니
하늘 땅의 중간이 과연 누구인가.

添不曾知減却知　　　由來人事畏分離
兒孫團聚終身樂　　　天地中間果是誰

전생에 가난했다면 후생은 부자 살이
사람들 이 말이 바로 헛됨이 아니다
집을 빌려 자주 이사한다고 꺼려 말라
다행히 국가의 선언 입어 숙직실로 오를지.

前若貧居後富居　　　人言此語定非虛
莫嫌借屋頻移徙　　　幸有承宣上直廬

어제 천태종의 나잔자를 뵈우니, 책상 위에 새 붓 헌
붓 5 6자루가 있기에 좋은 것 2자루를 가려 가져오고
시 한 수를 지어 올리다
昨謁天台爛殘子　几上有筆新舊五六枝　揀得善者二枝携以
來 吟成一首錄呈

중산의 토끼 털 붓을 精强이라 부르는데
몸에는 천태지자의 향기로 물들었구나
먼저 진출한 것은 꺾이고 무뎌 은퇴를 애걸하고
뒤에 오는 것은 날카로워 숨기기에는 괴롭다
칼날이 검은 오석에 갈려 무젖기 이슬과 같고
화선지에 남긴 자취는 청정하기 서리와 같구나
이미 두 생을 살며 예와 악을 일으켰으니
한나라의 의식제도도 싸늘히 빛이 없구나.

中山[397] 毛穎[398] 號精强	身染天台智者香
先進摧頹將乞退	後來尖利苦嫌藏
鋒磨烏玉滋如露	跡印華牋淨似霜
已致兩生興禮樂	漢家綿蕝[399] 冷無光

홀로 잔질하다
獨酌

홀로의 잔질이 모두가 초연하니
손님 온대도 무엇이 해로우랴

---

397) 中山: 中山毫. 中山의 토끼 털로 만든 붓은 항상 명필의 대명사처럼 쓰임.
398) 毛穎: 토끼의 별칭. 韓愈가 〈毛穎傳〉에서 토끼를 의인화하면서 얻은 이름.
399) 綿蕝: 국가의 제도와 법전. 끈을 이어 표하는 제도가 "綿"이고, 띠풀을 묶어
　　표하는 것을 "蕝"이라 하여, 조정의 의식이나 제도를 말하게 됨. 〈史記, 孫叔
　　通列傳〉에 "孫叔通이 漢高祖를 위하여 조정의 의식을 제정할 때에 학자와 그
　　제자 1백여 명을 데리고 야외에서 綿蕝했다" 하는 기록이 있어 유래한 말.

취한 노래 어지러이 혼미한데
흰 태양은 연기 안개에 잠기다
아득한 회포 서쪽 동산의 밤에
쫓고 따르는데 달리는 수레가 있다
위진시대도 언덕과 빈 터로 변했으니
늙고 쇠했어도 기개는 더한다.

獨酌儘超然	客來亦何害
酣歌亂昏冥	白日沈烟靄
緬懷西園夜	追隨有飛盖[400]
魏晉成丘墟	老衰增氣槩

국화를 대해 감회 있어
對菊有感

사람의 정이 어찌 사물의 정 없음만 하랴
대경을 부딪는 근년에는 점점 불평스럽기만
우연히 동쪽 울을 향해 부끄러움 낯에 가득해
진짜의 국화꽃이 가짜의 도연명을 대하는 듯.

人情那似物無情	觸境年來漸不平
偶向東籬羞滿面	眞黃花對僞淵明

---

400) 飛盖: 달리는 수레. 曹植의 〈公宴〉시에 "淸夜遊西園 飛盖相追隨(맑은 밤에 서
　　쪽 동산에 노니 내닫는 수레 서로 쫓고 따르다)"함이 있다.

난만히 피었을 때 난만하게 노니니
안개 붉고 이슬 녹색으로 온 성이 떠 있구나
산 재실엔 또 가을 바람이 늦었으니
다만 국화꽃 있어 흰 머리에 비추다.

爛熳開時爛熳游　　　烟紅露綠滿城浮
山齋又是秋風晚　　　只有黃花映白頭

인희전 북쪽의 흰 모래 언덕에
수레 멈춘 뭇 신하들 헌수하는 술잔
병 중에 괴로이 읊어 가을 또 늦었으니
꿈 속에라도 혹시 선왕을 모시려나.

仁熙殿北白沙岡　　　駐蹕群臣獻壽觴
病裏苦吟秋又晚　　　夢中時或侍先王

용산 백사장 아득한데 또 가을 바람
쇠잔한 풀 구름에 이어 낙조도 붉구나
국화를 꺾어 얻어 누가 헌수잔 올리나
바다 서쪽 천리에 바로 이 행궁인 것을.

龍沙漠漠又秋風　　　衰草連雲落照紅
折得黃花誰上壽　　　海西千里是行宮

강유의 노래
剛柔歌

부드러운 땅은 유순 굳센 하늘은 강건
하늘 땅이 운용에 들 때 斯道가 밝아져
굳세고 강함 온유 연약으로 살고 죽는 무리
강건할 수도 있고 유연할 수 있음 군자의 창성
눈물 흘리는 오의 여인 지금도 상상할 수 있고
수치 감싸고 참는다 해서 대체 무엇이 상하는가
두꺼비 감히 달을 먹는다 해서
잠시이지 정상은 아니다
공공의 진리는 밝기 해와 같아서
일만 세대까지 길이 드리워진다
유순은 때로 유순해야 하고
강건도 때로 강건해야 하니
단정한 행위인 潔矩 두 자로 강령을 삼아
빠른 우뢰 폭우 비 온화한 바람 따뜻한 햇빛
내 항상 잠잠히 상고해 길흉에 징빙하여
크고 중용의 진리를 썩지 않게 드리우리
다만 삼덕을 따라 오복에 들어
서민들에 널리 주어 여유 있게 하자.

柔坤柔剛乾剛　　　　乾坤入用斯道光
剛强柔弱生死徒　　　　能剛能柔君子昌
涕出女吳今可想　　　　包羞忍恥夫何傷

蝦蟆⁴⁰¹⁾敢蝕月	暫也非其常
公道皎如日	萬世垂久長
柔有時而柔	剛有時而剛
潔矩⁴⁰²⁾二字爲其綱	疾雷暴雨惠風溫煦
我常默考休咎徵	大中之道垂不朽
只從三德⁴⁰³⁾入五福	敷錫庶民有餘裕

기제사 날이라 읊지 않았더니 지금은 입에
가시가 돋다 곧 붓을 당겨 즉성하다
忌日不吟 今已棘口矣 援筆卽成

어머니는 하늘 같으나 덕을 갚기가 어려우니
해마다 기일날 아침이면 코 끝이 시끈하다
시 읊기도 잠시 멈추니 하늘 땅이 좁고
앉으나 누우나 불편하여 바람 날씨 싸늘타
습기에 나아가고 건기에 돌려 마음 엎치락 뒤치락
삶의 봉양 죽음의 송별에 예도 쇠잔했도다
어느 때나 다시 한산의 길을 밟을 것인가
병 중의 세월이란 탄환처럼 굴러가니.

---

401) 蝦蟆: 달에 두꺼비가 산다 하여 月蝕은 그 두꺼비가 달을 먹어서 그렇다고 여
     겼다.
402) 潔矩: 단정한 행위가 법도에 들어맞음.
403) 三德: 세 가지 품덕. 〈書經, 洪範〉에 "三德 一曰正直 二曰剛克 三曰柔克"이라
     하였다.

母也如天報德難　　年年忌旦鼻生酸
吟哦暫輟乾坤窄　　坐臥不便風日寒
就濕回乾心懇惻　　養生送死[404]禮凋殘
何時更踏韓山路　　病裏光陰似轉丸

개인 창
晴牕

개인 창은 먼지를 구별할 만하고
은밀한 방엔 봄이 숨으려 한다
서리 머리야 비록 버릴 물건이지만
국화꽃이야 사람에게 어떠한가
맑은 향기는 아직도 나는 듯 있고
뛰어난 빛깔은 앉아서 서로 친해져
그윽한 시내 갈 수가 없으니
눈물 주루룩 내 수건 적신다.

晴牕堪析塵　　密室欲藏春
霜鬢雖棄物　　菊花如何人
淸香聞尙在　　秀色坐相親
幽澗不得往　　潸然霑我巾

---

404) 養生喪死: 孟子가 "養生喪死無憾　王道之始(삶의 봉양과 죽은 이의 송별에 유
　　감이 없는 것이 왕도정치의 시작)"라 하였다.

이산은 지금 어떠한가
서리 이슬에 또 국화꽃일세
자주자주 나의 꿈에 들고
아련히 그대 노래를 듣다
방 안에 술 동이가 가득하고
문 밖에는 버들 가지 기울었다
옛 도리는 날로 이미 멀어지니
도도히 흘러 가는 파도와 같구나.

伊山今若何	霜露又黃花
數數入我夢	依依聽君歌
室中酒樽滿	門外柳枝斜
古道日已遠	滔滔如逝波

미친 중을 읊다
詠狂僧

종일토록 혼자서 산 그림자에 걷다가
때로는 외로이 시장 들렘에 앉아 있다
영홍의 깊은 골짜기에서 본 적이 있는데
어느 곳이나 지금처럼 바람같이 내닫나.

盡日獨行山影裏	有時危坐市聲中
永興深谷曾相見	何處如今走似風

牧隱詩藁 卷之二十

길 가다
途中

적막 쓸쓸하니 누구와 이야기해
적적하게 나 홀로 노닌다
하늘이 높아 푸른 뫼의 해이고
들 넓어 흰 구름의 가을일세
한 줄기 물 사람 등져 비꼈고
세 봉우리는 말 머리로 곧다
솔 빛이 뜬 작은 산마루에
吉昌樓를 상상해 보다.

寂寞誰相語	蕭條我獨游
天高靑嶂日	野闊白雲秋
一水橫人背	三峰直馬頭
松光浮小嶺	想見吉昌樓

가는 길에 천마의 여러 산을 바라보다
歸途望天磨諸山

왼 손의 뭇 산들이 빼어난 기상이 장해
높은 관으로 홀을 받들어 명당을 향하다
왕의 나라를 붙잡아 유가 술법을 마치니
중흥을 칭송하기 큰 당나라처럼 되었으면.

左手群山秀氣長   峨冠奉笏向明堂
扶持王國終儒術   欲頌中興如大唐

오래 앉아서
久坐

오래 앉아 주린 뼈 시끈함을 금할 수 없어
밟아 가니 산기 멈추나 평안하지는 않아
억지로 무딘 붓을 잡아 새 시를 쓰다가
홀연 높은 난간 만나 작은 소반을 닦다
담 아래의 국화는 누렇다 다시 연해지고
집 머리 소나무는 파랗다 인해 싸늘해
병든 몸이 감히 하늘 뜻 아니라 말하랴
세상 살이 가는 길 어려움 알려고 함이지.

久坐不禁飢骨酸　　踏來酸止未全安
强拈敗筆題新句　　忽值高軒拭小盤
墻下菊花黃更嫩　　屋頭松樹碧仍寒
病軀敢道非天意　　要識世間行路難

사실의 살핌
紀事

沔州의 가까운 바다는 이 왜놈의 장터
전답 들이 근년래로 또 다 거칠어졌다
나에게 하인 종놈 있지만 오래 쉬고 있고
지금 흰 머리 드리워 유랑 망명하다니
여론의 정 평안 애척 다시 어찌 묻겠나
문호 가구의 성쇠는 더욱 상심스러워
소인들이 땅 생각 품는다 부질없는 말
때로 곡식 훔치는 큰 쥐에 한탄이 길다.

沔州近海是倭場　　田野年來又盡荒
我有蒼頭久棲息　　今垂白髮欲流亡
輿情休戚更何問　　戶口盛衰尤可傷
謾說小人懷土耳　　時歌碩鼠[405]嘆嗟長

---

405) 碩鼠: 〈詩經, 魏風, 碩鼠〉에 "碩鼠碩鼠 無食我黍 三歲貫女 莫我肯顧(큰 쥐야
　　 큰 쥐야 나의 곡식을 먹지 말라 삼년을 널 길렀거늘 나를 돌아보지 않는가)"
　　 함이 있어, 貪官汚吏의 비유로 쓰인다.

해 돋이
日 出

안개 잠기니 바야흐로 울울 답답하더니
해가 돋으니 또 흔흔히 기쁘구나
산과 강을 처음엔 구분키 어렵더니
터럭 끝도 점점 구별할 수 있구나
서로의 생각은 구름 나무로 막혔으나
뜻은 햇볕과 미나리로 드리려 한다
세월이 나와 함께 해 주지 않으니
아득함이여 저 순임금의 문화일세.

霧沈方鬱鬱	日出又欣欣
嶽瀆初難辨	毫釐漸可分
相思隔雲樹	有意獻暄芹406)
歲月不吾與	渺然(缺)舜文

---

406) 暄芹: 남에게 물건을 주거나 의견을 제시할 때 겸손으로 쓰는 말. 〈列子, 楊
朱〉에 "옛날에 어느 농부가 솜옷도 못 입고 겨우 겨울을 지내고, 봄이 되어
농사일로 나갔다가 따뜻한 햇빛을 쪼이고는 세상에는 고대 광실과 갖옷 입고
사는 이가 있는 것을 모르고, 아내에게 '햇볕을 등지고도 사람들은 모르니 이
햇볕(暄)을 가져다 임금께 받치면 중상을 주겠지' 하였다. 옆에 부자 사람이
있다가 '옛날 어떤 사람이 모시콩과 도꼬마리 씨와 미나리(芹)와 마름풀을 향
리의 호반에게 자랑하여, 그 호반이 그것을 먹고는 입이 쓰고 장이 뒤틀려 대
중들의 비웃음을 샀단다' 하니 그 농부가 크게 부끄러워했다" 함이 있다.

홀로 읊다
獨吟

홀로 읊어야 참으로 뜻에 맞고
욕심 적어야 마음 보존할 수 있지
누런 잎에는 바람 서리 급하고
흰 구름엔 언덕 구렁이 깊구나.

獨吟眞適意　　　寡欲可存心
黃葉風霜急　　　白雲丘壑深

옳고 그름 누가 주고 빼앗으며
쇠해 늙음은 스스로 찾아드는 것
물러나려 간구함 어려운 일 아니나
하늘은 이 안타까운 마음을 알다.

是非誰定奪　　　衰老自侵尋
乞退非難事　　　天知耿耿心

절구
絶句

바람 부르짖고 비 방울져 밤은 아득하고
한 점의 푸른 등불만 흰 머리 상대하다

흡사 광암사 참선 책상 가와 같으니
솔 바람도 소슬하여 산 가득한 가을이라.

風號雨滴夜悠悠　　　一點靑燈對白頭
恰似光岩禪榻畔　　　松聲蕭瑟滿山秋

제노래
自詠

띠를 매고 조정에 나아갈 때 찬란한 광채로
길 가는 이 눈 마주하면 헤아려 주더니
그래도 흰 머리에 얼굴 심히 검어서
당년의 이정당과 같구나.

束帶趨朝爛有光　　　行人屬目共商量
雖然白髮顔黑甚　　　似是當年李政堂

오늘 조정에 준수 형량한 재질로 나아가
유실 수습 폐기 기용으로 반열에 넘치다
눈동자 반짝거리나 몸은 짤막하니
반드시 당년의 이정당과 같구나.

今日朝廷登俊良　　　拾遺起廢溢班行
眼睛閃爍身仍短　　　必是當年李政堂

창오의 땅에 머리 돌려도 점점 아득하고
사찰의 황금 벽색은 정결히 향내 풍기다
비석을 보되 삼가 홀홀히 지나지 말라
하나의 전 왕조의 이정당이었기에.

回首蒼梧407) 轉渺茫　　　招提408) 金碧淨生香
觀碑愼勿忽忽過　　　一箇前朝李政堂

밤에 와 곤히 누웠다가 새벽에 일어　두 수
夜歸困臥 曉起　二首

부질없이 다섯 수레의 책 일겠다 함 저버리니
요사이 막 뱃 속이 공허함을 깨닫겠구나
괴로운 마음 깜박 깜박 싸우는 개미로 듣고
지난 자취는 둥글 둥글 옥 다듬기로 배울까
뫼에 돋는 조각 구름으로 하늘은 넓고 호탕하고
반 창에 처음 돋는 해에 나뭇가지 번성해 보인다
조용한 읊음에 우연히 유연한 곳을 터득했으나
벼슬 되돌려 언제나 옛 집으로 돌아갈 것인가.

謾負讀殘書五車　　　邇來方覺腹空虛
苦心耿耿聞鬪蟻409)　　　陳跡團團學磨驢410)

---

407) 蒼梧: 일명 九疑. 湖南省 寧遠縣 동남에 있는 舜이 巡行하다 죽었다 하는 곳.
408) 招提: 원래 사방의 승려를 통칭하는 말로, 사방의 승려가 머물 수 있는 승방
　　을 말함.

出岫片雲天浩蕩　　　半牎初日樹扶踈
微吟偶得悠然處　　　還笏何時返故廬

해는 둥글 둥글 바다 하늘에 돋고
곡령의 높은 마루엔 안개가 억누른다
국경은 옆으로 3 천리로 뻗었고
나라 종사는 면면히 억만년을 잇다
홀로 늙어서도 특별한 대접 받음 기뻐하고
함께 호걸들이 호화로운 연맹 가득함 본다
원래 무한한 욕심도 마음 속의 바탕이니
다만 기를 잊음 의뢰하여 스스로 태연하자.

出日團團海上天　　　鵠峰高峙厭雲烟
封彊橫亘三千里　　　宗社綿延億萬年
獨喜老衰蒙異渥　　　共瞻豪傑滿華聯
由來隴蜀411)心中地　　　只賴亡機自坦然

---

409) 鬪蟻:〈世說新語, 紕漏〉에 "殷仲堪父病虛悸 聞牀下蟻動 謂是牛鬪(은중감보가
　　병으로 헛 것에 놀라 침상 밑의 개미 동작 소리를 듣고 이것은 소싸움이라 했
　　다)" 함이 있어, "鬪蟻"를 병으로 헛 것이 들리는 것을 말한다.
410) 磨驢: 未詳. 혹 '磨钂'의 誤植으로, 갈고 닦는다는 뜻인가〈詩經, 大雅, 抑〉의
　　"白珪之玷 尙可磨也"의 주석에 "玉之缺尙可磨钂也(옥의 결점은 오히려 연마할
　　수가 있다)" 하였다.
411) 隴蜀: 登隴望蜀. 隴이나 蜀은 다 地名, 隴땅을 얻어 놓고는 다시 蜀땅을 바라
　　본다 하여 사람의 욕심의 무한함을 이르는 말.

광암사 노래
光岩歌

광암사 하늘에 비쳐 천 길 남짓하고
이리저리 금벽 단청에 법종 목아가 운다
뭇 신하 정성 다하여 삼보를 받들어
위로 현릉께서 서방 정토 사시기 축원하다
중원의 한 조각 옥석을 사 가져와서
공을 새겨 길이 하늘 땅과 가즈런히 하자
누가 알랴, 이름과 실상이 공교히 딱 맞는 것을
지은 글이 문학이요 글씨는 簽書일세
다음 날에 墮淚碑가 될 것이야 물을 것 없고
동리 언덕 적적하여 사람들도 드물다
하늘 맑은 臺諫 신하가 땅을 점치던 날에
같은 혈에 묻으라는 밀어를 전하던 날이었다
당시 신 이색은 提點官으로 참여하였으니
열이요 또 다섯 해에 길이 허희 탄식되다
돌도 녹을 수 있고 산도 무너질 수 있으나
눈물 마르지 않음 尾閭의 샘물 같구나.

光岩照天千丈餘	參差金碧鳴鍾魚
群臣瀝血412)奉三寶	上祝玄陵生淨居
買來中原一片石	鐫功永示齊黃輿
誰知名實巧相稱	製文文學書簽書

---

412) 瀝血: 피를 흘려 정성을 다함. 瀝血叩心.

他年墮淚413) 且不問　　　洞壑寂寂人稀踈
司天臺臣卜地日　　　同穴密語宣傳初
當時臣稽忝提點414)　　十有五載長欷歔
石可爛兮山可崩　　　淚眼不枯如尾閭415)

제 노래
自詠

임무 무거우니 참으로 모기가 산을 진 듯하니
옛부터 우리의 길 전하려도 어려워
때로 가고 때로 멈춤 터럭 끝 사이 갈이니
어느 날에 가르침 깨우쳐 마음 너그러울까.

任重眞如蚊負山　　　古來吾道欲傳難
時行時止分毫際　　　何日得敎方寸寬

---

413) 墮淚: 墮淚碑. 晉의 羊祜가 荊州都督으로 襄陽에 주둔했다가 죽으니, 그 部屬
　　들이 峴山의 양호가 노닌 곳에 비석을 세우고, 해마다 제사하였다. 보는 이들
　　이 눈물을 흘리니, "墮淚"란 죽은 자의 덕이 높아 백성이 눈물 흘림을 이르는
　　말이 되었다.
414) 提點: 벼슬 이름, 提擧 點檢의 뜻. 고려 때 書雲觀 司醫署의 정 3품의 벼슬,
　　대개 他官이 겸했다.
415) 尾閭: 고대 전설 속의 바다 물이 새 나오는 곳. 〈莊子, 秋水〉에 "天下之水 莫
　　大於海 萬川歸之 不知何時已而不盈 尾閭泄之 不知何時已而不虛(천하의 물이
　　바다보다 큰 것이 없다. 온갖 냇물이 모이어 어느 때 멈출지 모르게 차지 않
　　고, 미려에서 새어나와 어느 때 멈출지 알지 못하게 비지 않는다)" 하였다.

수 없는 흰 구름이요 수 없는 산이니
어느 곳으로 가려 해도 다시 또 어렵다
다만 마디 마음이 사물을 용납 못하여
홀로 서서 어찌 하늘 땅 넓음 알겠나.

無數白雲無數山　　欲歸何處更云難
只緣方寸不容物　　獨立那知天地寬

도연명은 국화 꺾다가 남산을 바라보며
세상 살이 가는 길 어려움을 웃어넘겼다
방에 드니 다행히 곧 술이 있었고
저절로 무릎 용납에 역시 넓다 말했네.

淵明採菊望南山[416]　　笑殺世間行路難
入室幸哉仍有酒　　自來容膝[417]亦云寬

밤에 돌아오다
夜歸

한 떨기 구슬 꽃이 모자 처마 억누르니
아련히 춤추는 그림자엔 은색 달이 떴구나

---

416) 望南山: 陶潛의 〈飮酒〉시에 "採菊東籬下　悠然見南山"이라 함이 있는데, 이 시
　　가 도잠의 絶唱이라 일러 온다.
417) 容膝: 陶潛의 〈歸去來辭〉에 "携幼入室　有酒盈樽… 依南窓而寄傲　審容膝之易安"
　　이라 함이 있다.

돌아온 문간 안엔 맑기 물과 같으니
또 이 백성 걱정하는 범중엄이로구나.

一朶瓊花壓帽簷　　　婆娑弄影有銀蟾418)
歸來門戶淸如水　　　又是憂民范仲淹419)

어느 사실
卽事

상림 숲 깊은 곳에 오색 구름도 짙고
용수산의 광채가 시선 안에 가득하다
때로 매를 부르는 소리가 바로 급하니
훤출하게 만리에 큰 바람이 일어나다.

上林深處五雲濃　　　龍壽山光滿眼中
時聽呼鷹聲正急　　　颯然萬里起長風

국가 묘당에 일 없어 술 잔이 깊으니
흠뻑 젖고 돌아와 홀로 읊고 있다
홀연히 중산 중의 붓의 말을 들으나
늙어 쇠해 긋는 획이 마음 같지 않다.

---

418) 銀蟾: 달에는 은 두꺼비가 있다 함.
419) 范仲淹: 宋의 吳縣 사람. 내직으로 엄정한 치적이 있고, 외직으로 변경을 잘
　　 지켜, 胸中에 百萬의 甲兵이 있다 하였다. 어려서부터 천하로 자신의 임무라
　　 하여 '천하의 걱정을 앞세워 먼저 걱정하고, 천하의 즐거움은 자신이 뒤로 한
　　 다(先天下之憂而憂 後天下之樂而樂)' 하였다.

廟堂無事酒杯深　　休沐歸來獨自吟
忽聽山中毛穎[420]語　老衰區畫不如心

세상 일 사람 정을 모두 알 수 있기에
우연히 써 낸 두 편의 시
강산에 해 지고 한 해가 저물었다 하니
하늘 땅은 원래가 사사로움 조금도 없다.

世事人情揔可知　　偶然題出二篇詩
江山日落歲云暮　　天地自來無少私

송악산
松山

험하고 단단한 산하가 곡령의 봉우리를 에워 싸
어깨수레로 곧바로 팔선궁에 오르다
남쪽 강 심히 밝고 서쪽 강은 어두워
지척 사이의 그늘 개임이 절로 같지 않다.

百二[421]山河擁鵠峰　肩輿直上八仙宮
南江明甚西江暗　咫尺陰晴自不同

---

420) 毛穎: 앞의 주 397) 참조.
421) 百二: 2로써 백을 상대한다. 또는 백의 두 배로, 山河의 險固함을 이르는 말
　　이 되었다.

냇가의 첨성단이 머릴 하늘에 접하고
백사장 머리 사원에는 싸늘히 연기도 없다
당시에는 백배로 절해도 몸에 땀 없었는데
오늘의 오름은 역시 가련스럽구나.

川上星壇迥接天　　　沙根蓮宇冷無烟
當時百拜身無汗　　　今日扶輿422)亦可憐

회암사
檜岩423)

목멱산의 동쪽에 빼어난 기상 중에
회암사의 푸른 기운 청공에 의지하다
조정에서 이와같이 인정을 행한다면
예와 악이 끝내는 옛 풍교로 돌아가리
해와 달이 밝고 밝아 불전에 임하고
하늘 땅 크고 커 왕궁을 에워싸다
흰 머리의 문장이 해마다 기울어져
甘泉賦를 지으려 해도 붓의 힘이 다하다.

木覓東方秀氣中　　　檜岩蒼翠倚晴空
朝廷若是行仁政　　　禮樂終然復古風

---

422) 扶輿: 회오리쳐 오르는 모습.
423) 檜岩: 檜巖寺. 경기도 양주군 회천면 회암리 天寶山에 있다.

日月明明臨佛殿　　　　乾坤蕩蕩繞王宮
白頭文學年來矍　　　　欲賦甘泉[424]筆力窮

흥을 풀면서
遣興

하늘 땅도 다함이 없는 마디의 마음이나
몸은 바다 속의 좁쌀로 뜨고 잠김 맡겨두다
누가 알랴 태극은 원래 둘이 아니니
시문의 글로 부쳐서 세세히 읊고 있음을.

天地無窮方寸心　　　　身如海粟任浮沈
誰知大極元無二　　　　寄向詩篇細細吟

새벽 노래
曉吟

늙은 경지는 한적함이 마땅하고
맑을 시절에는 멀리도 활용하지
시골 사람은 서신 글자로 통하고

---

424) 甘泉: 賦의 이름 〈甘泉賦〉. 漢의 揚雄이 지음. 무제가 정월달에 甘泉宮에서
　　　돌아와, 양웅이 甘泉賦를 지어 풍자하니, 천자가 특이하게 여겼다. 그 뒤로
　　　"甘泉"을 임금에게 진언하여 칭찬 받는 문장으로 대유되었다.

서울의 말들은 네 거리 활보한다
안개 짙어 뭇 봉우리 숨기고
하늘 낮아 한 기러기 울부짖다
시를 읊어 그윽한 맛 풍족하니
담박함이 기름진 것보다 낫다.

老境宜閑適　　　　淸時用闊迂
鄕人通信字　　　　朝馬踏亨衢425)
霧重群峰隱　　　　天低一鴈呼
吟詩足幽味　　　　淡泊勝膏腴

팥죽

豆粥

동짓날 시골 풍속은 팥죽이 짙어
가득 가득 비춰 사발 그 빛깔 허공에 뜨다
진한 꿀에 섞어서 목으로 흘려 넣으니
음산한 사기 다 씻어 뱃 속을 윤택케 하다.

冬至鄕風豆粥濃　　　　盈盈翠鉢色浮空
調來崖蜜流喉吻　　　　洗盡陰邪潤腹中

---

425) 亨衢: 사통 팔달의 큰 길.

하늘이 여염집 문 정결하게 새벽 빛 짙으니
작은 아씨 빗질 세수에 진홍 단장 담박하다
집집마다 서로 나눠 보냄이 풍속이 되었으니
흰 머리 늙은 이도 즐거움 그 중에 있구나.

天淨閭閻曉色濃　　小娥梳洗淡粧紅
家家相送成風俗　　白髮衰翁樂在中

문 닫고 깊이 숨으니 도의 진미 짙어
싹 틔우려는 온갖 자주색 진홍색일세
다만 평상시에 함양하여 터득할 수 있다면
천지의 이치는 원래 정적한 중에서 나온다.

閉戶深藏道味濃　　胚胎百紫426)與千紅
只從平日能涵泳　　天地元來出靜中

허리 시어 쭈그려 앉다
腰酸縮坐

하늘이 흐리면 병든 뼈는 극심히 시고 괴로워
문지르라고 어린 종년에게만 꾸짖어댄다
가까운 들을 향해 몸소 직접 말도 못 몰고
애오라지 시골 동리 따라 이마에 두건도 없다

---

426) 胚胎百紫: 온갖 색깔을 싹 틔우려 준비한다. 동지가 되면 땅 기운은 양기로
　　돌아 봄이 올 준비를 한다. "一陽始生"이라 한다.

묵은 고목에 자는 구름에 바람 소리도 끊기고
빈 마을의 싸락눈에 밤 빛도 새롭구나
홀로 앉아 홀로 읊음에 정은 다하지 않고
조정 묘당 높은 곳엔 진정 백성의 걱정이겠지.

天陰病骨劇酸辛	摩挫長敎小婢嚬
未向近郊躬接駕	聊從陋巷頂無巾
陳雲古樹風聲絶	小雪空村夜色新
獨坐獨吟情不盡	廟堂高處政憂民

대회 날 밤에 돌아와
大會日夜歸

맑은 새벽 대랑청에서 약을 받들고
한 모금에 참으로 성령을 기름 느끼겠다
중서성에서 술 권하는 것 두려워서 아니라
전각 문에서 대관의 뜰로 들라 재촉한다.

淸晨奉藥對郎廳	一啜眞堪養性靈
不怕中書能勸酒	閤門催入大觀庭

정당문학은 성마청에서
섞여 앉은 평장사들 은총 영험 입었네
다시 팔관회를 향하여 친히 헌수잔 올리니
흰 머리의 풍채가 격구정에 가득하구나.

政堂文學省磨廳　　　雜坐平章荷寵靈
更向八關親獻壽　　　白頭風彩滿毬庭

귤을 품고 꽃을 꽂은 사반청에서
덕택을 알게 됨으로써 생령을 잔질하다
일천 관원 복을 마시고 집으로 돌아가니
다만 은 두꺼비 달만이 넓은 뜰을 비춘다.

懷橘簪花賜飯廳　　　從知德澤酌生靈
千官飲福還家去　　　只有銀蟾照廣庭

새벽 노래
曉吟

팔관과 연등 두 모임은 위의가 성대하여
한 점의 문성이 자미성에 가깝구나
곤한 잠을 홀연히 놀라니 닭은 또 울려
몸과 세상이 꿈인지 아닌지 알 수 없구나.

八關兩會[427] 盛威儀　　　一點文星近紫微
困臥忽驚雞又唱　　　不知身世夢耶非

---

427) 八關兩會: 八關과 燃燈의 두 모임을 말한 것인가. 〈高麗史, 太祖世家〉에 "朕
　　所願在於燃燈八關　燃燈所以事佛　八關所以事天靈及五嶽　名山　大川　龍神也"라
　　하였다.

솔잎
松葉

솔 잎이 바람 따라 온 산에 떨어지니
목동은 긁어 모아 석양 향해 돌아온다
목은 늙은이 문득 두꺼운 담요로 쓰니
따뜻한 기운이 곧 이부자리에서 돋는다.

松葉隨風落滿山　　　樵童拾向夕陽還
牧翁却作重氈用　　　煖氣俄生衽席間

눈
雪

눈이 뜰에 날려 두어 점 내리니
이미 겨울 온기 사라지고 온갖 사악도 꺾이다
양기 섞인 밀실의 움집과 깊은 샘 밑에는
초목이 어느 땐가 껍질 트고 나오겠지.

飛雪庭中數點來　　　已消冬煖百邪摧
陽和密窖重泉底　　　草木何時甲折開

강 마을 어느 곳엔 도롱이도 펼칠 만해서
한 곡조 누런 꾀꼬리가 짧은 노래로 들텐데

누가 당시의 安道인 대규를 찾아갈 것인가
왕휘지는 한 해 끝에 늙어서도 파도를 탔지.

江天何處可披簑　　　一曲黃驪入短歌
誰訪當時戴安道[428]　　子猷[429] 終歲老奔波

임무가 내리지 않음
無分發[430]

다행이구나, 오늘은 한가한 거처를 얻었고
또 다시 향을 사뤄 옛 책을 읽다니
유쾌한 뜻은 다시 주석 밖의 것을 참조하고
씻긴 마음은 원래 기운의 기미 나머지에 있다
산 빛은 문을 밀고 들어 싸락눈을 머금고
햇빛이 창에 닿자 더욱더 크게 허전해
나뉜 임무 오지 않아 깊이 앉아 있기 좋으니
뜬 삶에 우연히 내 집 사랑하게 되었구나.

幸哉今日得閑居　　　且復焚香讀古書
快意更參箋註外　　　洗心元在氣機餘

---

428) 戴安道: 晉나라 戴逵의 자. 거문고를 잘타고 서화에도 뛰어났음. 王獻之(子
　　猷)가 시를 짓다 흥이 나 달밤에 배를 타고 찾아갔다가 흥이 다하니 보지도
　　않고 되돌아 온 일이 있다.
429) 子猷: 王獻之의 字.
430) 分發: 分配해 줌. 임무를 나누어 줌.

山光排闥含微雪　　　日色當窓轉大虛
分發不來深坐好　　　浮生偶得愛吾廬

술에 피곤해 아침 내내 문을 나서기도 게을러
오뚝이 혼자 앉아 다시 말마저 잊었다
도시락 밥 표주박 물이 항시 한가한 즐거움인데
관현악은 오히려 꿈 속을 놀래어 떠들썩하다
부질없이 쇠잔 나이에 성인 경계 찾으나
어찌 큰 진리가 하늘 근원에서 나왔음 알랴
용산의 뫼가 문에 다가와 심히 분명하나
마음이 식은 재 같아서 다시는 덥지 않네.

酒困終朝懶出門　　　兀然危坐更忘言
簞瓢每擬閑中樂　　　絃管猶驚夢裏喧
謾向殘年尋聖域　　　何知大道出天原
龍巒當戶分明甚　　　心似寒灰不復溫

엊저녁은 경신일인데 푹 자서 아침 되다
昨夜庚申431) 熟睡達旦

동리에서 서로 초청하여 함께 연회석 베풀어
경신일의 비밀 법을 누구에게 물어 전하나

---

431) 庚申: 庚申會. 신에게 재사하기 위하여 낮부터 밤 새는 행사의 하나. 낮 申時
　　에 시작하여 밤 寅時에 마친다. 이 날 사람의 몸 안에 있는 三尸蟲이 睡眠 중
　　에 천상의 司命道人에게 가서 인간의 죄과를 호소한다는 속신에서 옴.

병중에 있으니 화나 복을 모두 잊고서
뜸질 뒤의 시근한 허리로 아침되도록 잤다.

里巷相邀共設筵　　　庚申秘法問誰傳
病中禍福都忘了　　　熨罷酸腰達旦眠

섣달 초닷새 축목왕의 기제사 날이다. 구산사에 재를
설치하고 재상들이 진전의 뜰 아래 나아가 엄숙히 절하
고 물러났다. 신 이색은 느끼는 바 있어
臘月初五日　忠穆王忌辰也　設齋龜山寺　宰樞入眞殿庭下
肅拜而退　臣穡因有所感

당일에 용을 따른 아련한 구름으로
두 번의 평장사는 우리의 선군이셨네
예악을 중흥함이 이에 풍성하시니
적막한 구산사도 거의 석양이 되네.

當日從龍靄靄雲432)　　　二平章433)是我先君
中興禮樂斯爲盛　　　寂寞龜山幾夕曛

---

432) 雲從龍: 〈周易, 乾卦〉에 "雲從龍 風從虎 聖人作而萬物覩(구름엔 용이 따르고
　　바람엔 범이 따르니 聖人이 나시면 만물이 나타난다)" 하였으니, 용은 물의
　　育畜이고 구름은 물의 기운이니, 그러므로 용이 포효하면 아름다운 구름이 인
　　다. 하여 '雲龍'을 君臣의 좋은 만남을 말한다.
433) 平章: 平章事. 고려시대 中書省 門下省의 정2품 벼슬.

시내 물 소리 없고 눈은 솔을 압도하여
자하동의 참 경지는 그 형세 거듭 거듭
구산사의 종과 경쇠로 돌이 된 해에
문득 구름 안개에 참담한 모습 있음 아네.

溪水無聲雪厭松　　　紫霞眞境勢重重
龜山鍾磬周年席　　　便覺雲煙有慘容

당년에 영당에 들었던 일 기억하니
가까이 나가 술 올리고 향도 사뤘다
오늘 아침 다만 뜰을 향해 절만하니
예의 변할 이유 없으니 옛 것 지켰으면.

記得當年入影堂　　　近前斟酒又燒香
今朝只向庭中拜　　　禮變無由守故常

牧隱詩藁 卷之二十一

제 하소연
自訟

학술은 비고 성글며 기개도 맑지 못해
언어는 조리 없어 뜻도 밝히기 어려워
흰 머리 땀난 얼굴로 책상 옆에 있어
한 구절인들 어찌 정밀히 말할 수 있나.

學術空疎氣未淸　　　　言語紛紊意難明
白頭汗面書筵側　　　　一句何曾說得精

시중은 나오지 않고 만나기로 한 장소에 내닫지도 않았
다. 밀직 이인민과 상의 이자송을 뵙기로 했으나 다 만
나지 못했고, 왕개성을 보러 들어갔는데, 손님이 있어
들어가지 않고 동정으로 들어 마시고, 돌아오는 길에
광평시중을 뵙고 또 마셔 약간 취하여 돌아오다
侍中不出　不赴合坐所　謁李密直仁敏　李商議子松　皆不遇
入見王開城　有客不入　入東亭飮　回謁廣平侍中又飮　微醉
而歸

시중은 나오지 않으니 조정에 내달았고
특별히 세 집을 찾아 예물이나 두고 오다
다만 동정의 술을 이해하는 곳 있어서
창에 가득한 햇빛에 함께 잔을 기울이다.

侍中不出弛朝趨　　　　特訪三家置束蒭⁴³⁴⁾
只有東亭解酲處　　　　滿窓日色共傾甌

흰 머리에 약간 취하여 상경을 뵈우니
어린 시절의 광기 태도 하나의 서생
돌아오며 스스로 일 없는 자신이 기뻐
산야에서 외로운 자취로 태평을 만나다.

白髮微酣謁上卿　　　　少年狂態一書生
歸來自喜身無事　　　　山野孤蹤値太平

모과를 가늘게 썰고 귤을 섞어 더하여
석청의 꿀은 아교 같아 맛이 이미 좋구나
거기에 흰 떡을 가져다 마음대로 씹으니
갈증에 마시는 것보다 나아 중화라 한다.

木瓜細切橘交加　　　　崖密如膠味已多
更把瓊餻隨意嚼　　　　絶勝湯飮號中和

---

434) 束蒭: 束蒭, 贈呈하는 물건. 〈詩經, 小雅, 白駒〉에 "皎皎白駒 在彼空谷 生蒭
　　一束 其人如玉(아름다운 흰 망아지여 저 빈 골에 있구나, 싱싱한 풀 한 묶음
　　을 주니 그 사람 미옥과 같구나)"하였다. 주석에 "백구를 타고 공곡에 들어온
　　현자에 감탄하여 싱싱한 풀 한 묶음으로 말에게 주어 그 사람의 덕이 옥같음
　　을 이른 것이라"하였다.

모여 앉아 임금님 내린 술을 절하고 마시다
合坐拜飮宣賜酒

중관이 술을 가져와 절하고 잔 기울여

내려 주심이 자주자주 중신들에게 미치다

호걸들이 당에 가득하니 마음은 대추만 하고

늙어 쇠하여 자리를 보시니 귀밑털이 실 같다

십년의 등불에 오늘날이 있었고

천년의 풍운에 이 때를 당했구나

말을 타고 돌아오는 穿峴 고개 위에

삼산은 아득한데 다시 눈썹을 날리다.

中官進酒拜傾巵　　　宣賜頻頻及鼎司[435]

豪傑滿堂心似棗　　　老衰陪座鬢如絲

十年燈火有今日　　　千載風雲當此時

上馬歸來穿峴上　　　三山迢遞更軒眉[436]

벼슬을 구하는 자가 있어 희롱삼아
有求官者戲題

언덕에 달린 길에서 떨어지려 하고

썩은 나무 가지를 잡는 듯하구나

---

435) 鼎司: 重臣의 직위를 가리킴.
436) 軒眉: 눈썹을 드날리다. 得意를 이르는 말. 揚眉와 같음.

가련하다 알려줄 말이 없으며
서로 의탁하여 무엇하려느냐
林逋 선생은 매화가 이르고
도연명에게 국화가 늦었구나
마음을 평안히 함이 양약이니
세상을 오만히 하면 역시 지루하다.

欲墜懸崖路	猶攀朽木枝
可憐無所告	相托欲何爲
和靖437)梅花早	淵明菊藥遲
安心是良藥	傲世且支離

둘째 아들이 주식을 베풀다
二子設酒食

어미 아비 다 있고 형제들이 화목하니
한 집안의 지위와 양육에 즐거움이 많구나
원컨대, 사해 천하가 다 이와 같다면
옳음도 그름도 없이 두 귀밑털이 허옇다.

父母具存兄弟和	一家位育438)樂云多
願言四海皆如此	無是無非兩鬢皤

---

437) 和靖: 송의 林逋의 諡號 和靖先生. 西湖의 孤山에 집을 짓고, 가정을 이루지
　　 않고 매화를 심고 학을 기르며 살아, 사람들이 梅妻鶴子라 하였다.
438) 位育: 〈中庸〉에 "致中和 天地位焉 萬物育焉(中과 和를 이루면 천지가 자리잡
　　 고 만물이 길러진다)"함이 있다.

임무가 내리지 않음
無分發

연일 아침 술로 피곤해 문에 나서기 게으르니
늙은 나이에 어찌 취해 혼미하지 않으랴
밝은 창에 오뚝히 앉으니 기러기 날아가고
건장한 붓 자주 휘두르니 목마른 말 달리듯
흰 머리 붉은 마음으로 나라 사직 걱정하고
푸른 하늘의 흰 햇살은 하늘 땅을 비추다
어떻게 하면 陣情表 올려 해골을 구걸할까
돌아가 여흥의 강 가 마을에 누웠으면.

酒困連朝懶出門　　老年胡不醉昏昏
明窓兀坐冥鴻去　　健筆頻揮渴驥奔
素髮赤心憂社稷　　靑天白日照乾坤
何當上表乞骸骨　　歸臥驪興江上村

곡성부에 매화가 반드시 피었을 것이나
가 보지 못하여 자책하다
曲城府梅花必開矣 未能進謁 自責

섣달이면 해마다 매화 꽃술이 열리니
더구나 올 봄은 보름 전에 돌아왔다

가슴 속 찌꺼기를 씻을 길 없으니
모름지기 꽃 앞에서 술잔을 기울이자.

臘月年年梅蘂開   況今春色望前回
胸中泥滓無從洗   須向花前倒酒盃

하늘은 매화 꽃을 눈 속에서 피게 해
먼저 양기 화창함 우물 밑에 보내오다
봄 바람 같은 德政을 펴는 곡성부에
은은한 향기 성근 그림자 황금술잔에 가득.

天敎梅蘂雪中開   先遣陽和井底回
有脚春風⁴³⁹⁾曲城府   暗香疎影⁴⁴⁰⁾滿金盃

강 남쪽 곳곳엔 가지 가득히 피었을 것이니
작은 역사 외로운 성에 달을 밟고 돌아오다
가장 한스러운 것은, 송경이 변새에 가까워
눈이 깊어 다만 말자죽 술잔 같음 봄일세.

江南處處滿枝開   小驛孤城踏月回
最恨松京近沙塞   雪深唯見馬蹄盃

---

439) 有脚春風: 有脚陽春. 관리가 德政을 시행함을 칭송하는 말. 宋璟이 백성을 사
   랑하고 사물을 아껴 조야가 칭찬하니 당시 사람들이 璟을 "有脚陽春"이라 하였
   다. 이르는 곳마다 마치 양춘이 사물을 훈훈히 함과 같다 함이다. 〈開元天寶
   遺事〉
440) 暗香疎影: 宋의 林逋의 〈山園小梅〉시에 "疎影橫斜水淸淺 暗香浮動月黃昏(성근
   그림자 옆으로 비끼고 물은 맑으니 은은한 향기 떠 움직여 달은 황혼일세)"
   함이 있어 그 뒤로 "暗香疎影"이 梅花의 代稱처럼 되었다.

밤샘 한편, 봄 가까움이 기뻐서
終夜一篇 喜春近也

밤 새도록 뼈가 시끈함 어찌 차마 말하랴
점점 두통의 아픔에다 두 눈도 어두워져
늙은 아내 주무르다 팔이 빠지려 하고
작은 여종년은 밟기에 마음 심히 번거롭다
복을 주는 演福종이 울리니 통쾌히 적이 없고
길이 밝은 장명등 어두워 부질없이 혼을 끊다
근년 내의 공부란 다만 한 마음이니
혹 순순한 기운 얻는다면 하늘 근원 참여하지
흐르는 세월 출렁 출렁 가서 쉬지 않으니
또 몇 시간 뒤엔 추위 더위로 갈린다
꽃을 찾고 버들을 따른다 함 역시 가까웠으나
작은 수레 높은 집이 어찌 그리 높은가
팔 다리 사지 적절해 나 잊어 즐기니
취미를 이룸이 어찌 유독 도연명의 동산이랴
도연명을 누가 메마름을 한했다 하나
높은 이름이 만고에 하늘 땅에 흐르는데.

終夜骨酸何忍言	漸漸頭痛雙眼昏
老妻摩挫腕欲脫	小婢蹴踏心甚煩
演福鍾鳴快無敵	長明燈暗空斷魂
年來功夫只一味	倘得氣順參天原
流光袞袞去不息	又是數刻分寒暄

傍花隨柳[441]亦云近　　小車高閣何其尊
四支調適樂忘我　　成趣豈獨淵明園
淵明誰道恨枯槁　　高名萬古流乾坤

삼월 삼짇날
三月三日

비바람 성에 가득해도 봄은 또 깊었으니
싹 틔우는 진홍 초록이 이미 빽빽하구나
가며 얽힌 솜털을 보니 사람 눈 혼미케 하고
감히 식은 재를 가지고 내 마음에 견주랴
종묘 궁전 맑은 향기는 절간으로 이었고
황제 술잔 남은 술로 유림에게 뿌리다
올해 친구와 마시는 술은 신의 주심이니
은근히 취해 유연히 한 번 시를 읊다.

風雨滿城春又深　　胚胎紅綠已森森
行看纈錦迷人眼　　敢把寒灰比我心
祖殿淸香連梵宇　　帝觴餘瀝洒儒林
今年朋酒蒙神賜　　微醉悠然試一吟

---

441)　傍花隨柳: 宋의 程顥의 〈春日偶成〉시에 "雲淡風輕近午天 訪花隨柳過前川 傍人
　　　不識余心樂 將謂偸閑學少年"이라 함이 있다.

절구
絶句

봄비는 주룩 주룩 작은 뜰에 가득하니
오리 새끼 누런 버들 또 푸른 빛 띠다
사람에게 홀연 난정의 흥취를 일으키니
취한 먹의 빛살이 해와 별까지 쏘다.

春雨濛濛滿小庭　　　鵝黃柳又帶微靑
令人忽起蘭亭442)興　　醉墨光芒射日星

비 속에 원재 정공권이 생각나서
雨中有懷鄭圓齋公權

나는 기미를 잊은 자 같고
공은 참으로 세상을 피한 노옹
늙어서 의당 자주 뵈야 하나
오래 되었네 서로 만나지 못함
대문 앞 버들 바람에 녹색 날리고
뜰 꽃은 비 속에 진홍빛 터치다
봄 풍광이 바야흐로 풍성하려 하니
우리의 길이 어찌 끝내 다하랴.

---

442)　蘭亭: 王羲之의 〈蘭亭記〉에 "歲在癸丑暮春之初　會于會稽山陰之蘭亭　修禊事也
　　　… 引以爲流觴曲水　列坐其次"라 함이 있다.

我似忘機者　　　公眞避世翁
老來宜數見　　　久矣不相逢
門柳風搖綠　　　庭花雨綻紅
春光方欲盛　　　吾道豈終窮

광기 노래
狂吟

내 원래 조용한 자로서 어지러이 들렘 없지만
움직여 멈추지 않음은 바람 맞은 구름이고
내 원래 통한 자로서 피차의 구별이 없지만
막혀서 흐르지 않음은 우물 속의 물이라
물이여 사물에 따라 곱고 미움에 홀리지 않고
구름이여 마음이 없어 만나고 떠남에 구애않다
자연히 위로 하늘 마음에 들어맞아
내 또한 무엇을 위해 조용히 세월을 보내는가
돈이 있으면 술을 사되 다시 의심치 않고
술 있으면 꽃을 찾되 어찌 더디할 수 있으랴
꽃 구경 술 마시기에 흰 머리털 흩날려
잘 동산을 향하여 바람 달을 희롱하다.

我本靜者無紛紜　　　動而不止風中雲
我本通者無彼此　　　塞而不流井中水
水兮應物不迷於姸媸　　　雲兮無心不局於合離

自然上契天之心　　　我又何爲兮從容送光陰
有錢沽酒不復疑　　　有酒尋花何可遲
看花飮酒散白髮　　　好向東山弄風月

엎드려 남쪽 교외로 친히 사냥나간
임금님을 생각하며, 신 이색은 한 수를 짓다
伏想南郊親辛大獵　臣穡吟成一首

남쪽 들에서 크게 사냥한다 해서 예에 어긋나랴
비의 신은 길을 맑혀 아침 안개를 흩날리다
바람 이는 채찍 고삐 더디다가 빠르고
해를 가린 깃발은 정열했다 다시 기울어
짐승을 쫓고 새를 날려 혹 도망할 수 없고
붕새 베이고 봉황 꺾여 한갓 자랑이 아니다
백두의 시쓰는 나그네 공연히 높이 바라보나
雲夢澤의 수풀은 아득하고 눈엔 또 꽃피다.

大獵南郊禮肯訛　　　雨師淸道散朝霞
生風策轡徐還疾　　　蔽日旌旄整復斜
聯獸麾禽無或逸　　　斬鵬摧鳳匪徒誇
白頭詞客空瞻跂　　　夢澤443) 茫茫眼又花

---

443) 夢澤: 雲夢澤. 唐 李白의 〈大獵賦〉에 "楚國不過千里　夢澤居其太半(초나라가
　　　천리에 불과한데 몽택이 그 절반을 차지하다)"함이 있다.

배꽃달
梨花月

오늘 저녁 무슨 저녁 구름 기운도 희미하여
두건 벗은 알 이마에 홑옷을 입었구나
우리 집은 비었음이여 원래가 벽이 없고
우리 문은 넓음이여 인해서 사립문도 없다
우리 뜰은 수평 직선이라 손바닥 같아
내 가던 내 섰던 마음은 날듯하구나
배꽃 풍성히 피고 달 또한 비치니
옥빛처럼 환하고 찬란하여 서로 피어내다
눈인듯하나 눈 아니니 내 눈이 현란하고
파도인 듯 파도 아니니 내 살이 차갑다
파란 이끼 땅에 가득한데 조밀한 그림자 펴고
푸른 하늘 끝이 없는데 맑은 빛을 드날리다
나는 한창려가 아닌데
옥황상제 집에서 구름 타고 돌아오고
나는 吳質씨가 아닌데
자지 않고 계수나무 의지하니 사람들 조롱하네
송구스러이 시선 걷고 정신을 수습하여
시구를 안배하기 마치 구슬 꿰듯 하였다
뜬 인생이 어찌 네 가지 좋은 일 갖출 수 있나
감상하는 마음 즐거운 일은 어기는 일이 많다
가장 가련함은 병든 골격의 살풍경스러움이니
비스듬히 베개를 베고 이중의 장막을 드리우다.

今夕何夕雲氣微　　脫巾露頂披單衣
我堂虛兮本無壁　　我門豁兮仍無扉
我庭平直如掌中　　我行我立心如飛
梨花盛開月又照　　瓓瓏璀璨相發揮
似雪非雪眩我眼　　似波非波寒我肌
蒼苔滿地布密影　　碧天無際揚淸輝
我不是昌黎子　　玉皇家裏乘雲歸
我不是吳質氏　　不眠倚桂人應譏
悚然收視歛精神　　安排句法如珠璣
浮生安得具四美[444]　　賞心樂事多相違
最憐病骨殺風景　　頹然就枕垂重幃

이화 아래에서 제 노래
梨花下自詠

한 그루 배 꽃 아래는
바람 잔잔하니 경치 절로 번성해
공중에 날아 눈처럼 떨어지고
땅에 밀리면 파도처럼 내닫는다
어느 곳에서 술을 대해 마실까
우리 집에는 공연히 문을 닫아
몸 한가하니 그윽한 맛 족하여
종일토록 앉아 말을 잊었구나.

---

444) 四美: 네 가지 좋은 일. 良辰, 美景, 賞心, 樂事.

一樹梨花下　　　風微景自繁
飄空如雪落　　　行地似波奔
何處對飲酒　　　吾家空掩門
身閑足幽味　　　竟日坐忘言

어느 사실
卽事

흰 머리에 분주하니 사람들의 비난 사고
더군다나 이 붉은 먼지에 옷을 무젖으니
감히 하늘 땅 버리고 내 욕심을 따르랴
혹 바람 달이 없다면 누구와 돌아가리
한가한 중에 예와 이제를 함께 익혀가고
꿈 속이라도 공명은 시비거리로 족하다
가고 머무름을 스스로 결단할 수 있어 기쁘니
뱁새도 이르는 곳마다 의지할 가지 있다.

白頭奔走被人譏　　　況此紅塵又染衣
敢謝乾坤從我欲　　　儻無風月與誰歸
閑中今古同涵泳　　　夢裏功名足是非
更喜行藏能自斷　　　鷦鷯到處有枝依

대낮에 앉아
晝坐

대낮에 정좌해 띠 처마가 조용하고
한가한 읊음 오묘한 경지에 들다
나는 꽃은 응당 술을 보내고
꽃다운 풀은 자리에 들려 한다
비파를 버리고 曾點을 생각하고
벼슬을 받아 魯仲連에게 부끄럽다
높은 풍도를 따를 수가 없으니
천 년에 현인을 바라기가 어렵구나.

晝坐茅簷靜	閑吟入妙玄
飛花應送酒	芳草欲侵筵
捨瑟思曾點	分圭445) 愧魯連446)
高風不可及	千載少希賢

희롱삼아
自戲

뭇 꽃이 난만환데 비에 바람까지 이었으니

---

445) 分圭: 제왕이 笏圭를 나누어 봉호를 받은 이에게 줌. 임금이 관직을 내림을
　　말함.
446) 魯連: 魯仲連. 고고한 자세로 벼슬에 나아가지 않음. 秦에서 작위를 주려 하
　　니, 동해에 숨어 終身했다.

부리는 의미를 누가 감히 조물주를 이해하랴

제공들의 부와 귀도 성하면 반드시 쇠하리니

타고난 운명을 내 점성가에게 물어 보려 해

건곤 안에는 몇 개의 偃月堂이 있어서

가마솥의 곰 발바닥을 손가락으로 맛보기도 하고

인정의 험난함은 예부터 심한 것이라

내 또한 술밥 뜬 좋은 술을 통쾌히 기울이리라

허나 취한 시골에는 경작치 않아 곡식이 없지만

술 마시고 즐거운 놀이에 웃음 이야기는 많다

죽고 삶을 한결같이 여겨 외부의 얽매임 벗어나니

완연히 푸른 마늘의 기러기의 쾌거와 같구나

바로 그 사람이 아니라면 천금도 전하지 않으니

무엇을 전할 것이며 무엇에 이끌릴 것인가

유유한 옛날이나 지금은 바람 앞의 촛불 같으니

한 곡조 광기어린 노래 음조 가락도 새롭구나.

群花爛熳雨連風　　　　用意誰敢稽天公

諸公富貴盛必衰　　　　賦命我欲咨星翁447)

乾坤幾箇偃月堂448)　　　熊蹯449)鼎中染指甞

---

447) 星翁: 별을 점치는 사람. 占星家. 〈宋史, 天文志〉에 "亦有時勢然也 未可以言 .
　　　星翁 日官之術有精確敬怠之不同者也(역시 시세가 그러한 것이 있으니, 점성가
　　　에게도 말할 수 없는 것이다 일관이란 정확하거나 간략하거나 정성스럽거나
　　　나태함의 부동이 있기 때문이다)" 함이 있다.
448) 偃月堂: 唐 李林甫의 堂名. 당이 마치 달이 누운 것 같아 月堂이라 했다. 대
　　　신들을 배척하려하면 이 당에 있게 하고는, 중상하는 자가 있는 듯하면 좋아
　　　하는 듯이 나가서, 곧 그 집으로 달려가 집을 부숴버렸다. 그래서 "偃月堂"이
　　　란 말이 '權臣이 忠臣을 음해하는 말'로 인유되었다.

人情之險古來甚　　　　我且快倒浮蛆觴
醉鄕不耕無稷黍　　　　軟飽450) 嬉游多笑語
一死生兮解外膠　　　　宛若碧天鴻鵠擧
千金勿傳非其人　　　　何所傳兮何所因
悠悠今古如轉燭451)　　一曲枉歌音調新

정구
絶句

문장의 칼날엔 붓의 바람이 다투어 일어
이기기 좋아하면 원래 지극한 공정성 잃다
달이 항복받던 수항성 아래에 하얗게 밝으니
참으로 정략의 땅도 두 모퉁이가 빈 듯하구나.

詞鋒競起筆生風　　　好勝由來廢至公
月向受降城452) 下白　眞如略地兩隅空

---

449) 熊蹯: 熊掌. 곰의 발바닥. 진귀한 음식을 말함.
450) 軟飽: 飮酒를 말함. 宋 蘇軾의 〈發廣州〉 시에 "三盃軟飽後 一枕黑䤁餘(석 잔
　　의 술을 마신 뒤로, 한 베개에 곤한 잠의 여유)"라 함이 있다.
451) 轉燭: 바람에 흔들리는 촛불. 세상사의 변화가 예측할 수 없음을 비유함. 唐
　　杜甫의 〈佳人〉 시에 "世情惡衰歇 萬事隨轉燭(세상의 정은 쇠하고 다함 싫어하
　　고, 온갖 일은 바람 앞의 촛불을 따른다)" 함이 있다.
452) 受降城: 唐에서 敵兵의 降伏을 받기 위해 축조한 성. 3城이 있으니, 中城은
　　朔州에 있고 西城은 靈州에 있고 東城은 勝州에 있다.

우연히 읊다
偶吟

목은 늙은 이 외로이 읊는 곳에
감정과 대상에 가는 먼지도 없다
술을 보내니 처마 꽃이 춤추고
시 재촉하니 들 비가 온다
동리 어구엔 청색이 버들에 비추고
마을 수레엔 파랗게 이끼 엉기다
누가 아나 마음 속 바탕에는
안개 물결 낚시 터에 맴도는 것.

牧翁孤嘯處	情境絶纖埃
送酒簷花舞	催詩野雨來
里門靑映柳	巷轍碧凝苔
誰識心中地	烟波遶釣臺

목은 늙은이 요 며칠 전부터
얼굴 가득히 먼지 뒤집어쓴 줄
물러나 살기 가장 좋아하여
넉넉한 가르침에 맑은 흥 찾아오다
새 울음은 파란 나무에 숨고
지는 꽃은 푸른 이끼에 점찍다
다만 한스러운 것은 손님 술자리에
소반 위에 고기 접시 없음이다.

牧翁前數日　　　　滿面撲黃埃
最喜屛居好　　　　剩敎淸興來
鳥啼藏碧樹　　　　花落點蒼苔
只恨觴賓處　　　　杯盤欠肉臺

목은 늙은 이 길이 병을 안고 있어
하늘 땅이 먼지로 어두워지다
들 사슴이 어찌 들어온 적 있나
숲 꾀꼬리는 또 오려고 하지만
뜰 꽃은 붉기 비단과 같고
우물 물은 이끼보다 푸르구나
그윽한 흥은 평생 만족하여
마치 노자의 누대 오른 듯하네.

牧翁長抱病　　　　天地暗塵埃
野鹿何曾入　　　　林鶯又欲來
庭花丹似錦　　　　井水綠於苔
幽興平生足　　　　如登老子臺

봄이 늦어
春晚

봄도 늦은 남쪽 성엔 푸른 풀이 두루하고
고요한 뜰 안에는 새들이 서로 부르짖어

하늘 흐려 비 내리려 산은 이어 어둡고
꽃이 져도 바람으로 땅에 쓸리듯 없구나
담력 방탕의 몇 해는 붓 끝을 휘둘렀고
몸을 애걸하여 언제나 강 호수로 향할까
예부터 호걸들은 세상을 가벼이 여겼으니
구구한 한 썩은 선비임을 저절로 비웃다.

春晚南城遍綠蕪　　寂寥庭宇鳥相呼
天陰欲雨連山暗　　花落猶風掃地無
放膽幾年揮筆札　　乞身何日向江湖
古來豪傑能輕世　　自笑區區一腐儒

가랑비
小雨

가랑비는 솔솔 작은 마을을 어둡히고
남은 꽃은 점점이 빈 정원에 떨어지다
한가한 삶엔 유연한 흥을 흠뻑 얻고
손님 있어 문 열고 가면 문 닫아.

細雨濛濛暗小村　　餘花點點落空園
閑居剩得悠然興　　有客開門去閉門

긴 소매 가벼운 옷자락에 미세한 바람
관현악의 소리 호화로운 당 안에 울린다

선생은 꽃 앞에서의 음주 익숙치 않지만
가랑비가 시를 재촉하여 흥이 절로 짙구나.

長袖輕裾細細風　　　管絃聲動畫堂中
先生不貫花前飮　　　小雨催詩興自濃

한 보지락의 적은 비 도롱옷에 가득하니
사람은 스스로 살구꽃 마을 밖에서 오다
힘써 밭 갈아 국가에만 이받는다 한하지 말라
예로부터 육류의 음식은 한 몸만 살찌운다.

一犁453) 微雨滿蓑衣　　　人自杏花村外歸
莫恨力田供國用　　　古來芻豢454) 一身肥

날씨 개어
天晴

날씨 개고 연한 녹색 동산 숲에 두루하고
뭇 새도 날며 울어 좋은 노래 보내오다
병든 학은 홀로 평온한 집 얻다 자랑하니
흰 구름 깊은 곳에 파란 소나무 그늘일세.

天晴嫩綠遍園林　　　衆鳥飛鳴送好音
病鶴獨誇棲得穩　　　白雲深處碧松陰

---

453) 一犁: 한 보지락의 비. 비의 量. 보습 하나 깊이로 들어간 빗물의 양.
454) 芻豢: 풀을 먹는 마소와 곡물을 먹는 개 돼지로, 입에 즐기는 육류의 음식.

유항루 위에서
柳巷樓上

병난 뒤의 온갖 일은 한가함만 못한데
또 봄의 신은 깃발 걷고 돌아감 본다
요행히도 이 누대가 백척으로 높아
뛰어난 경치에 취함 부축하여 애써 오르다.

病餘萬事不如閑　　　　又見東君[455] 卷施還
幸是此樓高百尺　　　　絶勝扶醉强登山

군호로 봉해 녹을 먹고 모두 청한하니
신세는 지금에 팔순을 바라보고 오다
목은 늙은 이 궁벽하게 산다 웃지 마소
작은 누대가 그래도 용산을 바라볼 수 있어.

封君食祿儘淸閑　　　　身世如今付八還
莫笑牧翁居最僻　　　　小樓猶得對龍山

열흘을 내닫다 하루는 한가하니
매양 관과 띠로 조정을 오고 가다
지금에는 산인 되어 몸이 일이 없으니
관동의 바다 가 산을 찾기가 좋아졌구나.

---

455) 東君: 봄을 맡은 神.

十日驅馳一日閑　　　每憐冠帶趁朝還
如今置散身無事　　　好訪關東海上山

송산에 올라 노송을 보고 느낌 있어
登松山見老松有感

어린 소나무만 송산엔 그득하고
늙은 소나무는 오히려 약간일세
언덕 닿아 삶 평온히 얻었으니
사람 가까이 당기기도 어렵구나
형상 갖추어 비 이슬에 무젖고
타고난 품성은 추위 더위 경멸해
50 나이에도 오히려 복을 찾으니
너 대하면 부끄러움 얼굴 가득해져.

稚松滿松山　　　老松猶若干
臨崖生得穩　　　近人攀却難
具形沐雨露　　　稟性輕炎寒
知命尙求福　　　對之羞滿顔

牧隱詩藁 卷之二十二

흥을 달래며
遣興

평생에 그칠 곳 알았다면 다시 무슨 근심이랴
이름이 나라에서 알려지고 일찍 은퇴 휴식하네
두 시대의 정당으로 세월을 의지했고
삼중대광의 식읍으로 춘추관의 수령이었네
뜰 한가하니 이끼 빛이 문호를 침범하고
발 엷으니 산 빛은 누대에 들려고 한다
이를 나열하는 새로운 시 평담하게 지어
늙음에 다다른 신세는 모두가 유유롭구나.

平生知止更何憂	名動中朝早退休
兩代政堂依日月	三重食邑領春秋
庭閑蘚色將侵戶	簾薄山光欲入樓
排此新詩造平淡	老來身世儘悠悠

세 농사철
三農

봄 여름 가을로 이어짐이 농민의 하늘
비 이슬이 적셔주어 땅의 힘이 온전하다
뜰 안을 나서지 않아 마음만 괴로우니
운한의 하늘 점쳐 보려해도 다시 아득해.

三農456) 相繼是民天　　雨露霑濡地力全
不出戶庭心獨苦　　起占雲漢更茫然

비를 바라는 노래
勤雨篇

비 오려다 비 안오고 바람만 숲에 가득
빈 당에 늙은 이 바야흐로 홀로 읊고 있다
누런 꾀꼬리 노래 매끄럽고 우뢰 또 이니
움직이는 곳 그리 깊지 않음을 볼 수 있다
한 점 두 점이 홀연히 와서 뿌리니
하늘 재치 생각이 어찌 그리 깊은가
공공 전답 나의 사유 진실로 족하다 하니
皋陶(고요)에게도 3일의 황금은 필요치 않지
황금이 비록 많으나 조와 쌀이 적다면

---

456) 三農: 봄 여름 가을의 3 계절의 농사 때.

주린 창자 불이 이글거려 마음 노릇이 어렵다
마음 노릇 어려워, 누구에게 하소연하나
먹는 것이 백성의 하늘임은 고금의 수칙이다.

欲雨不雨風滿林	虛堂老翁方獨吟
黃鸝語滑雷又起	可見動處非幽深
一點二點忽來洒	天工用意何沈沈
公田我私苟云足	不必皐陶⁴⁵⁷⁾三日金
黃金雖多粟米少	飢腸火爍難爲心
難爲心 向誰訴	食是民天垂古今

어느 사실
卽事

녹음에는 누런 꾀꼬리, 참새는 짹짹
앉아 조는 쇠한 노인 귀밑머리 꽃 피다
周公을 보지 못하니 쇠함이 심함이라
태평한 바람 달은 이 어느 집일까.

綠陰黃鳥雀查查	坐睡衰翁鬢有華
不見周公⁴⁵⁸⁾衰也甚	大平風月是誰家

---

457) 皐陶(고요): 舜임금 시대의 법관 〈論語, 顔淵〉에 "舜有天下 選於衆 擧皐陶 不
　　仁者遠矣(순이 천하를 소유하고 대중에게서 인재를 선발하되 고요를 기용하니
　　불인한 자들이 멀어졌다)" 함이 있다.
458) 不見周公: 주공을 보지 못한다. 孔子가 "내가 늙었나보다 꿈에 다시 주공을
　　보지 못한다(吾衰矣 夢不復見周公)"이라 한 적이 있다.

학을 읊다
詠鶴

검은 치마 흰 옷으로 오는 것 보기 드무니
신선이 있지 않아 누구와 돌아오나
가고 머뭄 우러를 만하니 그 형상 예스럽고
정신은 빼어나 피었으니 터럭도 섬세하구나
천 년의 화표의 기둥 머리의 이야기는
만리의 흰 구름 하늘 밖으로 날아가다
나도 저것을 타고 우주 팔방으로 노닐려 하나
인간 세상엔 지는 햇살 머물릴 방법 없다.

裳玄衣縞見來稀　　　不有神仙誰與歸
擧止昂藏形貌古　　　精神秀發羽毛微
千年華表459)柱頭語　　萬里白雲天外飛
我欲駕渠游八極　　　人間無術駐斜暉

---

459) 華表: 화표는 교량이나 궁전 성문 등에 장식이나 표식으로 세운 큰 기둥. 陶
潛의 〈搜神後記〉에 "丁寧威가 원래 요동 사람인데 靈虛山에서 도를 배운 뒤에
학으로 변하여 요동으로 날아갔다. 성문의 華表柱에 앉았더니, 소년이 활로
쏘려 하자, 학은 '새여 새여 정녕위야 집 떠난 지 천년에 이제 돌아오니, 성
곽은 옛날 같으나 사람은 아닐세 어찌하여 신선을 배우지 않고 무덤만 총총한
가(有鳥有鳥丁寧威　去家千年今始歸　城郭如故人民非　何不學仙冢纍纍' 하면서
하늘로 높이 날아갔다" 한다.

어느 사실
卽事

사월달 맑고 화창하니 역시 유쾌하구나
누런 꾀꼬리 노래 매끄러워 더운 바람 불다
담 밑의 해바라기 있음 가장 사랑스러워
또 꼭 올해에도 태양을 향해 피겠구나.

四月淸和亦快哉　　黃鸝語滑暑風來
最憐墻下葵花在　　又是今年向日開

여인의 꿈
紀婦夢

금강산의 산 빛은 희기가 은빛 같아
전각인 듯 어슷 비슷 눈에 새롭게 비친다
가장 높은 봉우리 위로 오르려 했더니
깨고 나니 막 꿈 속의 몸이었음 알겠다.

金剛山色白如銀　　殿閣參差照眼新
欲上最高峰頂上　　覺來方覺夢中身

사실을 쓰다
紀事

젖으로 기르는 어린이는 잠시도 뗄 수 없고
순수 천진해 사욕이 싹틀 수 없는 시기이다
뜰 안 내정의 조석 문안에 데려가기 어렵고
동리 안에서 울부짖으면 쫓아 가고 싶어진다
어미 자식 지극한 정은 하느님 명에 터잡고
나라의 큰 일은 백성의 윤리에서 기초한다
흰 머리 오똑히 앉아 잠잠이 읊는 곳에
생각이 아이 손자에게 미쳐 또 시 짓다.

乳養孩提不暫離　　純眞私欲未萌時
庭闈定省難携去　　門巷啼號欲往追
母子至情基帝命　　邦家大業本民彝
白頭危坐沈吟處　　念及兒孫又賦詩

그윽한 거처
幽居

그윽한 거처에는 세속 일 적고
우아한 의지는 바위 골에 있다
들 손님이 왔다 또 돌아가고
산 새는 날아서 서로 쫓는다

맑은 바람 북쪽 숲에서 일고
밝은 햇살 서쪽 산록에 용납하다
감정과 대상이 저절로 유연하니
잠잠히 읊어 홀로 서 있도다.

幽居塵事稀　　　雅志在岩谷
野客來又回　　　山禽飛相逐
淸風生北林　　　白日納西麓
情境自悠然　　　沈吟立於獨

철원의 김동년방이 아들을 성균 시험에 보내면서, 편지로
주사에게 내 추천을 요구하는데 당의 문풍이 있어 심히 기
뻤다. 한편 시속의 변화를 모름이 안타까워 한 수를 읊다
鐵原金同年 送其子赴成均試 以書求僕薦於主司 有唐遺風
喜之甚 又悶其不達時變也 吟成一首

아비의 자식 사랑은 이것이 바로 천연이나
시세 풍속 통달 못함은 역시 가련하구나
나의 추천서를 빌어 공거에 이받겠다면
당나라의 유속이 지금까지 전해지겠지
화와 복에도 세 가지 운명 있음 미리 알아
위 아래로 곡진히 살펴 다섯 권능에 회부하라
이 밖에는 결코 힘 붙치기 어려움을 알아
득과 실을 가지고 마음 괴로이 끓이지 말라.

父之愛子是天然　　不達時風亦可憐
丐我薦書司貢擧　　李唐遺俗至今傳
前知禍福存三命460)　　曲盡低昂付五權461)
此外決知難着力　　莫將得失苦心煎

　　명산에 놀아 늙은 경개 보내는 것은 옛날의 달사들도 오
히려 어려웠던 것이니, 하물며 우리와 같은 소인이겠는가.
"꾀꼴 꾀꼴 꾀꼬리여 언덕 머리에 멈췄구나" 함을 공자께
서 해석하시되 "사람으로서 새만 못하겠는가" 하였다. 내
가 지금 금강산에 놀고자 하다가 동해를 굽어보고는 결과
를 내지 못했으니, 새만도 못함이 쉼하구나. 공을 이루고
명예도 다하고서도, 육신이 물러나지 못했다면, 과연 그
멈출 바를 알아 멈춘 것인가. 내가 산에 놀려 하는 것은
옛 고적이나 찾고 세속 회포를 풀려는 것만이 아니라, 역
시 나의 멈출 바에 멈추자는 것 뿐이다. 동파가 시에 이
르기를 "원컨대, 혼가를 마친 뒤에 손을 잡고 명산에 노
닌다" 했음은, 이 노인도 남혼여가 마치기를 기다린 것이
지, 결연히 가고자 함이 아니지만, 내 의지는 결연하면서
도 주저하기를 이와 같이 하니 스스로 비상함이 심하다.

---

460)　三命: 受命 遭命 隨命. 受命은 壽命이고 遭命은 선을 행하고도 화를 당하는
　　것이고, 隨命은 善惡에 따라 果報를 받는 것이라 함.
461)　五權: 국가나 軍事를 통치하는 5 가지 일. 一曰地 二曰物 三曰鄙 四曰刑 五曰
　　食.

노래 삼아 불러서 역시 장차 지금 멈추려는 곳에서 멈출
뿐이다. 뜻을 같이하는 이는 다행히 용서하라

遊名山 送老景 古之達士猶難之 況吾儕小人乎 綿蠻黃鳥
止于丘隅 夫子釋之曰 可以人而不如鳥乎 吾今也欲遊金剛
山 俯瞰東海 而不之果 不如鳥也甚矣 功成名遂 而身則不
退 果得止其止乎 予之遊山 非獨訪古迹開塵襟 亦將以止
吾止耳 東坡詩曰 願言畢婚嫁 携手游名山 此老猶待婚嫁
之畢 非決然欲去者也 予志決矣 而低回如此 自悲之甚 嘯
之爲歌 亦將自止於今所止耳 同志幸恕之

선비가 세상에 태어날 당시의 어린 시절은
머리 불태우고 이마 지져도 오히려 사양하지 않아
계집은 저를 좋아하는 이에게 시집가려 화장하니
여색이 쇠함이여 사랑도 역시 쇠하는 것이다
이치와 형편이 자연히 그러해 다시 괴상할 것 없이
괴로움과 즐거움 서로 의지함을 알기가 어렵지 않다
네 계절의 질서도 서로 갊아들어 교대하니
공을 이룬 자는 가는 것 무엇이 의심되랴
가면 어디로 가나 진나라 초나라 아니라
나의 경계에 있어 바람 먼지 없을 뿐일세
명산이나 좋은 곳 손가락 굽힐 만한 것이니
아득함 뛰어넘으면 신선이 이웃도 된다
언덕 무너지고 시내 끊기고 안개 깊은 곳에
허공을 넘으면 이따금 이인도 만난다

나아가 즐거이 이야기 나누고
쫓아 곧 경쾌히 움직인다
내 지금 스스로 헤아려도 위태로이 신선을 얻으니
푸른 벽인 청산과 장차 인연이 있기 때문이다
만일 나를 회고해도 내 얼굴 기뻐할 일 없으니
내 또 인간 세상에 노닌다 하여 무슨 한이 있나
인간의 어느 곳이 가히 피할 땅인가
시와 서의 울타리는 넓고도 한가한 곳이다
욕심이 움직이지 않으면 경계 저절로 고요하니
도시락 밥 표주박 물의 시골에 顔回를 바란다.

士生於世當少時	焦頭爛額猶不辭
女爲悅已適爲容	色之衰兮愛亦衰
理勢自然無復怪	苦樂相倚非難知
四時之序迭相代	成功者去夫何疑
去將何去非楚秦	在我境兮無風塵
名山勝地可屈指	超跨空濛神仙爲隣
崖崩澗絶烟霞是深處	凌虛往往逢異人
就之肯交語	追之便輕擧
我今自度危得仙	所以靑壁將夤緣
如其顧我顔不歡	我又何恨兮游人間
人間何處可避地	詩書之囿寬仍閑
欲心不動境自寂	單瓢陋巷當希顔462)

---

462) 單瓢陋巷當希顔: 孔子의 제자인 顔回가 가난하게 살면서도 의지를 굽히지 않
아 선생의 칭찬을 받았다. "賢哉回也 一簞食 一瓢飮 在陋巷 不改其樂 賢哉回
也"라 하였다.

과거본 자식의 시부를 읽고 느낌이 있어
讀擧子詩賦有感

당나라 시풍이 율부를 숭상하여
그 흐르는 폐단이 동방에 성했다
음운은 평칙으로 어울려야 하고
문장은 단문 장문에 국집되다
맑음을 날리다 흐림을 격동시키고
흰 것 짝하려 짐짓 황색 뽑아내다
미천한 문장을 끝내 어디에 쓰랴
사람들에게 절로 탄식 애상하게 한다.

唐風崇律賦　　流弊盛東方
音韻偕平側　　文章局短長
揚清仍激濁　　配白故抽黃
芻狗463) 終安用　　令人自歎傷

어느 사실
卽事

푸른 나무 어슷 비슷 지는 햇살에 걸리고
저녁 그늘 이는 곳에 더운 바람 식는다

---

463) 芻狗: 蒭狗. 미천한 것으로 쓸데 없는 물건이나 이론의 비유. 원래 고대에 제
　　사지낼 때에 풀을 엮어 만든 개의 형상이다. 제사가 끝나면 길가는 이는 밟아
　　버리고 나무꾼은 걷어 불태운다. 즉 버려져 쓸데 없는 물건이 된다.

끊긴 언덕에 지팡이 짚고 몇 시간 섰더니
제비는 쌍쌍이 지면을 박차고 날아간다.

綠樹參差掛落暉　　夕陰生處暑風微
斷崖扶杖移時立　　燕子雙雙掠地飛

그윽한 거처
幽居

적적 고요 그윽한 거처에 여름 날이 기니
늙은 이의 정과 흥은 다시 청초한 광기
이끼 흔적은 비에 젖어 뜰 안은 고요하고
나무 그림자도 바람을 받아 벼개 자리 서늘타
임금 그리워 항시 붉은 봉황의 대궐이고
현인의 사랑은 저 흰 망아지의 광장일세
유연히 한가한 중의 멋을 실컷 얻었으니
새 시를 쓰고 나서 석양 볕에 서 있다.

寂寂幽居夏日長　　老翁情興更淸狂
苔痕浥雨門庭靜　　樹影涵風枕簟凉
戀主每於丹鳳闕　　愛賢如彼白駒場464)
悠然剩得閑中味　　賦罷新詩立夕陽

---

464) 白駒場: 흰 망아지로 賢人이나 隱士를 비유한 말이다. 〈詩經, 小雅, 白駒〉에
"皎皎白駒 食我場苗 縶之繫之 以永今朝(밝고 밝은 저 흰 망아지여 나의 목장
의 풀을 먹어라 잡아두고 매어두어 오늘 아침을 오래 있게 하자)"함이 있다.

동산 안에서 새의 울음을 듣다
園中聽鳥語

노란 꾀꼬리 비단 비둘기 대해 이야기하듯 울어
푸른 나무 맑은 바람에 해는 서쪽으로 가려 해
음악 율격 서로 생겨 청음 탁음이 있고
아름다운 음악 악보 없이 절로 높낮이에 맞아
현악을 홀연히 듣고 왕은 노나라로 봉하고
고기 맛에 어찌 공자 제나라에 있었음 알랴
홀로 하늘 기미 흘러 움직이는 곳에 서서
애석히 여기다, 휘파람의 완씨와 거문고의 혜강.

黃鸝對語錦鳩啼　　　綠樹淸風日欲西
律呂相生有淸濁　　　韶鈞[465] 無譜自高低
絲音忽聽王封魯[466]　　肉味那知子在齊[467]
獨立天機流動處　　　哀哉嘯玩與琴嵆[468]

　　이는 백구를 현자에 비유하여 우리 밭에 왔으니, 여기 길이 머물기를 바란다
　는 뜻이다.
465) 韶鈞: "韶"는 舜의 음악이고 "鈞"은 "鈞天"으로 옥황상제의 음악이다. "韶筠"은
　　좋은 악곡의 총칭.
466) 王封魯: 未詳.
467) 子在齊: 〈論語, 述而〉에 "子在齊聞韶 三月不知肉味曰 不圖爲樂之至於斯也(공
　　자가 제나라에 계셔서 소악을 들으시고 석달을 고기 맛을 모르면서 말하기를 음
　　악이 이렇게까지 되는 줄을 의도하지 못했다 하셨다)"
468) 嘯玩嵆琴: 玩은 阮의 誤植. 魏晉시대 휘파람을 잘 불던 阮氏와 거문고를 잘
　　만든 嵆康. 〈千字文〉에도 嵆琴阮嘯라 함이 있다.

앉아 졸다
坐睡

앉아 조니 갑자기 천지 화합의 기상으로 드니
단잠의 꿈의 고향도 하나의 산하이네
새빨간 어린이의 순수한 거짓 없음과 같으니
세상의 조직 기관이 나와는 어떠한 것인가.

坐睡俄然入大和[469]　　　黑甛鄕[470]是一山河
其同赤子純無僞　　　世上機關奈我何

비를 대하고
對雨

금수 비단 떡 음식이 전원에 가득하나
시 읊는 어느 손님 홀로 문을 닫았다
하늘 진리 아득히 이름 붙일 수 없고
태평스런 민가 생활 이도 임금 은혜
푸른 도롱이 옷은 저절로 가는 것이 좋고
붉은 담의 글씨는 응당 오라면 어두워
뛰어나거나 처량한 생각 다 쓸어버려도
백성 걱정함은 오히려 마음에 남는다.

---

469) 大和: 太和. 천지간의 화기가 충만환 곳.
470) 黑甛鄕: 꿈 속, 夢鄕.

羅紈餅餌遍田園　　　　有客吟詩獨閉門
天道冥冥名不得　　　　太平煙火是君恩
綠簑衣自宜於細　　　　紅壁471)書應久矣昏
飄逸凄凉俱掃去　　　　憂民一念尚心存

과부의 흥성에 느낌 있어
詩賦科興有感

천연 바탕이 비록 아름다워도
정하고 화려하려면 가다듬어야 하고
코끼리 비록 샛길 면할 수 없다지만
꿀은 벌 집 안에 있잖아
궁조 우조의 음이 서로 조화하고
소금 매실도 맛은 서로 호합하려 해
늙은 사람은 깊이 다행하구나
윤색을 해서 문과에 올랐다네.

天質雖然美　　　　精華要切磋
象雖難免徑　　　　蜜亦在蜂窠
宮羽音相協　　　　鹽梅味欲和
老夫深自幸　　　　潤色及文科

---

471) 紅壁: 붉은 담. 紅墙. 唐 許渾의 〈再遊姑蘇玉芝觀〉시에 "月過碧窓今夜酒 雨昏
　　紅壁去年書"라 함이 있다.

호방한 노래
浩歌

시서가 꺾이고 무뎌 내 의지도 게을러지고
산악 하천이 아득하니 내 다리도 절게 되다
스스로 알겠다, 나는 누에의 석잠을 잤으니
끝내 송아지로 달리고 제비로 천 번 울지 못해
멀리 놀기도 이미 끝나 길이 문을 닫았으니
꿈 속에 파란 시내가 푸른 뫼를 두르다
세상 영화 내 마음으로 달게 여기는 것 아니나
띠를 매고 때로는 봉황 輦車를 모시기도 하다
누가 산과 들이 조정의 반열에 곁들이게 해서
채소와 댓순이 다행히도 고깃국에 참여했네
금년에는 뜻을 세워 관동으로 유람했더니
화랑의 丹書 여섯 글자 파란 이끼에 가리다
동해바다 해 돋는 저쪽을 굽어 보니
만리의 파도도 수평이요 바람 또한 부드럽다
비록 그러나 중국에 성인이 있으니
내 머리에 꼭 면관을 쓸 필요는 없다
구름을 찌르는 높은 누각도 이미 빈 터이니
더구나 나의 좀먹은 것 같은 문장이랴
어찌하여 회포 열어 호탕한 노래 불러서
곧바로 뜬 구름과 함께 펴거나 걷거나 하는가
인간 세상의 나가고 머뭄 어찌 족히 말하랴
마음과 자취 둘 다 맑지만 누구 청해 변명해

산림의 재야 조정의 참여 두 길이 아니니
평생을 저버리고 쇠잔한 천식으로 보내지 말자.

詩書摧頹吾志倦　　　岳瀆溟濛吾脚蹇
自知己與蠶三眠⁴⁷²⁾　　終非犢走燕千嶂
遠游已矣長閉門　　　夢中碧澗縈蒼巘
世榮非我所甘心　　　束帶有時陪鳳輦
誰敎山野側朝班　　　蔬筍幸哉參鼎鬵⁴⁷³⁾
今年決意關東游　　　丹書六字⁴⁷⁴⁾捫蒼蘚
俯觀東海出日邊　　　萬里波平風又軟
雖然中國有聖人　　　不必吾頭載冠冕⁴⁷⁵⁾
凌烟⁴⁷⁶⁾高閣已丘墟　　況我文章似雕篆
何不開懷發浩歌　　　直與浮雲共舒卷
人間出處何足言　　　心跡雙淸倩誰辨
山林朝市非兩途　　　不負平生送殘喘

---

472) 蠶三眠: 누에의 생장에는 잠을 자야 한다. 다 자라 고치가 되려면 석잠을 자야 한다.

473) 蔬筍鼎鬵: 蔬筍은 나물과 댓순이란 말이고, 鼎鬵은 가마솥의 고기국이라는 말이니, 채소와 같은 자신이 고기국같은 조정에 참여했다는 말이다.

474) 丹書六字: 강원도 外金剛의 三日浦에, 신라의 화랑인 永郎 述郎 南石郎 安祥郎이 노닐어 새겨놓은 글씨 "永郎徒南石行"의 여섯 자.

475) 冠冕: 冕旒冠.을 쓰다. "冕"은 "日冕"이니, 개기일식을 할 때 태양 표면 주위에 淡黃色으로 한층 빛나는 빛을 말한다. 卿大夫 이상에게 쓰게 하는 면류관의 앞 면에 늘인 구슬이나 양면으로 늘인 耳飾은 보고 듣는 것을 좀 가리어 시청하라는 뜻이다. 본 시에서 동해의 日出과 冕冠을 대칭한 것은 아침에 돋는 해의 해무리가 이런 면관을 상징한 것으로 인유된 것 같다.

476) 凌煙: 凌煙閣으로, 唐의 太宗이 공신 24인의 초상을 그려 걸은 누각이나, 여기서는 글자 그대로 구름을 찌르는 높은 누각이란 의미로 쓴 것이다.

사실의 엮음
紀事

어린 아이 한 쌍이 말도 아직 서툴러
때로 당의 뒷편으로 나가 모래를 모아다가
뜰 앞으로 달려와서는 작은 성을 쌓는다
곧 쌓다가는 곧 부시기에 붉은 해 기울고
해 기울어도 멈추지 않아 보모 와서 금하니
손 씻고 발 닦으며 떠드는 기색도 없다
방에 들어 젖을 찾으며 몸이 아주 편하니
저들은 비록 움직여도 생각에 邪 없음 알겠구나
생각에 사 없어 성인 공부 지으니
슬프구나, 헛되이 늙은 네 할애비여
네 할애비는 성인 문하의 죄인이면서도
흰 머리에 오히려 어리석음 정정할 줄 모른다
어리석음 정정할 방법을 처음부터 가르치려면
세 번 옮긴 맹자 어머니의 그 풍모 당연이어야.

小兒一雙言語訛　　時趨堂北團黃沙
走來庭中築小城　　旋成旋壞紅日斜
日斜不止姆來禁　　洗手洗足無喧嘩
入室索乳身甚安　　知渠雖動思無邪
思無邪作聖功　　　悲哉虛老乃祖翁
祖翁聖門之罪人　　白頭尙不知正蒙
正蒙之術始胎敎　　三遷477)孟母當承風

스스로 꾸짖음
爲自責

한가할 때 좋은 일은 시로 논함에 있고
띠집에서 읊고 있노라면 대 그림자가 옮긴다
누가 나라 풍속은 세대 따라 변함을 알겠나
마음의 힘도 해마다 쇠함이 스스로 부끄럽다
꾀꼬리 비단에서 우니 꽃이 언덕에 숨었고
고기 허공으로 뛰어오르니 달은 대지에 가득
다만 시대 순응할 때 곧 뜻에 들어맞음 터득하니
다음 날 사람들의 비난 받을 걱정이 없구나.

閑居勝事在論詩	嘯咏茅堂竹影移
誰識國風隨世變	自慚心力與年衰
鶯啼錦繡花藏塢	魚躍虛空月滿池
只得順時聊適意	不愁他日被人譏

절구
絶句

어둑 어둑 새벽 안개가 세상에 가득하니

---

477) 三遷: 맹자의 어머니가 맹자의 어린 시절 교육환경이 좋지 않다 하여, 세 번
을 이사한 고사. 도살장 옆에서는 짐승 잡는 놀이를 하고, 공동묘지 옆에서는
장례놀이를 하다가, 학교 옆으로 가니 공부하는 놀이를 했다 함. "孟母三遷"
"三遷之敎"

표범 산 속에 있어 몇 번이나 변했지만
세상이 무늬를 숭상 안하니 응당 멀리 숨어
개나 양의 가죽을 가지고 혹 반열을 다툰다.

昏昏曉霧滿人間　　　豹在山中變幾斑
世不尙文宜遠遁　　　犬羊之鞹或爭班

시 읽는 노래
讀詩行

얼릴 적 시를 읽어 두 눈이 밝아
경쾌하기 가을 매가 갠 하늘 비끼듯하고
늙은 나이 시 읽으면 두 눈이 어두워
희미하기 한 밤에 가시밭 가는 듯하구나
늙은 나이 어떻게 소년으로 고칠 수 있더라도
눈 밝고 눈 어둠이 한갓 그런 것만은 아닌데
내 원래 평생동안 눈을 갖추지 못했으니
문장 근원 배움 바다는 다 한이 없었지만
어디로부터 바다에 떠 다시 근원을 찾을까
다만 입술 조바심에 마음도 번거로움 깨닫다
바다 동쪽 풍월 문장이 본래 대적이 없으니
이름이 중국을 움직여 오히려 역력하구나
최고운 치원 이래로 대대로 사람 있었고
예산 崔瀣의 솜씨는 지금에 더욱 새롭다

여강자가 다시 후집을 찬술하여
나로 하여 오히려 게으른 자도 서게 한다
맑은 새벽 힘을 내어도 많이 읽지 못하고
누엇 누엇 해 돋다 뜰나무 가지를 밝힌다
병의 뿌리를 잠겨 숨기고 피곤하면 움직여
미뤄 가며 유유히 일용의 일들을 잊다가
일용의 일이 시에 있는데 지금 또 잊고
혹 남은 힘이 있다면 국가 명당 붙잡자.

少年讀詩雙眼明	快如秋隼橫新晴
老年讀詩雙眼黑	迷如半夜行荊棘
老年那得更少年	眼明眼黑非徒然
我本平生不具眼	詞源學海俱無限
何從泛海更窮源	但覺吻燥心仍煩
海東風月本無敵	名動中華猶歷歷
孤雲以來代有人	猊山478) 手澤今猶新
驪江子復撰後集	令我還如懦夫立479)
淸晨力疾讀不多	呆呆出日明庭柯
病根潛藏困卽動	推去悠然忘日用
日用在詩今又忘	倘有餘力扶明堂

---

478) 猊山: 고려 말 崔瀣(1287-1340)의 호. 자는 彦明父, 호를 拙翁이라고도 함.
　　孤雲 崔致遠의 후손인 셈이다.
479) 懦夫立: 용렬한 자가 뜻을 세운다. 〈孟子, 萬章〉에 "聞伯夷之風者 頑夫廉 懦
　　夫有立志焉(백이의 풍성을 듣는 자는 완악한 자 청렴해 지고 게으른 자도 뜻
　　을 세움이 있다)" 함이 있다.

스스로 웃어
自笑

풀어 오며 형상 있음을 삼키고
걷워 가며 형상 없음에 들자
단결로 뭉침이 한 기운이고
두드려 감은 일곱 정서에서
어둑어둑 팽택의 연명으로 취하고
깜박깜박 초강의 굴원으로 깨다
자못 중용으로 가까워짐 있지만
오직 이름만 근사할까 꾸짖어.

舒來呑有像　　　歛去入無形
團結是一氣　　　鼓行由七情
昏昏彭澤醉　　・　耿耿楚江醒
頗有中庸近　　・　唯嗔似近名

꾀꼬리 듣다
聞鶯

시 읊고 나서 고요히 앉았으니
꾀꼬리 노래 점점 분명하구나
원만 윤활하니 계절은 여름이고
경쾌하고 맑으니 비 잠시 개다

시골의 정이 곳에 따라 동하고
안방의 꿈을 때로 놀라게 하다
어느 물건이 다시 견줄 만하랴
비파 줄 위의 소리일까.

吟餘仍靜坐　　鶯語轉分明
圓滑時維夏　　輕淸雨乍晴
鄕情隨處動　　閨夢有時驚
何物更堪比　　琵琶絃上聲

자책하며
自責

현릉의 조정에 정당문학이고
밝은 시대의 삼중대광일세
실 끝만한 국가에 도움 없이
의연히 머리 희고 성글다.

玄陵政堂文學　　昭代三重大匡
未有絲毫補國　　依然髮白頭蒼

자부하며
自負

부질없이 문장으로 자부하기 두 세대
무엇이 삼한 땅을 윤색함이 있었나
다음 날 제후나라의 시를 채집한다면
어찌 나의 붉은 간담 토했음 알랴.

謾負文章再世　　　何曾潤色三韓
他日採詩侯國　　　焉知吐我丹肝

깊은 골에 꾀꼬리 울고 나무 컴컴해
빈 처마에 제비 지저귀고 바람 살랑
흰 머리에 유연히 홀로 휘파람으로
시시비비 옳고 그름 모두 잊다.

幽巷鶯啼樹暗　　　虛簷燕語風微
白髮悠然獨嘯　　　都忘是是非非

술을 25일을 한하여 끊기로 하고 술 전송하기를 사람 전
송하듯 하다. 소매 뿌리칠 때에 하나는 동으로 하나는 서
로 등을 지고 내달았다. 비록 만날 날이 기약되었지만 아
침 저녁으로 기다려지는구나 그러나 심사가 고약한 것은
말을 안해도 알 만하다. 목은옹은 심히 가난해 사람을 전

송할 때도 한갓 말로만 주니 국선생은 용서하라

酒禁限卄五日　送酒如送人　分袂之際　一東一西　背之而走
雖其相逢有期　旦暮可待　然其懷抱之惡　不言可知也　牧翁
貧甚　如人送人　徒以言贈　麴先生480)其恕之

오늘 저녁이 무슨 저녁이기에
내 마음에 어김이 있는 듯해
사랑하는 친구 麴先生이
쫓겨가게 되니 걸음은 아득하다
강과 산도 참담히 빛이 없고
새들만이 서로 따라 날다
성왕의 조정은 사시가 조화로워
역사서에 흉년의 기록 드물다
바람을 노래하고 달에 춤추어
선생이 아니면 누구와 가오
하루 아침에 만리로 가게 되니
화와 복이란 모두 기회를 타오
이별에 임하여 이 말을 주니
조금은 내 도리 아님이 한스럽소
하느님도 안목이 있으리니
彰成을 알면 微弱도 알 것이요
원컨대, 속히 서로 만나게 돼
나에게 덕스런 날빛으로 친하게 하오.

---

480) 麴先生: 술의 의인적 표현.

今夕是何夕　　我心如有違
愛友麴先生　　見逐行依依
江山慘無色　　禽鳥相隨飛
聖朝調玉燭[481]　　史罕書年饑
歌風與舞月　　非生誰與歸
一旦萬里去　　禍福皆乘機
臨分有此贈　　稍恨吾道非
天公有老眼　　知彰又知微
願令速相會　　使我親德輝

자희 삼아
自戲

내 집은 가장 깊고 궁벽해
동쪽 북쪽에 이웃 집이 없다
서쪽 이웃은 이미 취해 눕고
처마의 해도 기울려 한다
남쪽 이웃은 왔다 또 갔으니
어느 곳에서 무리지어 떠들까
홀로 앉음이 평소의 사랑이나
총총히 마음은 서글프다
지난 일은 멀어진 새에게 부치고

---

481) 玉燭: 네 계절의 기운이 화창함. 太平盛世를 형용함. 사시의 화기가 溫潤 明
　　　照하기 때문에 "玉燭"이라 함.

흐르는 세월은 가는 뱀과 같구나
물건 욕심은 도의 맛을 손상하고
공리 명예 귀밑털 희기만 더하다
평생의 하나의 이로운 벗은
국선생은 생각에 사가 없는데
죄 없이 내침을 당하여서
아득히 하늘 가로구나
서글프게 아침 산책으로 바라보며
우뚝 서 장군의 뗏목을 기다린다
되돌아올 날은 정히 어느 날일까
하늘 땅이 바람 모래를 드날리니
서로의 생각을 잠시 멈출 수 있나
아침 안개의 仙食이라도 불편한데.

我家最幽僻	東北無鄰家
西鄰已醉臥	簷日將欲斜
南鄰來又去	何處群喧譁
獨坐素所愛	忽忽心悲嗟
往事付沒鳥	流年如逝蛇
物欲損道味	功名添鬢華
平生一益友	麴生思無邪
無罪被譴斥	渺渺天之涯
悵望繞朝策	佇待張騫482) 槎

---

482) 張騫: 漢의 武帝 때, 匈奴와의 화친책을 버리고 大月氏와 동맹하여 흉노를 동
　　서로 협공할 계략을 세우고 그 사신을 모집하자 자신이 천거하여 흉노 정벌에
　　나섰다. 그러나 포로가 되어 10여 년을 잡혀 있다 탈출하여, 그의 견문은 당

旋歸定何日　　　　天地揚風沙
相思肯暫輟　　　　未便湌朝霞[483]

국생이 어제 길을 떠나는데 장안이 모두 나와 전별하나
날이 저물어 갈 수가 없었다. 다음날 쫓아가 송별하는 자
가 더 많았다. 내가 국생에게는 앎이 비록 깊지는 않지만
역시 이 사람에게 경의가 없다고 말할 수는 없다. 병으로
문을 닫아 끝내 가는 행색을 볼 수는 없기에 시 한 수를
쓰니, 다음 날 조정으로 돌아오면 의당 읊어 주리라

麴生前日發程　傾都出餞　日晚不能行　翌日追而送者尚多
予於麴生　知雖不深　亦不可謂無意於斯人者也　以病閉門
竟不得望行色　吟成一首　異日麴生還朝　當爲誦之

국생이 조정을 떠나기 매우 더디 더디하는구나
온 장안이 전송으로 나와 앞을 다투어 달린다
해 저물었다 하여 송별 자리 파하지 않으니
다 함께 풍류에는 이별이 많음을 애석해 하다
술잔을 드리며 밤을 새어 닭이 이미 우니
쫓아가 전별하는 자는 더욱 기영의 노인들일세

시 西域 정책에 중요한 자료가 되었다. 그에게 봉해진 '博望侯'라는 봉호는 서
역의 지리를 잘 알아 군사에 이익이 되는 廣博瞻望의 의미로 주어진 것이다.
483) 湌朝霞: 餐霞. 아침 안개를 식사로 하다. 신선의 수양을 지칭하는 말. 〈列仙
傳〉에 "봄에 아침 안개(朝霞)를 먹는다는 것은 해가 처음 돋을 때 적황기를
말하는 것이고, 여름에 沆瀣를 먹는다 함은 북방의 夜半의 기운이다" 하였다.

기영 노인들의 아쉬운 작별이 어제보다 심하여
예의 법도 근신 엄숙하고 마음 지극한 정성이네
흰 머리는 조정이나 국가에 백성 평강을 바라니
어찌 국생과 더불어 경거 광기를 함께 한 적 있나
그대의 조화로움을 사랑함은 나의 혈기 탓이고
그대의 도움 협찬을 사랑함은 나의 윤리 강상이지
군신간의 즐거움이 깊은 것은 국생의 공이고
친구 사이 의리 투합은 국생의 풍교이지만
명당의 큰 예의 절차에 이미 멀어졌다 하고
태실 종묘에도 이제는 오히려 풍성하다 한다
누가 사물 밖에서 맑은 오락을 풍족히 하랴만
相國을 따라서 노래하고 부르짖은 적도 있다
無懷씨나 葛天씨도 완연히 자리를 옮겼으니
방장 봉래의 신선 섬들 병 속 세계로 숨었구나
나는 지금 힘이 없어 가는 말을 보내지 못하여
앉아 있다 읊어 보나 내 마음은 평안키 어려워
국생이여 빨리 돌아와서 내 늙음 위로해 주게
내 뼈 속은 아직도 이렇듯 시린 곳이 많다네
그대 따라 무궁의 끝 없는 문으로 들려 하니
들 사슴처럼 달려서 추위 더위 잊고 싶어서
어찌 마디만한 마음으로 사물의 勞役이 되어서
오래되었네, 하늘 땅이 바람 먼지에 혼탁해짐이여.

麴生去國(缺)遲遲　　　傾都出餞爭先馳
日云莫矣席未罷　　　共惜風流多別離

獻酬徹夜雞已鳴　　迫而餞者尤耆英
耆英惜別甚於昨　　禮數謹嚴心至誠
白頭廊廟望民康　　何曾與生同輕狂
愛生調和我血氣　　愛生翊贊我綱常
君臣樂甚生之功　　朋友義合生之風
明堂大禮旣云遠　　太室精禋今尙豐
誰能物外足淸娛　　曾隨相國能歌呼
無懷葛天[484]宛移席　　方丈蓬島森藏壺
我今無力送征鞍　　我坐我嘯心難安
生乎遄歸慰我老　　我骨尙爾多辛酸
從生欲入無窮門　　走如野鹿忘寒溫
那將方寸爲物役　　久矣天地風塵昏

누에치는 여인
蠶婦

성 안에는 누에치는 여인이 많구나
뽕 잎은 어찌 그리 살쪘는가
비록 뽕 잎이 적다 하더라도
누에가 괴로이 굶지는 않는다
누에 날 때는 뽕 잎이 풍족하다가도
누에 커지면 뽕 잎이 드물어진다

---

484) 無懷葛天: 無懷氏와 葛天氏. 둘 다 전설 중의 태고시대의 제왕이라 함. 陶潛
　　의 〈五柳先生傳〉에 "無懷氏之民歟 葛天氏之民歟"라 함이 있다.

땀 흘려 아침 저녁으로 달리지만
자신 몸의 옷 때문이 아니라네.

城中蠶婦多	桑葉何其肥
雖云桑葉少	不見蠶苦饑
蠶生桑葉足	蠶大桑葉稀
流汗走朝夕	非緣身上衣

나무군 아이
樵童

초동들 움직이면 무리 지어
성 밖의 산을 찾아간다
산에는 푸른 나무가 많아
비취색이 구름 사이에 뜨지만
잡목은 한 자도 자라지 않아
꺾고 꺾기에 얼굴에 땀만 흐른다
괴롭고 부지런히 날이면 날마다
새벽에 나가 잠시에 저녁되어 돌아온다.

樵童動成群	往尋城外山
山多靑松樹	翠色浮雲間
雜木不盈尺	採採流汗顏
辛勤日復日	曉出俄夕還

농부
農夫

강 가 들엔 내 벼를 심고
높은 곳에는 콩의 씨앗
풀 매기에 쉽고 어려움 있고
땅은 비옥 척박으로 나뉜다
인력이 굳이 태만하다면
천행을 바랄 바가 아니다
나는 본래 어리석은 자이기에
앉아 한탄하며 단편을 짓다.

江郊種我稻	高處生豆苗
鋤草有難易	地又分肥墝
人力苟其怠	天幸非所徼
我本鹵莽者	坐嘆成短謠

어부
漁者

어부는 흐르는 물살 가르려 하나
물살이 넓으니 어찌할 수가 없네
고기 떼는 그 대열을 흩어서
자유로이 풍파 물결을 따른다

한 번 부딪치면 끝내 후퇴 없어
스스로 박멸하기 등불의 나방이라
비록 그러나 우연히 서로 마주치면
조심하여 나의 노래를 들어라.

漁者欲絶流　　　流闊無奈何
群魚散其隊　　　圉圉隨風波
一觸竟不退　　　自撲如燈蛾
雖然偶相値　　　戒之聞吾歌

■ 역주자

이종찬(李鍾燦)

1933년 충남 서산 출생
동국대학교 국어국문학과 졸업
동대학원 석사과정 수료(문학석사)
한양대학교 박사과정 수료(문학박사)
동국대학교 국어국문학과 교수
현재 동국대학교 국어국문학과 명예교수

韓國漢詩大觀 10

李穡 2

| 인 쇄 | 2001년 2월 20일 |
| 발 행 | 2001년 3월 1일 |

역주자　이종찬
발행처　박영희
발행인　**이회문화사**
　　　　서울시 동대문구 답십리동 488-338 원영빌딩 302호
　　　　전화 : 02-2244-7912~3　팩스 : 02-2244-7914
　　　　E-mail : ih7912@chollian.net
등 록　제1-1342(1992.5.2)
ISBN　89-8107-310-4　94800
　　　　89-8107-300-7　94800(세트)

Printed in Korea

ⓒ 이종찬,2001　　　정 가 : 23,000원

* 저자와의 협의하에 인지를 생략합니다.
* 잘못된 책은 바꾸어 드립니다.